拂衣◎著

中国致公出版社　知乎动漫

知音动漫图书 · 漫客小说绘出品

目录

序章 / 001

第一章 － 面试 / 005

第二章 － 初识 / 033

第三章 － 告白 / 051

第四章 － 沉潭 / 071

第五章 － 礼物 / 083

第六章 － 争端 / 097

第七章 － 圈套 / 105

第八章 － 惊变 / 121

第九章 － 界限 / 135

第十章 － 风波 / 157

第十一章 － 往事 / 171

第十二章 － 心意 / 189

第十三章 － 陷阱 / 207

第十四章 － 故人 / 223

第十五章 － 相悦 / 245

第十六章 － 危机 / 267

第十七章 － 终局 / 285

2月14日，午夜时分。

空气中的柔情蜜意正因各大商家的情人节大促销浓得化不开时，无数职业或者非职业的"羊毛党"们，也正因为线报人员传来的信息而亢奋地在各个"项目群"里奔走相告。

"电商平台优选集佳的情人节促销活动发现漏洞，大佬们已测试完毕，大家冲啊！"

"100元的无门槛抵扣券任意领取……这次可发了！"

"还有牛奶和巧克力可以免费领，大家赶紧囤，吃不完的还能扔二手网站换钱！"

"群文件里已经上传了领取教程和辅助程序，趁商家还没反应过来，大家抓紧时间！"

伴随着情人节大促销的浩大声势，这场羊毛党们的狂欢从午夜8点一直持续到凌晨时分。

除去抱着占便宜的心理为自己薅上几单的普通散户之外，这场狂欢中最疯狂的，是如过境蝗虫一般的专业的黑产分子。他们利用职业化的分工和专业的技术软件，钻进网站的漏洞里，拼命攫取利益。

抱着"法不责众"的想法，在心满意足地完成了扫荡工作后，黑产分子们将优选集佳的活动漏洞大面积地推上了社交网络。

惊觉有便宜可占的普通网友蜂拥而至，把幕后黑手淹没在了他们浩浩荡荡的身影中。

待到节日将尽，网站早已千疮百孔，无力回天。而"优选集佳已凉，羊毛党躺赢"的消息也飞快地冲上了微博热搜。

气急败坏的企业高管在察觉到黑产分子的第一波攻击时，就迅速找到了相关人员，试图找出应对之策。

然而自公司成立以来，就从未在安全风控管理上下过太多功夫的管理团队，除了手忙脚乱地整理出了一张粗糙的受损表单外，没有拿出任何有效的应对措施。

一夜过去，满地狼藉。

在羊毛党的疯狂屠杀下，原本前景光明、被无数资方看好的新生代电商网站优选集佳，彻底陷入了窘境。

优选集佳损失了数千万的资金和商品不说，在此次活动中网站还暴露了严重的安全问题，对砸了数千万品牌费用才建立起来的用户信心造成了毁灭性的打击。

接下来的两个月，遭受重创的优选集佳陷入了静默之中。

除了最基础的日常运营之外，平日里安排得满满当当的、用于用户拉新和激活的各种活动一概偃旗息鼓。

与此形成鲜明对比的，则是猎头市场上的狂热躁动。

一份份被热情兜售的求职简历，公然昭示着优选集佳的中高管团队里，有很大一部分人正在积极地另谋机会，准备跳槽。

如果没有奇迹出现，优选集佳闭站停摆，大概也就只是时间问题了。

然而就在业内人士纷纷揣测着这家栽倒在羊毛党手中的公司，最终究竟会以一种怎样的形式彻底退出互联网的舞台时，一则长风集团对其进行注资的重磅消息，又让它重新吸引了大众的关注。

热衷于追逐新闻爆点的大小媒体，也因为这则始料未及的消息而再度沸腾。

作为一家实力强劲的综合性企业，长风集团过往在互联网领域的业务主要聚焦在社交和互联网金融，眼下忽然对优选集佳施以援手，显然是打算开疆拓土，试图在电商产业内进行布局。

只是让业内人士诧异的是，长风集团虽然如及时雨般动作迅捷地向优选集佳提供了强有力的资金支持，然而在整个公司的运营管理上，却似乎并未干涉太多。

除了在几次重要的会议上提出了要加强安全意识，组建专业的风控团队，避免情人节大促销时遭遇的危机再次重演之外，也就是在听闻几个核心部门的总监因企业受到重创而跳槽后，意思性地推荐了几名候选人。

虽说"金主爸爸"这"只给钱，不干政"的态度看上去格外洒脱，但毕竟刚刚在生死线上蹚过一回，优选集佳的高管们都表现得格外小心，对于对方推荐过来的候选人，全都谨慎且仔细地摸了底，直到确认所有人选都只是因为出色的学历背景和业务技能而被推荐，和长风集团的高管们并无太多关联后，才总算是暗中松了一口气。

经历了一个月的层层筛选，财务、风控、运营几大核心部门的负责人陆续到位，原本奄奄一息的企业，也因为这些背景亮眼的职业经理人的加入，而焕发出了新的生机。

随着运营工作的重新启动，优选集佳的APP（手机应用）上也再次热闹了起来。

只是在公众们饶有兴致地观望着这家经历了大换血的电商企业，猜测着它会在未来交出一份怎样的成绩单的同时，同样蠢蠢欲动，对它们报以热切关注的，还有深藏在互联网世界里，那一双双满是贪婪的黑色眼睛。

第一章 面试

随着"叮"的一声响,电梯在嘉里金融中心的12楼牢牢停稳。

电梯门向左右两边缓缓打开后,优选集佳的公司招牌,赫然出现在了视野的正前方。

虞卿一手拿着电脑包,一手端着咖啡,利落地迈出了电梯。

意识到一直站在自己身旁的那位小青年还傻愣愣地站在原地发呆后,她扭头主动招呼了一声:"这位朋友,你是不是也到了?"

"啊?哦……是哦!"

还在走神的小青年听到提醒,不好意思地挠了挠头,一边傻笑着,一边快步走了出来:"谢谢你啊……不过你怎么知道我在这层楼上班啊?"

"我当然知道!"

虞卿神秘地勾了勾嘴角:"嘉里金融中心12楼就只有优选集佳这一家公司,而你呢,是公司新来的运营专员,昨天来办入职手续的时候跟着人力资源部的同事在办公室里绕了一圈,和大家都打过招呼了不是?"

"原来昨天你见过我了啊?不好意思,一下子见了太多同事,脑子不太够用,很多人都没能记住……"

正式上班第一天就遇到个态度亲切的同事,而且还是个年纪相仿的漂亮女生，小青年紧张的心情顿时放松了不少，话也多了起来："对了，你是哪个部门的啊？"

虞卿继续笑："我也在运营部。"

"那我们以后就在同一个部门工作了？"

惊喜之下，小青年忍不住继续打探："对了，你进运营部多久了？咱们的老大好不好应付？"

"我来公司也没多久，前后也就两个月不到吧。至于部门老大好不好应付，那就不太好评价了……"虞卿眼睛转了转，笑得有些狡黠，"怎么，你之前都没见过她吗？"

"我级别低嘛，部门老大哪是那么容易见的？而且听说总监大人最近特别忙，我面试的时候只见到了部门经理。昨天来办入职手续的时候准备去打个招呼的，不过人力部的同事把我领到她办公室门口时，听见她正在打电话，声音还挺凶的……我等了一阵，想着那个时候去惹她可能不太好，就决定等今天正式上班了再过去打招呼来着。"

"原来如此……"虞卿一边摇头一边啧啧有道，"看来咱们部门老大凶巴巴的，给你留下的第一印象不太好。"

"那倒也不是啦！"

小青年一愣，生怕自己祸从口出，赶紧摆手解释："领导严厉一点儿是好事。我其实是担心自己经验不足，达不到领导的要求，而且我有时候说话又不过脑子，工作中得罪了人都不知道，到时候过不了试用期就糟糕了。"

"那你倒是不用担心。"虞卿摆出了一副过来人的姿态，悉心安慰道，"咱们的部门老大呢，虽然脾气是急了点儿，但其实还是挺好相处的。只要肯学习，专心做好手里的事，工作认真负责，她就不会为难你的。"

"你说真的？"

"那是当然！"

说话之间，两人已经迈进了公司大门。

眼见虞卿进门之后径直朝着茶水间的方向而去,似乎是想在正式上班前先吃个早餐,小青年赶紧喊住她:"对了美女,我今天第一天到岗,谁也不认识。如果方便的话,中午能不能和你约个饭,顺便请你带我熟悉一下公司周边的环境?"

"行啊!今天你第一天上班,除了部门同事之外,也该熟悉熟悉公司周边的环境。"虞卿飒然一笑,"你先安心工作吧,到了午饭时间,我来叫你。"

"那就太谢谢了!"没想到自己初来乍到,就能遇到这么热情贴心的同事,小青年感激之余,没忘了打听,"对了,我叫姚迟,美女你叫什么名字啊?"

"我叫虞卿。"

虞卿?姚迟闻言一愣,总觉得这名字听上去有点儿耳熟。

还没等他多想,昨天带着他办理入职手续的同事已经迎面走来,先是冲他笑了笑,随即边点头边对着虞卿恭恭敬敬地问候:"虞总,早上好。"

虞卿微笑颔首:"你好。"

姚迟如遭雷击,目瞪口呆地站在原地。

到这时他才终于明白,这位和他聊了半天,且活力满满的美女究竟是谁。

到了中午吃饭时间,虞卿果然没有失约,她特地让部门秘书在公司附近的粤菜馆里定了个包房,约了部门所有的同事一起,为姚迟搞了一个小型的欢迎宴。

虽说是第一天入职,但运营部的同事大多年轻,一顿饭热热闹闹地吃下来,姚迟和众人之间的关系已然拉近了不少。

趁着虞卿起身去接电话的机会,姚迟半是感慨半是疑惑地撞了撞身边的女孩:"薇薇安,虽说互联网公司的中高层大多年纪不大,但虞总也实在太年轻了吧……她今年究竟多少岁啊?"

"不打探女性的年龄是基本礼貌好吗?看看你们这些男人,怎么刚来公司就开始窥探领导的隐私了?"

眼见姚迟一脸窘态,薇薇安扑哧一笑,也不忍心再逗他:"不过虞总是很年轻啦，今年好像也就 27 不到吧。而且听说她的学历背景很厉害，本科是在 T 大念的，毕业以后去了美国一所知名大学念研究生，后来还在国际知名企业安比集团实习过，参与过好几个大项目。因为表现突出，还受到过安比集团执行总裁的特别表彰呢！"

"什么？她在安比集团工作过啊？太厉害了……"啧啧惊叹之后，姚迟也有点儿疑惑，"不过既然虞总这么厉害，要留在安比集团应该也不难，怎么还会跑回国内工作啊？留在美国不好吗？"

"这个我就不知道了。说不定是为了家人或者男朋友呢？"

"虞总已经有男朋友了吗？那得是多厉害的人才能配得上她呀？"

"我只是说可能啦……"

薇薇安忍不住瞪他："我说你到底在想什么啊？你就对咱们老大的私生活这么感兴趣？"

"你别误会，我不是那个意思啦……"

姚迟苦着一张脸解释："我就想吧，我也已经 26 了，却还只是个菜鸟。再看看人家虞总……真后悔之前没认真念书，拿个硕士、博士文凭什么的……"

见他一脸沮丧，薇薇安笑了起来："你也别唉声叹气的啦，其实虞总能上位这么快，倒也不完全是因为学历。"

"那还因为什么？"姚迟有些好奇地追问，"难道是因为她长得特别漂亮？"

面对这口无遮拦的愣头青，薇薇安一时间有些无语。

那些在公司内部已然传得沸沸扬扬的、关于虞卿空降上位的八卦到了嘴边，终究还是被她谨慎地咽了回去。

"别乱说话！我的意思是咱们公司招人用人，也未必只看学历。如果是专业能力特别强的话，其实学历的门槛卡得也没那么紧。只要你工作表现好，就不用担心晋升问题。"

"真的？"听她这么一说，姚迟的眼睛忽然亮了起来，"我有一个朋友电脑技术特别好，不过就是因为学历比较普通，一直没找到什么像样的工作。如果像你说的这样,我能不能帮他递一下简历?"

"学历比较普通?非重点大学还是大专?"

"都不是……好像是只有高中毕业证吧。"

"高中?"

这家伙也实在是有点儿太愣了……

自己都才来上班,试用期还不知道能不能过,居然就开始满怀热情地打算把自己的朋友也推荐进来。

虽然是打着"不拘一格降人才"的口号,但优选集佳在情人节事件之前,也算是个风头正劲的明星公司,本科学历算是员工招聘时的基本要求。

如果专业能力突出的话,有一张大专学历证书可能还有商量的余地。但如果只是高中毕业的话……

"这样吧……"沉默了半晌之后,在他满是期待的目光注视下,薇薇安勉强笑了笑,"我听说公司这周五下午会在大会议室搞一个专场招聘会,面对面地直接和应聘者沟通。要不你让你朋友到时候过来一趟,如果运气好能和部门负责人直接聊聊的话,说不定也是有机会的。"

"谢谢你啦!那我一会儿就给他打电话!"

姚迟并没有领悟到对方这番话里拐弯抹角的劝退意味,当即兴奋地点了点头。

黄昏时分,T城东南角一处逼仄的小巷子里,蒙蒙细雨让凹凸不平的地面变得有些湿滑。

这里是整个T城最老旧的住宅区,放眼望去一派破落。稍微有点儿经济能力的年轻人都已经早早地从这里搬走了,剩下的除了那些已经有心无力的穷苦老人,就是一些行迹鬼祟,不知道究竟是干着什么行当的神秘租客。

虽然环境糟糕,但这里距离T城的CBD(Central Business District 中央商务区)却并不太远。

每当夜幕降临，以嘉里金融中心为代表的几十栋高耸入云的大楼亮起灯，将色彩潋滟的灯光抛洒向这个城市时，这脏兮兮的破旧巷子，似乎也会因为受到这座城市繁华气息的恩泽，而焕发出勃勃生机。

陆聿撑着伞，步履缓慢地从这水洼遍布的小巷子里穿过。

中途没有撞见任何人，只有一只不知从哪里窜出来的野猫在他脚边打了个滚。

快到巷子的另一端时，他在一户脏得几乎看不出本来面目的小房子门口停下，抬手敲了敲门。

几秒钟后，随着"吱"的一声响，房门被拉开。

紧接着，一个年轻女孩把头探了出来。

女孩大概二十出头的模样，五官清秀，是个美人坯子。只是打扮得太过随意，神情也懒洋洋的，再配上那一头乱蓬蓬的头发，很明显就是个生活品质粗劣，长期在社会底层打滚的小么妹。

看到来人的那一瞬，原本睡眼惺忪的女孩一双眼睛迅速亮了起来，就连腰板也不自觉地挺直了些："陆聿？你怎么忽然就来了，也不提前说一声？"

"嗯。"陆聿答非所问地哼了一声，站在门口朝着房间里看了看。

灯光幽暗的房间，被四五层高的金属架子占去了三分之二的面积，每一个架子上都摆满了被称作"卡池"和"猫池"的黑色盒子。

盒子里是一张张的电话卡，靠着这些设备，数万个电话号码在这里被"养活"。

它们中的大多数会成为黑产分子从各大网站谋取暴利时的重要工具。

见他始终站在原地，没有要进门的意思，女孩自嘲地笑了起来："不进来坐坐吗？"

"不了。"陆聿收起雨伞，想了想还是忍不住开口，"阮霖，你怎么还在弄这个？"

"不然呢？"女孩一脸的不以为意，"我这种又没文凭又没门路的人，除了弄这个，还能做点儿什么？而且一套养卡设备成本就是五位数，再加上这些卡，我投了不少钱进去了。不拿它们赚点钱回来，以后我老了你养我？"

对于她这个半是玩笑半是试探的问题，陆聿恍若未闻，只是将眉头皱了起来："你就没想过找个正经工作？"

"看你这话说的……我就养个卡而已，怎么就不正经了？至于别人买了卡以后拿去干吗，关我什么事？"

话到这里陷入了僵局。

想起今天过来的目的，陆聿从口袋里掏了个厚厚的红包出来："算了，不说这些了……这个给你。"

"这是什么？"阮霖有些好奇地把红包接过来，打开看了看，紧接着笑了出来，"你给我钱做什么？真打算包养我呢？"

"今天是你生日，这个……算是生日礼物吧。"

陆聿没理会她的玩笑，耐心解释着："你之前救过我妈，又对她挺照顾的，我一直想找个机会表示下谢意。不过我也不太知道你喜欢什么，就干脆包了个红包给你，算是祝你生日快乐吧。"

"谢了！没想到你还挺坦诚的啊……"阮霖哼声笑了笑，"如果不是阿姨提醒，你大概也不会记得今天是我生日，更不会特地跑到我这儿来吧？不过我倒是想问问你，你以前给其他女孩送过生日礼物吗？难道也是这么简单粗暴地靠红包打发吗？"

陆聿没说话，眼神却忽然暗淡了下来。

很明显，阮霖的这个问题，戳中了他深藏在记忆深处的某些隐痛。

见他不吭声，阮霖微微叹了口气："其实你不用这么破费的，毕竟阿姨身体不好，要用钱的地方多了去了，你收入又不稳定，就靠着东一榔头西一棒槌地在网上接私单赚点儿钱，何必为了我的生日乱花钱？"

"这些你就别多想了。"陆聿安抚似的说，"今天有个朋友给我打了个电话，说是他新入职的那家公司周五有个现场招聘会，让我去试试。如果运气好，能有个稳定工作的话，以后收入就会稳定些了。"

"面试？"阮霖像是听到了什么笑话似的，一脸的不可思议，"你这是打算去上班了？"

"是。"

"可是这事靠谱吗？"阮霖拧着眉头，"陆聿，且不说面试你能不能过吧，就算过了，你能保证他们不会查你吗？我知道你家现在应该挺缺钱的，如果你愿意的话，我可以介绍几个朋友给你认识。到时候你帮他们随便写几个程序，或者找找网站的漏洞……不仅能赚钱，还能在家照顾阿姨，不是比去公司里面上班好得多吗？"

"不用了。"陆聿很快打断了她的话，口气越发冷淡，"你说的那些事情，我没兴趣参与，你说的那些朋友，我也不想认识。"

在养卡的行业里打滚了这么久，阮霖总免不了和形形色色的人打交道。

这些人里面，既有如狙击手一般，专门在各个网站不断挖掘着各种活动漏洞的职业黑客，也有擅于编写程序，利用漏洞获得非法利益的网络高手。

他们站在整个黑产链条的起始端，利用出色的技术攻破各种安全防御，掀起一股股令人不安的黑色风暴。

对于这群人，陆聿并不陌生。

在某种意义上，他曾经也算得上是他们当中的一分子。

甚至他所留下的那些故事，至今还犹如传奇一样，在黑客的世界里，被人津津乐道着。

只是如今时过境迁，昔日的故事都已经变成不愿示人的伤疤，被深深地藏进了血肉里。

即使平日里装得再云淡风轻，一旦被触及，还是会刺痛。

"好吧……"见他态度坚定，阮霖也放弃了劝说，只是低声探问着，"你准备去面试的那家公司叫什么名字？"

"优选集佳。"

"诶？这个名字我听过，好像办公室就在T城最高的那栋写字楼里，看着还挺牛的。这么高大上的公司，你有多少把握？"

"不知道……不过朋友那么费心，我就先试试看吧。说不定运气好呢？"

陆聿一边说着话，一边转身。

他的眼睛微微抬起，视线随着某只振翅高飞的鸟儿，越过高高低低的巷墙和屋脊，向远方飘去。

等到鸟儿的身影彻底消失后，他的目光定格在了这座城市最繁华的那片土壤孕育出来的楼宇森林上。

周五清晨，八点还没到，虞卿已经把车开进了嘉里金融中心的地下停车场。

因为上班之后有一场跨部门的会议要开，为了让会议更为高效，她准备在会议正式开始前，把会议资料再梳理一遍。

停好车后，虞卿先去写字楼附近的小吃店里叫了份早餐。

等待打包的时间里，她找了个角落的位置坐下，一边耐心等待着，一边浏览起了当天的新闻。

没过几分钟，两个年轻的女孩走进了店里。

点完单之后，两人在背靠着虞卿的卡座位置坐下，然后其中一个开始唉声叹气地抱怨了起来。

"这么一大早就被叫到公司真的太要命了！昨天光整理资料就忙到晚上十一点，这还没睡几个小时呢，又要继续折腾！也不知道究竟是什么重要的会，非要一大早就开！"

"你也别抱怨了，卖命的又不止你一个人！看看咱们老大，就算再不爽，也不得跟着一起忙吗？"

另一个女孩安慰了两句后，也忍不住吐槽："不过你说那个虞卿究竟什么来头？刚来没多久就把手伸这么长？除了她自己的运营部之外，咱们媒介部，还有品牌部和风控部的事也都要来插一脚。再怎么说咱们简总也是公司的老员工了,和高层的关系也不错,现在被虞卿这么耀武扬威地欺负到头上,领导们都不出来说句话的吗?"

"嗨!说是为了提高公司网站的运营效率,需要部门之间多协作多沟通……这种冠冕堂皇的大旗一挥,领导们还能说什么?更何况人家还长得那么漂亮,就算性格嚣张点儿,做事出格点儿,领导们不也得怜香惜玉吗?"

话说到这里,两个人似乎都激发了八卦的热情,谈论的内容也越发肆无忌惮起来。

"说起这个……你有没有听说分管咱们这几个部门的副总裁季明好像正在打虞卿的主意?每天打着工作的旗号,在虞卿的办公室里窜进窜出的。有季明撑腰,咱们总监就算被虞卿一再折腾,不也只能忍气吞声?谁让她没人家年轻貌美呢?"

"这么想来也是很心酸啊……怎么说简洁她也是跟在季明身边好多年的老员工了,在媒介总监的位置上也干了挺久。结果刚来个新人就让她地位不保,换我我可忍不了。"

"不过话又说回来,虽说季明在咱们公司算是有权有势,人也长得还行,但还真的未必能拿下虞卿。我听人说,虞卿可是上过长风集团副总裁的车的人。两人上车后嘀嘀咕咕了好一阵,再下来,虞卿手里可就多了好几个奢侈品购物袋呢!"

"什么?她和咱们金主爸爸那边的高管还有纠葛?如果有这层关系在,那她为啥不直接去长风,跑来咱们公司干吗?"

"这你就不懂了……长风集团的那些高管都是有家有口的人,老婆也大多是厉害人物,像她这种扔远了舍不得,摆在身边又不方便的女人,安排到咱们公司做个总监,既给了面子又免了麻烦,不是最合适的选择吗?"

"哈哈哈,那倒是。不过照你这么一说,季副总裁倒是有点儿白费心机了……"

话刚聊到这里,店里的小伙计拿着打包好的早餐脚步匆匆地跑了过来,满脸堆笑地对虞卿解释:"不好意思啊小姐,刚才实在有点儿忙,让您久等了。"

"没事,谢谢!"

虞卿微微一笑,接过对方递来的打包盒,很快站了起来。

完全没有料到所有的议论都被一座之隔的正主听了个正着,两个女孩的脸色瞬间变得惨白。

两人满心忐忑地垂着脑袋,却对近在咫尺的虞卿实在无法做到视而不见,好一会儿才胆战心惊地抬起头,蚊子似的哼了个声音出来:"虞总早。"

"早啊!"虞卿若无其事地笑了笑,拿着打包盒就往外走。路过她们身边时,她点头提醒,"会议九点开始,两位别迟到了。"

"好的!我们知道了!谢谢虞总提醒!"

两人点头如捣蒜,赶紧抱起眼前那碗滚烫的粥吃了起来。

距离会议正式开始还有十五分钟时,两个女孩就已经带着电脑正襟危坐地等在了会议室里。

见到虞卿出现,立马又是一阵点头哈腰。

态度之谄媚,不仅让其他参会人员有些好奇,就连两人的直属上司简洁,也皱起了眉头。

不过虞卿显然没把心思放在这两人不同寻常的态度上,打完招呼后,第一时间就针对如何重新对用户进行激活等问题,抛出了一份洋洋洒洒的方案。

虽然在场的大多数人都对她强势的作风颇有微词,更有人因为那些桃色传闻而心存鄙薄,但这份详细周全的运营方案真真切切地摆在眼前,却也不得不叹服于她工作的细致和高效。

几个平行部门的总监和核心人员都是应季明的要求前来参会,原本不情不愿地抱着"不提意见不说话,你说什么都好"的打酱油心态,然而在见到这份方案后,倒也被激发了讨论欲,很快开始针对各自版块的工作内容,认认真真地协商了起来。

等到讨论结束,时间已经到了下午一点。

众人一边意犹未尽地继续聊着,一边挤进了电梯,准备下楼吃饭。

眼见虞卿依旧在电脑上敲敲打打,似乎是在根据会议上的讨论结果修改方案,季明也刻意落后了一步,等到会议室里的人都走干净了,才装作不经意地晃到她面前。

"今天的会议挺成功的,大家难得都这么有热情。不过我说虞卿你也别这么拼嘛,工作是做不完的。现在也已经中午了,要不先一起去吃个饭?刚好附近新开了一家泰国菜餐厅,听同事说味道还挺正宗的……"

"谢谢季总!"虞卿抬头朝他不冷不热地笑了笑,"我自己带饭了,一会儿去茶水间热热就行。"

"你每天忙成这样,怎么还自己带饭啊?"季明装模作样地发出一声惊叹后,朝她身边凑了凑,"怎么,男朋友做的?"

这次虞卿就只是挑了挑嘴角,连眼神都懒得给他了。

季明被冷了几分钟,只觉得无趣,想要就此退下,又有点儿不甘心。

磨蹭了几分钟后,他干脆拉了张椅子坐下,摆出一副推心置腹的表情:"虞卿啊,你进咱们公司也快俩个月了,其实我一直想问问你,觉得一切还适应吗?"

"挺好的,谢谢领导关心,没什么不适应的。"

"那你对我这个分管领导,是不是有什么意见啊?"

虽然很想点头,顺带补上一句"您别假公济私地每天骚扰我就行",但毕竟她如今也已经是一个成熟的职场人了,有些话还是只能藏在心里。

眼见对方依旧不依不饶地等在那里,满脸的不识趣,虞卿干脆把电脑一合,抬起头来:"季总,您别误会,我就是初来乍到有太多东西要熟悉,所以有时候太专注在工作上,难免会忽略其他问题。您是我的领导,又是前辈,我对您尊敬还来不及,哪会有什么意见呢?"

"那就好……那就好!"季明松了一口气,继而忍不住得寸进尺道,"既然是这样,那晚点儿就一起吃个下午茶嘛。刚好咱们也可以深入聊聊,看看你接下来的工作有什么需要我这边协调支持的。"

给他个眼神还真的就顺杆往上爬了。

就这种死缠烂打不知进退的厚脸皮作风,也不知道他是怎么混到副总裁的位置的。

虞卿心里接连翻了好几个大白眼,语气却还是一派温和:"季总,谢谢您的关心,不过下午咱们不是有个招聘会吗?运营部正好也在招人,我就想过去瞧瞧。"

"那也挺好,毕竟招人还是挺重要的……"

连番被拒,季明就算脸皮再厚,也不好意思再自找没趣。

眼见打扫卫生的清洁阿姨已经拿着抹布走了进来,他不甘心地留下一句"那咱们下次再约"后,才不情不愿地离开了会议室。

被他这么一耽搁,中午那原本就少得可怜的休息时间也只剩下几分钟了。

虞卿收拾好东西回到自己的办公室,匆匆啃了块面包,眼见时间差不多了,就搭乘电梯去了楼下的招聘现场。

虽说因为黑产分子的暴力攻击而沉寂了好一阵,但基于昔日的良好口碑,还有长风集团的介入,优选集佳在招聘市场上依旧风头不减。

眼下入场时间刚到,房间里就乌央乌央地涌进来了一群人。

虞卿在分管运营人员招聘的同事身旁站了一会儿,翻看了一下他们收到的简历,又和几个感觉还不错的应聘者聊了聊,一个多小时折腾下来,只觉得口干舌燥。

虞卿正准备去茶水间喝口水,不远处两个女孩子的轻声议论却忽然传到了她的耳边。

"你的简历不是已经递上去了吗,面试官也通知你下周过来复试了,怎么还在那边待了那么久?磨磨蹭蹭地干什么呢?"

"我看帅哥呢!"已经拿到复试通知的女孩子显然有点儿激动,就连声音都在颤抖,"刚我面试的时候旁边有个帅哥也在递简历,我就想看看有没有机会和他做同事,所以在那儿等了等。"

"不是吧！什么等级的帅哥值得你专门守在那儿这么久？吴彦祖还是莱昂纳多？"

"就……他人还没走呢，你自己看吧！"

顺着女孩子手指的方向，虞卿和她的同伴同时抬了抬眼。

角落里站着个身材高挑的男青年，头发剃得短短的，衬得原本就俊朗的五官更加英挺。

比起大部分不断调整着动作、表情，急于在最短的时间内展示自己的求职者，他低垂着眼睛一脸沉默的模样看上去格外淡然。

可偶尔抬眼看向那些已经顺利通过面试的求职者时，眼睛里所迸发出来的光彩，又分明泄露着他深藏在内心深处的骄傲和渴求。

他穿着黑色的T恤加蓝色牛仔裤，乍一眼看去和互联网公司里常年蹲在电脑前敲键盘的普通"码农"没有太大区别，但出色的长相和气质却像是个超级磁场，让人目光投向他后，就再也舍不得挪开了。

"哇塞！果然是帅哥！这种等级的帅哥不去混娱乐圈当模特，简直就是暴殄天物！"

仅仅扫了一眼，身旁的女孩已经低呼出声："不过你看到没，他右边眉角的地方好像有道疤！估计不太好惹！"

"拜托！男人总要有点儿血性才帅嘛！遇到事情敢动手总比躲在电脑后面当键盘侠好！有句话怎么说来着？伤疤是男子汉的勋章嘛！"

"那倒是……被你这么一说，好像更有魅力了。对了，他应聘的是哪个部门？你们有做同事的可能吗？如果有的话，以后介绍给我认识认识？"

"这个可能有难度。"对方摊了摊手，"我看他简历才递过去没十秒就被退回来了，好像是学历有问题，没达到公司要求。"

"这样吗？那真的太可惜了……不过就算做不了同事，一会儿也可以找机会要个电话号码！"

"我就是这么想的。不然咱们再等等，看他什么时候走？"

女孩子们的嘀嘀咕咕还在继续，虞卿却已经什么都听不见了。

从那个身影落入她视线的那一瞬起，她整个人就已经陷入了眩晕状态。好几分钟过去，她还得靠着不断掐紧手心，才能让自己保持镇定。

又过了几分钟，一个跟他年纪差不多大的小伙子跑到青年身边，急匆匆地问了一通后，脸上浮现出了失望的表情。

青年的神色却始终没什么波动，像是如今的结果早已经在自己的预料中一般。朝着对方点了点头后，他把简历慢慢揉紧，揣进了裤兜里，似乎就要准备走人。

虞卿暗暗做了个深呼吸，走上前往他身前一挡，低声呵问："你应聘的是哪个部门？"

视线交会的那一瞬，青年像是被什么东西烫到了一样，情不自禁地后退了半步。

紧接着，在虞卿锐利地逼视下，他将目光移开，低低哼了个声音出来："安全与风控。"

随着那声低哑的回答，虞卿的心像被针开了一个小孔。

某种尖锐的刺痛跨过时间和空间的界限，随着流淌的血液和奔涌的记忆，迅速充满了她的全身。

还没来得及开口，原本满脸沮丧地站在一旁的姚迟快步走了过来，急匆匆地唠叨着："老大你也来了啊！给你介绍一下，这是我哥们儿陆聿。我听说咱们公司在招人，只要专业能力强，别的都好商量，所以就让他过来试试，没想到还是卡在了学历上……我这哥们儿电脑技术特别好，你看能不能帮忙跟人力资源和风控那边的老大说说？"

陆聿紧抿着嘴唇。

姚迟每多说一句，他的脸色就青上一分。

他迅速打断了姚迟的话，然后勉强笑了笑："不用麻烦了。其实我也就是过来随便看看，不是非得要……"

话还没说完，虞卿已经把手一伸："你的简历呢？给我！"

陆聿怔了怔，下意识地把那份已经揉得皱巴巴的简历拿了出来。

姚迟原本以为她会仔细看看，没料到虞卿把那张纸拿到手里后，连眼睛都没斜，言简意赅地抛下一句"跟我来"，就径直朝着招聘处的方向走去。

因为之前那场几乎让企业濒临倒闭的危机，眼下企业的安全与风控工作已然成为优选集佳所关注的重中之重。

风控部门的总监秦朗，也是公司用了大把的时间和精力评估以后，花高薪从某个顶级互联网企业挖过来的。

而秦朗显然也没有辜负大家的信任和期待——从被挖过来的第一天起，除了层层优化企业的网络安全系统之外，还花了大量的时间和精力进行团队建设，因此对于部门员工的招聘条件要求颇高。

今天他早早来到了招聘现场，此刻正坐在负责招聘的人力资源的同事身旁小声讨论着什么。

忽然间，一份简历被递到了他眼前，紧接着就是虞卿恳切的声音："秦总，耽误你两分钟，这份简历能不能麻烦你花点儿时间瞧瞧？"

虽说风控和运营在电商企业里是密不可分的两个部门，但因为都是初来乍到，虞卿之前又频频出差，两个人之间的交流并不多。

在意识到对方此番举动的潜台词后，秦朗有些愕然地把简历接在了手里。

匆匆看了几眼后，他眉头皱了皱，把纸递给了旁边的人力同事："小吴，这份简历你们看过了吗？"

对方显然对陆聿的印象颇深，很快就点了点头："秦总，这份简历我看过了的，不过感觉不是太符合公司的用人标准，所以已经拒绝了。"

"是因为学历吗？"虞卿迅速接口，"可是我记得公司对于有特殊专长的人，是开辟了绿色通道的。既然他人都已经到了，两位可不可以给他一个机会，测试一下他的专业能力？"

小吴有些尴尬地挠了挠头，还没来得及表态，秦朗已经是眉头一皱，站了起来:"虞总,你说这话我可就有点儿听不懂了。公司有公司的用人标准,小吴他们也只是按照规则办事。如果每个人都要因为这样那样的关系开后门的话,对其他的求职者又是否公平呢?更何况,作为风控部门的负责人,该用什么人我心里清楚,虞总操心好自己运营部的事就好,不用替我操心。"

话说到这里,字里行间的嘲讽味早已是遮不住。

很显然,在秦朗这种自认是靠真本事吃饭的职业经理人心里,对虞卿这类被风传为"因为与高管关系暧昧不清,才年纪轻轻就迅速上位"的女性管理者,是很有几分瞧不起的。

虽然平时风言风语也听了不少,但被人这么不留情面地公然嘲讽,却还是工作以来的第一遭。

虞卿被他几句话说得脸上青一阵白一阵,在周遭那些目光的包围下,整个人都有些僵住了。

但即便如此,她却还在据理力争:"秦总,我没有要干涉你们部门人事的意思,只是学历并不完全等同于工作能力。陆聿在互联网安全方面的技术真的非常优秀,还曾拿过千极杯全国CTF大赛(Capture The Flag夺旗赛,在信息安全领域特指通过攻击手法获取服务器后寻找指定的字段,或者文件中某一个固定格式的字段)的个人一等奖,这些资料你在网上随便查查就能知道。对于这样的人才,我相信你也不愿错过,那么为什么不能给他一个机会证明自己呢?"

"千极杯全国CTF大赛的一等奖?"

这个信息显然出乎秦朗的预料。

作为网络安全技术方面的行家,他自然知道能在这种等级的比赛中摘得冠军,究竟意味着什么。

拿着简历重新看了一会儿之后,他的目光看向了陆聿:"既然虞总一再为你说情,想来你必然是有些过人之处的,我就给你个机会让你证明自己……你看你是做几套测试题,还是直接和我聊聊?"

陆聿垂着头站在原地,脸上看不出太多的情绪。秦朗额外开恩的一番话,他像是根本没听见似的。

等了一会儿没见回应,秦朗只当他露怯,不禁讥讽地笑了起来:"虞总,看来您一心推荐的人才,并不想接受我们的现场测试啊。"

虞卿扭过身,面对着陆聿毫无波动的脸,呼吸逐渐变得急促。

她狠狠咬了咬牙,几步走到他面前,厉声质问:"你究竟怎么回事?既然来了,试都不试一下就想要逃走?你以前不是挺嚣张的吗?不是不顾一切都要证明自己吗?现在机会来了,怎么反而不吭声了?陆聿我告诉你,别让我看不起你!有种你就证明自己,就像……"

就像当初你向我证明自己时那样。

声色俱厉的呵斥声到了最后,无可抑制地带上了几分颤音。

陆聿一直波澜不惊的一张脸,在她隐隐带着哭腔的声音里,终于有了些许变化。

他微微抿了抿嘴唇,看向秦朗:"请问,能不能借我一台电脑?"

秦朗有些意外,却很快点了点头。

在众人的注视中,陆聿随手拉了张椅子坐下,手指如花丛中起舞的蝴蝶一般在键盘上敲敲打打。

四周还是一片嘈杂,他却像是进入了无人之境,目光专注地盯着眼前的显示屏,仿佛任何事情都不能对他造成干扰。

三分钟后,陆聿停止了手上的动作,随即将电脑显示屏一转,面向了秦朗的方向。

显示屏上,是一张旁人完全看不出端倪的截图。

但秦朗的脸色,却忽然变了。

几秒钟后,他的电话忽然响起,按下接听键后,一道惊惶的声音传来:"秦总,不好了!咱们公司的内网好像忽然被黑掉了,原因暂时还没查明,您要不要过来看看?"

"不用了……"对于自己任职以来一直精心保护着的公司网络系统在短时

间内轻而易举地被人攻破，秦朗有些难以置信，他低声道，"是路由器被人远程关掉了，你们先别乱……"

他放下电话，抬起头来，神色复杂地看向没事人一样的陆聿："这是你的杰作？"

陆聿嘴唇微抿，神色平静地朝他点了点头："不好意思，给您添麻烦了。只是我想，这样的证明方式，可能会更直观一点。"

楼下的招聘会还在如火如荼地进行着，虞卿却回到了自己办公室。

她已经没有力气继续站在那里，去面对人事部门和秦朗对陆聿作出的最终评测结果。

在那场让人震惊的"自证"之后，陆聿很快就离开了招聘现场。除了一句含糊不清的"谢谢"之外，什么话都没有对她说。

那副隐忍又淡漠的模样，和这些年她所面对的一模一样。

无论她打多少次电话，写多少封信，都石沉大海，无法在陆聿心里激起半点儿涟漪。

可是在离开大学校园之前，她所认识的陆聿明明不是这样的。

思绪纷飞，虞卿觉得自己的脑子越来越疼。

刚想在办公桌上趴着合眼休息一阵，敲门声就不知趣地响了起来。

虞卿凝了凝神，把头抬起："请进。"

姚迟堆着一脸的笑，探头探脑地走了进来："虞总，我这次来是想要谢谢你，秦总和人事那边商量了一下之后，最终同意给陆聿发 Offer（录取通知）了。"

"谢我干什么？"以秦朗一直以来的严苛，他能做出这个决定也是不容易。听闻结果如此，虞卿也不由得松了口气，"你要谢也该去谢谢秦总。"

"秦总我又不熟，何况他看着那么严肃，我可不敢贸然去套近乎。"姚迟笑说一句，试探道，"虞总，你和陆聿是不是认识啊？"

虞卿赫然一惊:"你怎么会这么问?"

"不然你怎么会知道他在那个什么大赛里拿过奖?这事连我都不知道,他简历里也没提。还有啊,我觉得你们不像是第一次见面。"

这家伙……平日里看着大大咧咧的,对人情世故一窍不通的样子,没想到关键时刻小脑袋瓜子还挺机灵。

话都说到这份上了,虞卿也没打算否认:"嗯,陆聿是我在T大时的师弟。同校不同系来着,之前就认识。"

"T大?"姚迟猛地一怔,"不是吧!陆聿他不是只有高中毕业证书吗,居然在这么厉害的大学里混过?他念的是什么专业啊。"

"计算机网络与安全管理。"

"难怪他电脑技术这么强……"姚迟挠了挠头,表情还是有些疑惑,"可是不对啊,既然陆聿这么厉害,专业课考试什么的应该不至于过不了关吧,怎么最后没拿到T大的毕业证啊?是发生了什么事吗?"

面对这直白的询问,虞卿只觉得越发头疼。敷衍地摇头表示不知情后,她刻意换了个话题:"对了,你和他又是怎么认识的?"

姚迟拉了张椅子在她的办公桌前坐下,摆出了一副回忆往昔的架势:"这个啊,那可说来话长了。

"前几年我大学还没毕业的时候谈了个女朋友,为了讨她欢心,变着法儿的给她买礼物。

"可是当时也没啥钱嘛,就只能盯着网上那些低价秒杀活动,想碰运气。可想要秒杀成功,只凭网速和手速是不行的,越是物美价廉的好东西,就越得靠技术和程序帮忙……

"机缘巧合之下,有个朋友告诉我他认识一个代拍,成功率特别高,收费也挺良心的。我就抱着试一试的想法,加了他的微信……"

代拍?虞卿默默地咀嚼着这个词,一时间只觉得五味杂陈。

她当然知道以陆聿的技术能力,任何网络秒杀抢购活动都是手到擒来。

只是离开 T 大以后的这么些年，他那令人惊叹的才华竟然都用在了这样的事情上吗？

想起当年他意气风发地为自己的未来勾画宏伟蓝图的模样，这样的现实实在是让人感觉难过。

神思恍惚之际，姚迟的叨念声还在继续。

"有了第一次的成功合作，我后来又找了他几次。只要下单，基本就能心想事成。不过虽然成功率几乎是百分之百，他接单却很克制，也不会仗着技术过硬给自己捞便宜。虞总你知道，干代拍这一行的，只要肯多抢，就算拍来的东西自己不用，转手往二手平台上一挂也是赚的。就是因为这个，我觉得他这个人讲诚信还不贪心，微信上多聊了几句，也在线下约了两次饭，就慢慢熟起来了。"

"所以这次招聘会，你才会特意把他推荐过来？"

"那倒也不是！如果只是普通饭友，我才不会多这个事。而且陆聿这人吧……性格挺孤僻的，不深交的话，就会觉得不太好相处。

"会和他成为哥们儿，是因为有一次我妈在网上被人给忽悠了，被骗了一大笔钱，当时我实在是着急，就顺嘴和他提了一句。

"结果他二话没说就抱着电脑和我去了公安局，不眠不休地配合警方弄了好几天，居然真的把钱给追回来了。

"从那个时候开始，我就发现这家伙面冷心热，是个特别讲义气的人，也就实打实地认了他这个兄弟了……"

这一番回忆前前后后说了半个多小时。

等姚迟惊觉自己在工作之外耽误了太多时间，他连忙站了起来。

"虞总，不好意思啊，我 嗦这么多其实就是想说，你别看陆聿他不爱说话，性子也有点儿冷，好像不太通人情世故，你帮了他这么大的忙他也没好好感谢一下，但他人真的挺好的，也挺记恩情的。我相信他入职以后，一定会特别努力、特别用心地把自己的工作干好，不会辜负你对他的帮助的！"

陆聿念大学的时候，没有人会把"不爱说话，性子有点儿冷"之类的形容词和他联系在一起。

毕竟那个时候，整个T大都没有比他更耀眼、更张扬、更桀骜不驯的大一新生了。

不过那也已经是很多年以前的事了。

无常的命运总能把很多的改变一点点地渗入一个人的骨髓，让人变得面目全非。

"我知道了，谢谢你。"虞卿暗中叹了口气，也跟着站了起来，"对了，还有一件事我想要麻烦你。"

"虞总，什么事？"

"陆聿现在的住址，你能不能给我一个？"

离开招聘会现场后，陆聿漫无目的地在街上走了好一阵。

熙熙攘攘的人流中，他觉得自己像是一尾陷入泥潭中的鱼。

满心的烦躁让他几乎难以呼吸。

这么多年过去了，他原本以为自己和虞卿早已经生活在两个平行的世界里，互不相扰，再无关联。

可偏偏因为他鬼使神差地参加了一场招聘会，他们又再次相遇。

他离开招聘会后不久，就有人事部门的员工打来电话，通知他已经通过面试，开出的薪水也比他料想的要高出不少，可满心的烦恼并没有因此而有丝毫消减。

一旦入职，正式成为优选集佳的一分子，那就意味着未来的工作中，多多少少总会和虞卿打交道。

可在经历过那么长时间的失联后，她会怎么看待自己？

而自己又该怎么面对她？

事实上，从那份可笑的简历被对方拽过去的那一瞬起，他就已经开始后悔了。

让虞卿和秦朗据理力争的那个"CTF全国总冠军"的头衔和"高中毕业"四个字放在一起,看着就跟个天大的笑话似的。

今天虞卿除了帮他争取面试的机会以外,一个字都没多问。

可是以后呢?

即使那些年少轻狂时的种种回忆,都随着时光的流逝而被默默掩盖,即使那么多通电话、那么多封信都如石沉大海一般没有得到回应,关于他究竟为什么会变成现在这个样子,她会当作什么都没发生一样,不去追根究底吗?

满腹的纠结让陆聿忘记了时间。

直到太阳西沉,上班族们踩着影子匆匆往家赶时,他才回过神来,搭上了回家的公交车。

到家时已经是晚上七点。

刚把门推开,一股热腾腾的饭菜香味就飘了过来。

陆聿有些愕然地抬起头,目光所及之处,年轻的少女正双手抱胸站在厨房门口,嘴角边挂着个若有似无的笑。

"阮霖,你怎么来了?"

"我要是不来,阿姨吃什么?等你回来做饭吗?"阮霖轻轻哼了一声,一脸探究地看着他,"你今儿去优选集佳面试了?"

"嗯。"

"情况怎么样?"

"也就那样吧……"关于面试的话题,陆聿并不想多聊。他随口敷衍着进厨房,眼见饭菜都已经烧熟,不需要他再忙活什么,就朝着阮霖点了点头,"谢谢你一直惦记着我妈,还专门跑来帮忙。马姐明后天就会回来,以后就不用麻烦你专程跑来做这些事了。"

"马姐回来了又怎么样,我过来看看阿姨不行吗?你要是不想见到我直说就是了,何必这么拐弯抹角地赶我走?"

"我不是那个意思……"

"那你是什么意思?"

阮霖狠狠地朝他瞪了一眼,对他的不解风情实在是无计可施。僵持了几秒钟后,她走进卧室,手脚轻缓地拍了拍躺卧在床上的女人,低声唤道:"江阿姨,起来吃饭了。"

妇人正是陆聿的母亲江雪萍。

在阮霖的搀扶下,江雪萍脚步迟缓地慢慢挪进了客厅。

刚在沙发上坐下,眼见陆聿正准备把外带回家的烧鹅装盘,她忽然像想到了什么,犹犹豫豫地开口问:"阿聿,你怎么忽然想到买烧鹅了?今天是有什么事情吗?"

"你喜欢吃嘛。今天刚好出门,就顺手买回来了。"

"可是你出门干什么呀?而且一去就是一下午,还这么晚才回来……"江雪萍的声音忽然就急促起来,"阿聿,你告诉妈,你这段时间究竟在做些什么事啊?妈年纪大了,身体又不好,所以不求别的,只求你安安稳稳,就算咱们家里日子过得紧一点儿,也比妈再失去你要强啊!"

听着她的哀求声,陆聿只觉得心下一痛。

还没来得及解释,阮霖已经先一步开口:"阿姨,您别担心,陆聿今天下午是出去面试了!"

"面试?面什么试?"

陆聿耐心解释道:"朋友帮忙介绍了一份工作,我今天下午去和用人单位聊了聊,明天就可以去上班了。"

这个回答不仅让江雪萍意外,就连阮霖也不禁愣了愣。

江雪萍又是欣喜又是焦虑地开口:"什么样的公司啊?你去那边做些什么?他们会不会查你之前的事?如果要和上次那样做什么背景调查,你要怎么应付啊?"

"没事的,妈。"陆聿暗中咬了咬牙,脸色却依旧保持着平静,"这家公司挺好的,在T城的中心区最高的那栋楼里,薪酬福利什么的都很不错。而且里面有我大学的师姐在做管理,有她帮忙,公司不会查那么严的。"

"那就好……那就好……"妇人低声呢喃着,像是终于松了一口气,"你这个学历,之前又犯过事,能找份稳定的工作也不容易,以后要好好干,别怕辛苦,妈这边有马姐和霖霖照顾着,你也不用担心。不过你那位师姐叫什么呀?妈见过吗?如果方便的话,请她来家里坐坐?她肯照顾你,妈怎么着也得表示一下谢意不是?"

听着江雪萍一声声的唠叨,陆聿只觉得头都大了。

他都开始后悔为了安慰老太太,把"师姐"这个角色给抛了出来。

可是潜意识里,他又的确很想和人聊聊与她有关的话题。

即使与虞卿这个名字相伴的,只有无尽的悔意和痛苦。

"等有机会再说吧,我都还没正式去上班呢。"

陆聿勉强笑了笑,正在琢磨着应该说点儿什么把这个话题岔开,房门被敲响的声音,就突兀地响了起来。

陆聿觉得有点儿奇怪。

他们家很少有客人走动,即使是偶尔会来探望母亲的亲友,一般也会选在周末的白天登门。

"这个时候……谁会来敲门啊?"

"没事的,妈你和霖霖先吃饭,我出去瞧瞧。"

这么多年过去了,听到这种突如其来的敲门声,母亲依旧会表现得犹如惊弓之鸟。

想来是她当年忽然被敲门声惊动,又眼睁睁地看着自己被警方带走时留下的阴影。回忆袭来,陆聿内心的苦意越发浓重。

他不敢再想,起身径直走到了门口,将房门一拉。

看清来人的样貌后,他彻底怔住了。

"是你?"

"没错，是我。"虞卿点了点头，像是怕他下一秒又会忽然消失，目光始终没有从他脸上挪开，"你现在有空吗？我想找你聊聊。"

陆聿没吭声，像是想要拒绝，却又不知道该怎么把话说出口。

僵持之中，听到动静的阮霖也跟着走了出来，眼神在虞卿身上绕了一圈后，眉头微微皱起："陆聿，这是谁啊？"

"一个朋友……"

"既然是朋友，怎么不让人进来坐坐？"

像是陷入了巨大的混乱里，陆聿眼神有些躲闪，直到阮霖轻声提醒，他才骤然惊醒一般低声开口："今天我不是很方便，有什么事情能不能等明天到了公司再说？"

这么多年未见，她忙碌了一整天后特意找上门来，陆聿却连让她进门坐坐的意思都没有。

甚至连那个"明天再说"的回应，都像是陆聿在猝不及防之下给自己的一句敷衍。

至于这个所谓的"不是很方便"，是因为站在身边的这个女孩吗？他们之间又是什么关系？

虞卿只觉得越发心凉。静静地站了半晌之后，她轻轻点了点头："也行，既然你不方便，那明天公司见。"

然后她抬起眼睛，像是要堵住他最后的退路似的再次开口确认："陆聿，明天你确定会去公司的，是吗？"

陆聿有些狼狈，沉默了许久，才哑声开口："是……"

得到一声低哑的回应后，虞卿迅速转过了身。

仿佛两个人面对面的时间再多延长一秒，就会因为迅速泛红的眼眶暴露自己的脆弱。

走了几步之后，身后传来了房门被关上的轻微"吱呀"声。

昏暗的夜空里，月亮被厚厚的乌云遮蔽着，一切都显得晦暗不明。

路灯投下的微弱光线中,她眼眶发热,思绪翻涌,一点点陷入了遥远的回忆中。

第二章 初识

与陆聿初识时，虞卿刚刚升入大三不久。

因为成绩优秀，能力突出，还长了一张在任何场合都足以充当T大门面的漂亮脸孔，她早早就被校领导认定为T大宣传部部长的接班人，只等几个月后换届时间一到，老一任的部长功成身退，就将走马上任。

按照T大的惯例，每年新生入校后，校宣传部会找出几个优秀代表进行互动访谈，一方面希望以此为契机，向广大新生宣传T大的校园文化，另一方面也希望师弟师妹们能因为这样的交流尽快融入大学的校园生活中。

虞卿深知这是她正式接任部长前的重要考验，因此从接到任务的第一天起，就铆足了劲儿开始做准备工作，策划方案修改了一轮又一轮，只盼着这一次的系列专访，能够打造出和过往不同的亮点，让新老学生之间形成真正意义上的交流。

虽未正式上任，但基于过往的出色表现，宣传部的成员们对她都颇为信任，对她安排下来的工作也都态度积极，格外配合。因此只用了一个多月的时间，厚厚的一沓候选人名单就已经交到了她手中。

这些星光熠熠的简历里，不仅包含了各省的高考状元，专业成绩突出的特长生，同时还有刚进校不久就被各大院系冠以各种系花系草称号的俊男美女。

这让虞卿在仔细挑选之余也忍不住感叹，这些还稚气未脱的师弟师妹当中，还真是能人辈出，卧虎藏龙。

经过了半个多月的筛选，采访对象的名单终于敲定，接下来就是对目标人选进行一对一的联系，沟通采访大纲敲定采访时间。

虞卿原本计划着直接以院系为单位，把相关的沟通任务给宣传部的小伙伴们一一安排下去，没想到却有部员先一步主动找上门来。

"师姐，我收到你的采访名单了，我想申请去联系计算机网络和安全管理专业的陆聿，你看可以吗？"

"为什么？你们工商管理系不是也有两个小师妹在受访名单中吗？你是她们的直系师姐，联系起来不是更方便一点？"

"她们两个我可以搞定啦……就是陆聿那边，我看了他的资料，对他过往的经历挺感兴趣的，想要趁这个机会认识认识。"

"啧啧……我看你感兴趣的不是人家的资料，是人家的照片吧？不过任小棠，人家可是刚刚上大一的小师弟，你可别表现得太热情，把人给吓到了。"

"大一怎么了？有谁规定师姐不能主动认识师弟的？"虽然被调侃得有些脸红，但任小棠没有要退缩的意思，"而且校领导不是也鼓励各大院系之间多互动，多交流吗？总是在一个系里打交道多没意思，多出去看看才能更全面更深入地感受校园生活嘛。"

"能把夹带私货的行为说得这么冠冕堂皇，我也真是服了你了！"

见她意愿强烈，虞卿也没打算阻拦："既然你都这么说了，那联系陆聿的事就交给你。不过我还是要多提醒一句，你要借这个机会认识他没问题，后面会怎么发展也看你自己，但工作可别耽误了。"

"那是当然！"见她同意，任小棠赶紧点头，"师姐放心！我绝对不会耽误正经事的！"

采访任务分配下去以后，虞卿就没再打听过任小棠这边的动向，只是按照部员们反馈回来的消息，陆续敲定着采访的排期。

两个星期之后，访谈计划走上了正轨，在顺利地完成了前两期的录制后，任小棠才终于提交了自己的反馈信息。

"工商管理系两个师妹的沟通工作都已经完成了，她们的态度都还挺积极的，对我们的采访大纲也做了准备，只要提前确认好时间就没问题。"

"陆聿那边呢？"面对着眼前写着陆聿的名字，却一片空白的信息反馈表单，虞卿有些疑惑，"你没去找他？"

"找了……"任小棠犹豫了一阵，才怅然开口，"不过他拒绝了。"

通常刚进校不久的大一新生，对于各大校属组织的工作安排都较为配合，难得遇到这么一个完全不给面子的，虞卿也难免好奇："说了为什么吗？"

"就……觉得没兴趣吧，所以不想浪费时间。"任小棠支支吾吾的。

这段时间以来，"陆聿"这个名字已经通过各种渠道传到她身边，即使未见其人，虞卿也已经对这个新生有了"长相帅气但个性张扬""成绩突出却恃才傲物"之类先入为主的印象，如今听到来自任小棠的反馈，多少还是觉得有点儿心塞。

只是比起她只是发一发"这样的大一新生实在是太不可爱了"之类的牢骚，任小棠的情绪显然要糟糕得多。

毕竟陆聿的拒绝，不仅让原本已经构想好的采访计划被打乱，更表明了对方对她无甚兴趣。

对于一个女孩子而言，从心怀好感的对象那里收到这样的反馈，心情低落是必然的。

觉察到了对方的沮丧情绪，虞卿赶紧善解人意地安抚她："没兴趣就没兴趣吧，优秀的新生那么多，咱们也不缺他这一个不是？现在差不多要到吃饭的时间了，听说学校附近新开的一家川菜馆还不错，要不咱们去试试？我请客！"

美食向来是治愈情绪低落的良药。

原本还一脸苦闷的任小棠听她这么一招呼，很快就两眼放光地点了头。

这家新开的川菜馆坐落在T大附近的美食一条街上，因为推出了开业第一周全场六折的促销活动，店里店外都挤满了前来觅食的学生，生意火爆。

两人到达餐馆时，门口已经排起了长队，虞卿正在估算着还得等多久，任小棠忽然身体一僵，扯了扯她的袖子："师姐，看样子一时半会儿也排不上，要不我们还是换个地方？"

没留意到她神情里的尴尬与窘迫，虞卿依旧态度积极："这个时间，去哪儿人都多。你要是嫌慢的话，要不先去周边逛逛，我在这儿排队，等排到了给你发信息？"

话音还没落，几个年轻的男孩子一边嘻嘻哈哈地聊着天，一边走了过来。

目光落到她们身上时，有人吹了声口哨，故意把嗓子给扬了起来："哎呦，这可真是人生何处不相逢！陆聿走到哪儿，都能遇见熟人呢！本来还以为要等位，现在看来是不用了，跟着帅哥一起吃饭，福利就是多！"

嬉笑之间，一个小胖子走到任小棠身前，冲她挤了挤眼："师姐好啊，你也来吃饭？这不陆聿也在嘛，你介不介意让我们也一起沾沾光，顺便帮我们占个座？"

眼见任小棠脸色急速涨红，却目光低垂着始终不敢吭声，虞卿忍不住眉头微蹙，朝着人群中的男主角看了看。

那是一个即使在拥挤嘈杂的人群中，也能够第一时间吸引大部分人注意力的男孩。

虽然刚迈入大学校门不久，但比起许多一脸青涩，发育尚未完全的小豆芽菜们，陆聿肩宽腿长身材挺拔，鹤立鸡群。

即使此刻是话题的中心，他脸上的表情丝毫不乱。

普通男孩被起哄调侃后的羞涩、欣喜、紧张、慌乱在他身上统统找不到。他眼角微挑似笑非笑，带着几分看笑话般的不屑和嘲弄，像是类似的事情已经不知经历过多少次了。

当初看照片的时候只觉得他五官端正，英俊帅气。现今见到真人，才发现除了出色的长相之外，那种因为长期被追捧而蕴养出的嚣张气场，才是让女孩子腿软的终极杀器。

也难怪任小棠会对他一见钟情,还处心积虑地去和这个小学弟套近乎。

只是公开场合中,用这种轻慢倨傲的姿态,任由自己的哥们儿冲着一个对自己心存好感的女孩子白哄,实在是太过分了。

眼见那些年轻的男孩子还在不知轻重地笑闹着,且越来越起劲,甚至已经有人一脸理所当然地挤在了任小棠身边,虞卿忍不住把脸一板,低声呵斥:"我说你们都消停点儿!我们这里排的是两人桌,想吃饭的话就自己排队,这儿没人给你们占座。"

被她冷着脸这么一警告,男孩子们瞬间收声。

一阵惊疑不定的相互对视后,男孩堆里有人小声嘀咕起来:"这谁啊?长得倒是挺漂亮的,怎么脾气这么大?咱们不就是开个玩笑嘛,她至于这么认真吗?"

"小声点儿!她是虞卿,市场管理系大三的师姐,听说还是咱们学校宣传部的下任部长来着!"

"校宣传部的部长?那让人打着新生采访的幌子来和陆聿套近乎,就是她的主意了?"

"那倒也未必……不过咱们还是别惹她吧。"

陆聿站在一旁,还是那副事不关己的冷淡模样。直到议论声渐停,虞卿扭过头去,没再把注意力放在他们这群人身上,他才撞了撞身边一个穿着牛仔外套的男孩的肩膀,漫不经心地开口问:"我说赵磊……就是她吗?"

对方正朝着虞卿的方向偷偷打量,满脸的魂不守舍,忽然被他这么一撞,差点儿跳起来:"什么?"

"你的女神啊……"陆聿挑着嘴角,玩味地笑了笑,"你心心念念每天做梦都惦记着的那个校宣传部的女神师姐,是不是就是她?"

"你小声点儿!别让人听见了!"赵磊紧张地瞪了他一眼,继而又忍不住询问,"她是不是特别漂亮,还超级有气质?"

"也就马马虎虎吧……"陆聿嗤声一笑,倒是善解人意地把声音压低了几分,"你们不是认识的吗?怎么不过去打个招呼,趁机联络一下感情?"

"还是算了吧。我是认识她,她可未必认识我……"

赵磊讪笑着,脸上的表情却有点儿失落:"我听师兄们说,学校里追她的人可多了,我也就是在宣传部招新的时候和她说过几句话,估计人家早就把我给忘了。"

看着他一脸的委屈,陆聿只觉得好笑:"那你就准备一直这么暗恋下去,把自己憋到内伤?"

"不然还能怎么办嘛?"赵磊磕磕巴巴地说,"师姐要求严,宣传部我没能混进去,大家又不在一个系里,平时连个说话的机会都没有。如果我长成你这样,倒是可以去路上堵着她要微信,可我也不是帅哥啊!"

陆聿笑着骂了一句,顺手将他的脖子一搂,眼睛看着虞卿的方向,低声开口道:"要不这样,你叫我一声爸爸,我来帮你这个忙。"

因为等位时间过久,等到一顿饭吃完,天色已经黑了下来。

趁着任小棠去洗手间的时候,虞卿主动去前台结了账。

走出餐馆大门,她正准备去隔壁的便利店里买口香糖,有人堵在了她身前,那人似笑非笑地打了个招呼:"师姐好啊。"

"你好。"虽然有些意外,但虞卿还是保持着应有的礼貌,"请问有什么事吗?"

"也没什么特别的事,就是听说你们宣传部想找我做个访谈是吧?"陆聿弯着眼睛,嘴角挂着小姑娘们最喜欢的那种有点儿坏又有点儿懒洋洋的笑容,像是不想给她反驳的机会,他一脸笃定地继续补充,"你们部员之前来找过我。"

"没错……不过你不是已经拒绝了吗?"虞卿被他漫不经心的态度搞得有点儿心堵,口气也变得没那么温和,"而且我们采访计划里的候选人很多,也不是非谁不可的。"

"这样啊……"陆聿还是微笑着说,"既然不是非谁不可,那你们部员干吗隔三差五地用各种借口来堵我?而且每次找我不是送蛋糕就是送奶茶的,还高调地堵在我宿舍门口。不知道的还以为你们这访谈要没我,就办不下去了呢。"

"什么?"

没等虞卿有所反应,他轻声咳了咳,脸上的调笑意味终于收敛了些:"其实吧……我拒绝的也不是这件事本身,能收到宣传部的邀请,和师兄师姐们做个交流我还是挺高兴的。只是我觉得访谈就访谈,没必要拿这个当借口,总做一些超越了正常同学关系的事,让人以为我交了女朋友也不解释……我这人怕麻烦,也不喜欢受人胁迫,为了避免误会,只能彻底拒绝,师姐你能理解的是吧?"

原来如此……

听他这么一说,虞卿心下了然,她之前的提醒大概是打了水漂。

任小棠少女心泛滥,打着宣传部访谈的旗号,假公济私地开始了对陆聿的热烈追求。

偏偏陆聿这种人,大概从小没少被女孩子围追堵截过。

这些醉翁之意不在酒的小手腕,更是被他当作笑话一样,根本就不会放在眼里。

被对方逼得紧了,干脆就连面子上的功夫都懒得做,彻彻底底地表示拒绝,以此杜绝麻烦。

也难怪他的那群小兄弟们见到任小棠后会肆无忌惮地调笑。

看来之前任小棠在陆聿面前献殷勤也不是一次两次了。

想到这里,虞卿很是怒其不争地叹了一口气,再开口时,口气也跟着放软了些:"不好意思,我们宣传部的初衷,的确只是想对新进T大的优秀师弟师妹们做个访谈而已,如果对你造成了困扰,我给你道个歉。"

"别啊!你道什么歉啊?这事和你又没关系……"陆聿眼睛一弯,冲她扬了扬下巴,"不过师姐,你们这访谈还想做吗?"

"看你自己的想法吧。"虽然对方一直都是笑嘻嘻的表现得很客气，但虞卿却始终有些警惕，"如果你愿意配合，我们当然很欢迎，但如果你还是有什么顾虑的话，我们也不勉强的……"

"啧啧……这么官方啊？"

陆聿笑着上前半步，身体微微弯了下来，嘴唇凑在了她的耳边："顾虑是没有了，不过条件倒是想开一个……如果我接受你们宣传部的采访，师姐你是不是也可以答应我一个要求？"

突如其来的压迫感让虞卿的心忽地一跳，本能向后退了半步："你有什么要求？"

"这周五咱们学校和S大有一场篮球比赛，希望到时候师姐能来帮我们加加油，你看行吗？"

"就这事？行啊。"没想到他提出的居然是这么一个要求，虞卿想也没想就很干脆地点了头，"这场比赛，校宣传部刚好也有宣传计划。既然如此，到时候我准时到场就是了。"

T大校篮球队实力强劲，成员又大多阳光帅气，之前但凡有比赛，现场都会挤满女生。

作为大一新生，赵磊虽说入队时间不长，但因为出色的身高和体能优势，以及高中时代就打下的技术底子，颇得教练器重。几次比赛打下来，因为表现良好，俨然已经成为队伍的主力。

自打从陆聿口中得知虞卿会到现场观赛后，原本就斗志昂扬的赵磊更是犹如打了鸡血一般，比赛当天他满场奔跑着不停抢断，争夺篮板，接连投中几个超水平发挥的三分球，更是提前将胜局牢牢锁定。

待到比赛结束，他正在场外一边喝水一边回味着胜利的喜悦，却见陆聿晃了过来，神色复杂地伸手在他肩膀上一拍："我说……下场之后你就一直待在这儿？"

"是啊！"赵磊一脸茫然，"队长说让我们先休息，一会儿过来通知我们去哪儿庆祝。怎么了？有什么事吗？"

"有什么事？"陆聿一脸的恨铁不成钢，"你的女神来现场了你知道吗？"

"知道啊！我刚看到她了！她还给我们加油来着！"

"那你知道她现在去哪儿了吗？"

"去哪儿了？"

"你们队长连校领导都没顾得上应付，一下场就凑到她身边去了，现在正对她大献殷勤，约她一起去参加你们的庆功宴呢！"

"啥？"赵磊这下彻底蒙了。

晚上的庆功宴安排在距离T大不远的一家小酒吧里举行。

酒吧的老板也是T大毕业的校友，为了这次活动特地清了场，把地方全部留给了兴高采烈的学弟学妹们。

鉴于这是T大篮球队新学期的第一个冠军，也是许多大四队员毕业前的告别赛，庆功宴搞得颇为热闹。

不仅队员们的死党和"家属"在场，就连校领导也应邀来了好几个。

作为当天比赛的得分王，赵磊算是出尽了风头，除了被老师和队友们轮番灌酒，还收到了无数"继续努力，未来可期"之类的加油和祝福。

可是每当他抬眼看到虞卿和自家队长谈笑风生的模样，眼底的失落和沮丧藏也藏不住。

陆聿懒洋洋地坐在角落里，冷眼旁观了好一阵，直到周边的队员们不断起哄，怂恿自家队长和虞卿一起上台合唱情歌时，才晃到了赵磊身边："我说，你该不会打算一晚上都看着他们秀恩爱，一点儿表示都没有吧？人可是我帮你约来的，怎么便宜你们队长了？"

"我能怎么办嘛？"赵磊唉声叹气的，"咱们队长他可是个家里有矿的高富帅，据说喜欢虞卿也不是一天两天了，现在哪还有我什么事？"

"所以你打算就这么认输了？"

"这个嘛……话也不能这么说……"

"算了算了……"陆聿一脸头疼地揉了揉额角,"你就告诉我,你想不想就这样把你的女神拱手让人!"

"那倒也没有。"赵磊还是犹犹豫豫的,"如果有机会的话,我其实还是想试一试的。"

"试一试?怎么试?一直这样演独角戏,真见到人了就一声不吭?"

在赵磊嘿嘿的傻笑声中,陆聿狠狠瞪了他一眼,随即拿了罐啤酒朝他眼前一放:"喝了它!"

"啥?"虽然一头雾水,但是碍于对方的强势,赵磊还是一口气灌了半罐下去,直到浑身的血液都因为酒精的灼烧变得滚烫,才口齿不清地开口问,"你干吗突然灌我酒啊?"

"看你一直磨磨唧唧的我心烦,我就再帮你最后一次。"

"啊?陆聿你想干吗?"

"不干吗。你现在就老老实实坐在这儿,一会儿该你出场的时候,别没胆装死就行!"

"出场?出什么场?"

在他惊疑不定的追问声里,陆聿不知从哪里捞来了一台笔记本电脑,远远地坐到了酒吧的角落里,手指翻飞着敲击键盘。

另一边,酒过三巡之后,校篮球队队长也终于鼓起了勇气,在众人又一次起哄之后,小心翼翼地凑到了虞卿身边:"虞卿,你知道我已经大四了,以后要忙毕业的事,可能也没什么机会再打球了。今天难得高兴,想请你一起唱首歌,不知道……"

"行啊!"没等他把话说完,虞卿已经善解人意地点了点头,随即落落大方地拿起了话筒,冲他嫣然一笑,"不过唱歌可不是我的强项,中间要是调子没跟上,你可不能怪我。"

"那是当然!"

疯狂的掌声和起哄声中，歌曲的前奏响起。舞台后方巨大的LED屏上，唯美的MV画面也随着音乐徐徐展开。

身材高大的校篮队长站在舞台中央，半是开心半是羞涩地咧嘴笑了起来。

然而就在他清了清嗓子，正准备开嗓高歌时，伴奏骤然停止，屏幕上光影猛地一闪，原本的MV画面也随之消失了。

柔美的钢琴声开始响起，片片绚丽的玫瑰花瓣在大屏上轻舞着飘落。

几行大字浮现出来，在屏幕中间定格——

"虞卿你好，我是经管学院的赵磊。我很喜欢你，你愿意给我一个相互了解的机会吗？"

现场陷入了一片诡异的静默之中。

除了略显急促的呼吸声外，一切都像是凝固了。

几秒钟后，一声小小的尖叫声响起，小酒吧彻底陷入了疯狂。

赵磊目瞪口呆地站在原地，脸色因为紧张和羞涩而变得通红。

向来处变不惊的虞卿，面对这突如其来的失控场面，一时间也有些手足无措。

混乱之中，内心五味杂陈的校篮队长跑到舞台边沿，一把拉住了同样满脸问号的酒吧老板，口气急促地质问道："师兄，这是怎么回事啊？事先安排了这个环节怎么也不和我们说一下？"

"不是我们安排的！"老板赶紧澄清，"好像是店里的主控电脑忽然被侵入了，刚才工作人员还在那儿和我急呢！"

"什么？那现在怎么办？"

"你先别急，我们已经在处理了……"

但问题显然不是一时半会儿能解决的。而现场在经历了一阵热烈的哄闹以后，气氛也逐渐开始变得微妙。

就眼下的情形来看，对于赵磊这赤裸裸的告白，虞卿极大概率不会接受。

如果就这样开口拒绝，除了会让对方尴尬伤心之外，原本欢快热闹的气氛也会就此变得糟糕。

也不知道是哪个情商为负的家伙忽然搞了这么一出……简直是要把人逼死在绝路。

虞卿心里恨声骂着，极力压制着满心的怒气。

暗中做了几个深呼吸后，她重新扬起了嘴角："很意外会在此时此刻看到来自赵磊同学的留言，也很感谢你对我的欣赏，既然是在师兄的店里，我又已经站在台上了，那我们之间的相互了解，就从了解唱功开始如何？"

她笑容满面地说完上面的话，歉意地朝着身旁的校篮队长摊了摊手："不好意思啊，既然你们队的赵磊同学主动提出了要给他一个机会，那要不就让他插个队，我们唱下一首如何？"

"没问题……没问题！"

校篮队长正一筹莫展，见她给出了台阶，赶紧点了点头，迅速跑下台去，拉起依旧还在发蒙的赵磊，一边朝台上推，一边咬牙切齿地低声警告："你小子长本事了啊，居然还来这么一手！现在你就好好唱，别再整什么幺蛾子让人下不了台，知道了吗？"

"知……知道了。"

在工作人员手忙脚乱的一番操作下，屏幕上那华丽的告白画面终于被切换了下去，合唱的伴奏声也重新响了起来。

紧接着的，就是赵磊那因为紧张而变得有些荒腔走板的歌声。

陆聿合上了笔记本电脑，走到吧台前要了一瓶酒，饶有兴致地看着舞台上表演"情歌对唱"的女孩。

在经历了最初的短暂慌乱之后，虞卿已经恢复了惯有的从容。

中途几次主动微笑着和赵磊互动，默契又温暖，让人根本意识不到这只是她尴尬之中随机应变的举动。

这场原本应该轰轰烈烈、带着"不成功便成仁"色彩的热情告白，因为虞卿举重若轻的处理，最终以这么一种不痛不痒的方式收场，实在是让陆聿有那么点儿微妙地不爽。

但另一方面，她在身处窘境时的从容应对，他又不得不心生佩服。

几分钟后，合唱终了。

从聚光灯下脱身的赵磊像是终于松了一口气，满身是汗地挤到陆聿身边，先一口气喝了半瓶冰啤酒，然后才半是亢奋半是抱怨地低声开口："你搞什么鬼啊？也不提前和我说一下，搞得我一点儿心理准备都没有。"

"告诉你了你还有胆子继续待在这儿吗？"陆聿嗤笑一声，"怎么样，过瘾吗？"

"过什么瘾？"

"终于和你的女神近距离接触了啊！"

赵磊笑着朝他肩膀上一推，像是在抱怨又像是在回味："不过话又说回来，要不是你推了我这一把，我这辈子大概都没胆子约她同台唱歌。虽然刚才心都快跳出来了，但是吧……也算是值了！"

"怎么？唱了首歌而已，你这就满足了？"

"不然呢？"赵磊嘿嘿笑着，"其实能有这么一次经历，我就真的挺满足了。毕竟师姐是女神嘛……那么多人追，哪会轮得上我？这点儿自知之明我还是有的。"

"瞧瞧你这点儿出息……"

陆聿不屑地翻了个白眼："喜欢的人是要靠自己争取的，如果觉得不好追，那就更得好好加油。现在她都还没正式拒绝你呢，你就先打退堂鼓了，早知道你是这副德行，我都懒得帮你……"

话音还没落，微醺的赵磊猛地坐直了身体，一边朝他拼命使眼色，一边轻声提醒："陆聿……"

"干吗？"没有注意到他的暗示，陆聿还在自顾自地说着，"不过虞卿这人吧，看她刚才的表现，感觉她应付起这种事来还挺有经验的。想来的确是有不少追求者，经验老到，要应付你这种纯情小少年，自然得心应手……"

"陆聿你闭嘴!"

赵磊直接从椅子上跳了起来,狠狠地瞪了他一眼后,努力朝着他身后的方向挤出了个笑脸:"师姐你怎么过来了?找我有事吗。"

"不是。"虞卿客气地冲他笑了笑,目光转向陆聿时,却忽然凌厉了起来。

在她的逼视下,陆聿终于把懒洋洋的坐姿收敛了一些,似笑非笑地朝她眨了眨眼:"既然不是要找他,那师姐特意过来,就是来找我的了?"

"没错。"

"哦?请问是有什么事吗?"

像是被他这副无所谓的模样彻底激怒了,虞卿眉毛一挑,冷声开口:"这里太吵,说话不方便,你跟我出来下。"

"好啊!"

陆聿嘴角一挑,从善如流地站了起来:"既然师姐亲自来叫人,我遵命就是了!"

午夜的学生街已经冷清起来,白日里人流不断的街道上路灯幽暗,只能隐约见到几个零星的路人。

陆聿懒洋洋地跟在虞卿身后,直到酒吧里的喧闹声彻底听不见了,才笑着说:"我说师姐,你这是准备把我拐到哪儿去啊?你再这么一声不吭,我可就不敢再跟着你了……"

"不敢?"虞卿一声冷哼,终于停下了脚步,扭身直视着他,"我看你胆子不是挺大的吗?现在怎么开始装柔弱了?"

"师姐过誉了。"陆聿还是嬉皮笑脸的,一脸的不正经,"我这人吧,胆子大小是得分人的。师姐你这么厉害,我当然得小心点儿。"

"少在这儿给我贫。"虞卿毫不留情地打断了他的玩笑,"今天晚上入侵店家的主控电脑,把投影屏上的画面换掉的事,是你干的吧?"

"师姐你怎么会这么想?真让我伤心……"

"有胆子干没胆子承认吗?"

虞卿连连冷笑:"之前做访谈计划的时候,我看过你的资料,知道这样的事对你来说就是小菜一碟。而且刚才整个酒吧就你拿着电脑,可别告诉我你是在学习查资料!"

"诶?现场这么多人,师姐居然还能留意到我在做什么?真让我感动!"

面对他这毫无愧疚的嚣张态度,虞卿出离愤怒了。

"你是不是觉得你挺厉害的?闹出了这么大的动静,把大家搞得那么难堪,还挺值得炫耀的?难道从小到大就没人告诉你过,你这种自以为是的做法很幼稚,很让人讨厌吗?"

在她厉声的质问下,陆聿脸上那懒洋洋的笑容终于慢慢消失了。

那一瞬,他忽然意识到,在对方眼里那些自我感觉良好的行为,或许是让人厌恶的。

"我没觉得有什么好炫耀的,一个小破酒吧的主控电脑而已,连个像样的加密系统都没有……"陆聿的眉头终于拧了起来,像是辩解,又像是在努力证明着什么,"我只是想帮帮赵磊而已,不然有些话,他可能就这么一直憋在心里,直到你毕业了都不会说……"

"还觉得自己挺仗义的是吧?那你帮他的时候,考虑过我的感受没有?又考虑过其他人的想法没有?就为了成全你心目中的友情,其他人会遇到怎么样的难堪,场面会多尴尬,你都可以置之不理?"

虞卿半点儿要给他留面子的意思都没有:"还有……今天你可以为了朋友肆无忌惮地入侵商家的主控电脑,明天你是不是也可以为了其他原因,侵入政府和企业的网站触碰法律红线?陆聿,我知道你很有才华,能力很突出,但这不表示你就可以破坏规则满足一己私欲!"

陆聿没接话,手心却在慢慢攥紧。在他意气风发、备受追捧的人生里,从来没有同龄人像虞卿这样声色俱厉地让他难堪过。

他自小顶着"天才"的光环,又长了一张令人赞叹的脸,不管做出多嚣张的举动,别人都会情不自禁地纵容。

所以此时此刻，这样的警告听在耳里，让他备觉刺痛，却又无从辩驳。

许久之后，陆聿抬起眼睛，向前迈了一步，紧接着又是一步。

虞卿咬了咬嘴唇，怕他恼羞成怒之下会动粗，但脸上却依旧保持着镇定："怎么？不服气？觉得我哪里说错了吗？"

"不是……"陆聿的声音轻轻的，听不出太多的情绪波动，"这些算是师姐对我的警告吗？"

"警告谈不上。只是作为同校师姐，我有责任对你提个醒。"

"那除了这些……你还有什么要说的吗？"

"有！"虞卿点了点头，声音愈发笃定，"那个玫瑰花瓣飞来飞去的动画效果实在是太辣眼睛了，你的审美能力有待提高！"

"哈哈哈！"陆聿瞬间暴笑，"对不起，那个素材和动画效果都不是我做的。因为时间太短了，我就只能临时在网上找了个模板，其实自己也觉得蛮丑的……"

"自己知道就好！"虞卿弯了弯嘴角，感觉自己也没那么生气了，"勇于承认错误，看来你也不是没得救。"

"那是当然，知错就改，善莫大焉嘛。"眼见气氛有所缓和，陆聿顺势下台阶，"不好意思啊师姐，今天是我一时冲动，的确是没考虑到你的感受，现在正式给你道个歉，希望你能原谅我。"

"要道歉的话光是嘴上说说可不行，怎么也得有点儿诚意不是？"

"师姐这么严格的吗？"陆聿眨着眼睛，"那你想要我怎么道歉？需要我一会儿回酒吧，当着大家的面表演一下原地下跪吗？"

"那倒没必要。"虞卿摆了摆手，"真有诚意道歉的话，就认真配合宣传部把之前约定的那个访谈做好。"

"哦……那没问题。"陆聿想了想，再次嬉笑起来，"不过我也有个小要求……这个访谈，能不能麻烦师姐你亲自做？我这个人胆子小，又怕生，要是换成其他人的话，怕是只能贡献些套话了。"

听他这口气，好像他们之间已经很熟了一样。

可认真算起来，两个人面对面的交谈，这也才第二次。

虞卿内心吐槽着，倒也没打算再计较这些细节，她很快拿出了手机："行！那咱们先加个微信吧，等你准备好了，咱们找个时间细聊。"

第三章 告白

因为这场庆功宴，陆聿和虞卿正式进驻了彼此的微信好友列表。

虽说最初的信息往来是以访谈为契机，但随着日渐熟稔，两人聊天的话题也很快从一本正经的访谈工作变成日常生活。

从那些漫无边际的闲聊和朋友圈的日常记录中，陆聿很快意识到，和常规意义上的"校园女神"不同，虞卿并不太喜欢为自己营造仙气飘飘、万人追捧的人设，也不热衷于利用自己的性别和外貌优势博取关注。

在她的朋友圈里，没有无病呻吟的心灵鸡汤，没有晒包包、晒下午茶、晒化妆品之类的无聊举动，更没有各种精选角度的修图自拍，除了一些烟火气十足甚至带着点儿呆萌气息的日常生活的分享之外，大多是对她所参与的一些兼职工作和社会公益活动的记录。

陆聿会在朋友圈里刷到她为了主持某个商品的促销活动，站在露天的舞台上被烈日曝晒得满脸通红的照片，或是为了某个企划案，和甲方的员工一起熬夜加班导致额头上冒痘痘的小视频。点赞之余，也情不自禁地对她萌生了更多的欣赏。

这个女孩子和他之前接触过的类型都不太一样。

虽然像花一样拥有最娇艳夺目的外表，却始终如树一般，在努力坚韧地生长着。

虞卿已经表现得如此独立自强接地气，可随着她和各种社会人士来往的不断增多，在她利用自己的人脉关系为学校的文娱活动拉回了一些来自企业的赞助后，各种令人不快的流言蜚语也在逐渐冒头。

许多人在亲眼目睹了几次浑身名牌的公子哥，开着豪车在学校门口对她围追堵截疯狂示爱的情形后，都信誓旦旦地表示，虞卿之所以会态度积极地利用兼职机会出入各大企业，除了想为日后的工作铺路外，更重要的是想要早早把那些功成名就的青年才俊收入囊中。

对于类似的传闻，陆聿即使不想关注，也多多少少会听到些风声。有时候趁着开玩笑的机会在微信上试探两句，她也总是一笑了之，全不在意的样子。

时日一久，陆聿也觉得，比起对方的率性坦荡，自己这种拐弯抹角地窥探对方隐私的行为实在有些无聊，因此即使心里还是藏着很多问题想问，却也没再就类似的话题开过玩笑。

就这样过了一个多月，陆聿迎来了他进入T大后的第一个生日。

虽然他本人对于庆生之类的活动并不感兴趣，但舍友们却不愿意错过这个大吃一顿的机会，赵磊甚至自作主张地替他安排好了吃饭、唱歌、喝酒庆祝等一系列活动。

陆聿不愿扫了大家的兴，被赵磊一通怂恿后，邀请了一些平日里关系还不错的朋友。最后打电话给虞卿时，对方也很痛快，不仅表示会在他生日当天按时到场，还神秘兮兮地说会准备一份特别的生日大礼包。

然而到了陆聿生日当天，虞卿却早早地打来了电话，满是歉意地表示临时有一个兼职需要加班，可能会赶不上吹蜡烛切蛋糕。

当天晚上，学生街那家熟悉的川菜馆里，最大的包房被吵吵嚷嚷的男孩女孩们挤满。热热闹闹的气氛里，陆聿一直和大家笑闹着，却忍不住频频低头看着手机，坐立难安。

觉察到他的异样，饭局过半之后，赵磊找了个借口把他拖到了包房外的小露台上，借着酒劲打探："陆聿，和我说句实话，你和虞卿现在是什么关系？"

"嗯？什么叫什么关系？"

"我的意思是，你俩是不是谈恋爱了？"

"你没喝多吧？"

"少岔开话题！"

虽然在自己的感情问题上畏手畏脚，赵磊数落起别人来却是一副经验老到的样子："别以为我看不出来，自从你和她交换了微信后，整个人就跟手机长在一起了，还经常笑得跟个傻子似的。但凡和她有点儿关系的事，你明面上不说什么，私底下都会特别关注。今天的饭局她没来，你整个人就跟丢了魂一样，要说你对她没半点想法，你觉得我会信吗？"

"……"

见陆聿不说话，赵磊赶紧笑着补充："你也别多想，上次庆功会以后，她已经特地找机会跟我把话说清楚了，我知道我和她没戏，所以你如果喜欢她就放心追，不用顾忌我。"

见他一副善解人意的模样，甚至还带着几分忍痛割爱的悲壮，陆聿只觉得好笑。他忍了半天还是没忍住，一边笑一边点头："这么说起来，我还得多谢你了？"

赵磊却还是满脸严肃："不过话都说这分上了，我也得提醒提醒你，兄弟我知道你条件好，人又长得帅，换成其他妹子，都不用你主动，勾勾手指她们就扑过来了。可是虞卿吧……追她的人也挺多的，学校里的就不用说了，校外还有好多有钱的公子哥在打她的主意呢！"

"研究得挺清楚啊！不过你和我说这些干吗？"

"你傻啊！那些可都是你的情敌啊！"

赵磊急了，扒拉了一阵手机相册，往他眼前一放："实话和你说了吧，今天中午，有一个开着玛莎拉蒂的高帅富，后备厢里装了一箱子的玫瑰花，直接在女生宿舍楼下堵她来着。好多人都拍照发了朋友圈呢！也就你在状况外，还跟没事人一样！"

"不是吧……这么刺激的？"

陆聿接过他的手机，对着照片上浮夸的场面随意看了两眼，笑了笑道："不过这么老土又不环保的做法，到底有什么好拍的？"

"你管人家环不环保啊！能看看重点吗？"赵磊都要绝望了，"我和你说这事没别的意思，就是想告诉你，你如果真喜欢虞卿，就早点儿下手。别人的那些浪漫手段，你多少也学一点儿，不然就你那副做派，虞卿真跟别人跑了，你可没地方哭去！"

"跟别人跑了？谁？就他们？"

陆聿扑哧一笑，看样子还想吐槽两句，然而面对着赵磊满是紧张的一张脸，他终究还是善解人意地拍了拍他的肩膀："好的，谢谢提醒，我知道了。"

等到饭局结束，众人转场到KTV的包间里开始唱歌时，陆聿终于忍不住给虞卿打了个电话。

电话刚响了两声就被接了起来，还没等对方出声，陆聿已经笑着开口："你现在到哪儿了？工作弄完了吗？"

"抱歉啊陆聿，我这儿还没结束呢。"

电话里，虞卿的声音听上去满是歉意，还带着几分难以觉察的虚弱："你们先好好玩，不用等我了。明天我单独请你吃饭，算是今天失约的补偿，怎么样？"

"所以你现在是在加班？"

"嗯……"

"不是吧？"陆聿重重地叹了口气，"我听说你中午的心情比较跌宕起伏，现在居然还有心思干活，让人不服不行啊！"

"消息挺灵的啊。平时看着还挺正直，没想到在学校里安插的眼线还不少！"虞卿笑着吐槽了两句，"不过我警告你，这事你可别再提了，我都要尴尬死了，现在还没缓过来呢！"

"不至于吧……您什么大风大浪没见过啊？那么丑的玫瑰花动态花瓣示爱现场都承受住了，这种小场面算什么？"陆聿笑了一阵，继续追问，"说说呗，这么浮夸的偶像剧男主角，您究竟从哪儿认识的？"

"偶像剧你个头啊！"虞卿简直哭笑不得，"就是我现在兼职的这家公司老板的儿子，一个游手好闲的公子哥。"

"那可是家里有矿的青年才俊啊！人家这么用心，你居然这么无情，真是痴心错付，所托非人！"

陆聿装模做样地又感叹了两句，随即试探性地问道："时间也挺晚了，你那兼职还要多久？反正现在我也没啥事，不然你告诉我地址，我去接你？"

"谢了啊……"虞卿一声苦笑，"不过今晚我怕是得待在这间办公室里走不了了。"

"为什么？"

"公司的门被锁了，我出不去，只能等明天有人上班了，再来开门。"

"你人都还在办公室，门怎么会被锁了？还有……物业不能去帮忙解决吗？"

"这事说来话长，你就别多问了，反正也就几个小时，熬熬就过去了。你安心玩，明天等我电话，给你补过生日。"

"那行吧……"

听她这么一说，陆聿也没再坚持，说了句再见后，电话很快被挂断了。

虞卿接完电话，摁着隐隐作痛的小腹，走到茶水间接了点儿热水。重新回到位置上坐下后，却发现精神怎么都集中不起来。

时间已经接近午夜十一点，周边的写字楼里零零星星的还有几个办公室亮着灯。

偌大的办公室里静得连根针掉在地上的声音都听得见，有点儿吓人。

努力撑着眼皮又写了几行文案后，虞卿身体一软，干脆直接趴在了桌上。

刚想闭着眼睛休息一阵，角落里的传真机不知为何忽然间疯狂地叫嚣了起来。

一时间，无数恐怖电影里的画面齐齐涌入了她的脑海，她情不自禁地跳起来，发出了一声尖叫。

电脑旁的水杯因为她过激的反应被撞翻，热腾腾的水瞬间让她的衣裳湿了一半。

想到生理期自己还要穿着这身湿淋淋的衣服，在这空旷又冰冷的办公室里熬上一个通宵，虞卿觉得自己快要窒息了。

就在她满心绝望，试图再次拨打物业电话求助时，大门的方向忽然发出了"咔"的一声轻响。

紧接着，关闭已久的办公室大门被推开。

"陆聿……怎么是你？"

"意不意外？惊不惊喜？"

站在门边的青年脸上挂着笑，手里还拿着一台笔记本电脑："我过生日的时候还特地来接你回学校，是不是很贴心？"

虞卿还是没能从震惊中回过神来："你是怎么知道我在这儿的？还有……你是怎么把门打开的？"

"你在这家公司兼职也有一阵了，问问你的室友，再在网上查一下办公地址，还不是分分钟的事？至于这道门嘛，算咱们运气好，它用的是电子锁，切进这家公司的办公管理系统后台随便搞一搞就打开了。"

"……"

眼见虞卿不说话，也不知是喜是怒，他神色一紧，立马申明："只此一次，下不为例。我这不是为了救尔于水火才出手的吗？就冲你刚才那声惨叫，我如果不想个办法把你弄出来，明天这儿怕是得变命案现场了！"

"谢谢你啊……"

对方的确是出于一片好心，这种场合下再来义正词严地说教，也未免太不近人情。筋疲力尽的虞卿只能勉强笑了笑，正要起身收拾东西，想了想，还是吞吞吐吐地开口："陆聿，能不能再麻烦你件事？"

"干吗？"

"去楼下的便利店帮我买个东西。"

"行啊……你要买什么？"

虞卿张了张嘴，有些羞于启齿。然而形势所迫，终究还是在手机上搜了个图片递给陆聿，随即把脸撇向了一边。

陆聿只看了一眼，脸就迅速红了起来。

几分钟后，他气喘吁吁地冲上楼，满是尴尬地把一包卫生巾递到了虞卿手里。

等虞卿去卫生间里处理完毕，他才镇定下来，满是不解地开口问："你既然都这么不舒服了，干吗还要加班？不就是个兼职吗？究竟是什么活儿这么急？"

虞卿也终于缓过了劲，一边喝着热水，一边轻声解释："T大最近有个援助贫困大学生的项目，刚好这家公司的老板对这事也挺感兴趣的，所以我就从中牵了个线，这段时间一直忙着做方案来着。本来方案已经做得差不多了，今天也没想着要加班，结果没想到……"

"结果没想到公司里所有人都走了，就把你一个人锁里面了？"

陆聿拧着眉头，总觉得有哪里不对劲："我刚才看了一下，如果只是不小心关门，你从里面是可以打开的，可是刚才那道门是用了加密形式进行了二次锁定，等于被人从外面反锁。这种操作如果不是故意整你，我还真想不到其他解释。所以说说吧，你好好在这做兼职，是谁非要和你过不去？"

"算了吧……"

虞卿笑了笑，看样子不准备计较："反正也没什么大事，这不已经解决了吗？"

"也没什么大事？你一个女孩子大半夜孤零零被锁在办公室里，还是这么不舒服的时候，你和我说没什么大事？"

陆聿哼了一声："你不想说也没关系，反正外面有摄像头。去物业后台调出来看看究竟谁那么手贱，也不是什么难事。"

看他那不达目的不罢休的架势，虞卿也是没辙了，重重地叹了口气："你也别折腾了，门是老板的儿子锁的。"

"老板的儿子？"陆聿愣了愣，"就是今天中午去学校堵你那个？他吃饱了撑的？为什么要这么干？"

"他约了我好几次，我都没理他，今天来学校堵我，也被我拒绝了，可能觉得没面子，就想了这么个法子，大概是想出出气吧……"

难怪物业那边也一直没反应，想来是这位恼羞成怒的公子哥特地打了招呼。

陆聿只觉得心塞，狠狠咬了咬牙："他这么没品地欺负你，你就没想过要报警？"

"如果报警，咱们那个贫困大学生的援助计划大概就黄了……"

虞卿依旧微笑着，明明是受害者，却反过来劝他："你也别生气了，反正也没出什么事，等明天我把这个案子做完，这个兼职工作就算是完成了，以后也不会再和他见面了。"

"……"

虽然对方从始至终都表现得很大度，也将此中的利害关系说得很清楚，但陆聿的心里却始终感觉不是滋味。

两人收拾好东西，走到电梯厅前摁了半天按钮，却始终没反应。陆聿憋了一肚子的怒气终于爆发了。

"这什么破写字楼啊，装修得还挺像样的，电梯居然这么废！怎么上来的时候还能用，现在要下去就不行了？"

"我倒是想起来了。"虞卿抬手看了看表，有点儿哭笑不得，"前几天我来的时候看到过通知，说是今晚十二点开始做电梯维护，要停运6个小时。"

"所以我们是运气不好正巧赶上了？"

"好像是。"

两人面面相觑了一阵后，陆聿看了看旁边的安全通道，走到虞卿身边弯下腰："便宜你了，上来吧！"

虞卿一愣："干吗？"

"背你下去啊！"

陆聿歪着头："你现在走路都在晃，我就做做好事，背你下楼好了。"

"这……不用了吧。"

"别磨蹭了！这里可是15楼！不要我背，难道还要用抱的吗？"

虽然对方的声音听上去理直气壮，但借着前厅里的灯光，虞卿还是觉察到，他的耳根已经彻底红了。

僵持了片刻之后，虞卿终究还是将一咬牙，趴在了对方的背上。

空无一人的消防通道里，一盏盏感应灯随着脚步声逐个亮起，然后又很快暗淡下去。

长长的台阶一个接着一个，像是永远也走不到头。

最开始，虞卿极力仰着脖子，避免两个人之间的姿势太过暧昧。

然而走了几层楼后，她实在是撑不住了，渐渐把肩膀沉了下去，把脸颊埋进了对方温暖的颈窝里。

单调的脚步声里，虞卿悄声开口："陆聿，你能不能答应我一件事。"

"行，我答应！"

"你都不问问是什么事？"

"你不就是想让我别因为老板儿子整你的事，给这家公司添乱吗？"陆聿扑哧一笑，"说实话，我刚才看你那样，是挺咽不下这口气的。不过后来想想，就算我给他们找点麻烦，你遭的罪也补救不了，而且还要提心吊胆地瞎操心，所以就算了吧。"

他顿了顿，脚步忽然放慢了些："虞卿，不然你也答应我件事呗？"

"什么？"

"你要不要考虑一下……做我的女朋友？"

伏在背上的身体很明显地僵了一下，紧接着是长长的一阵沉默。

就在陆聿以为对方要彻底无视这个问题的时候，虞卿轻声笑了笑："你就是个小破孩，开什么玩笑。"

"这种事又不能光看年纪，得在一起恋爱试试才知道的！"陆聿还在稳稳地下着楼梯，一时之间，虞卿竟然无法确认他究竟是在开玩笑，还是在认真回应，"而且除了你不喜欢我之外，任何拒绝的理由，我都不接受……"

话说到这里，他终于停下脚步，将虞卿放下，直视着她的眼睛："所以虞卿，你喜欢我吗？如果你明确地说不喜欢，这件事我不会再提，而且保证以后绝对不会再对你造成任何困扰。"

那双眼睛亮晶晶的，黑沉沉夜境里，像是有银河在流淌。

那里面有清澈的坦然，破釜沉舟的决心，也有热烈的渴求。

依照陆聿骄傲的个性，如果她真的摇头了，他必然会说到做到，干脆利落地退回朋友的界线内。

可拒绝的话明明已经到了嘴边，虞卿却始终说不出口。

像陆聿这样长相帅气、才华横溢、性格张扬，就连告白都毫不遮掩，带着一往无前的勇气的男孩，大概任何人都很难斩钉截铁地拒绝他。

更何况，除了年龄外，她似乎找不出什么别的理由来拒绝他。

但若要就此点头，接受对方的示爱，虞卿又觉得实在过于草率。

毕竟对方才刚上大一，两个人相识的时间也不算太久。

眼下所谓的"追求"和"告白"中有多少是因为冲动，有多少是深思熟虑后的结果，可能连他自己也说不清。

"这样吧……"

许久之后，虞卿笑了笑，抬头看着他："在正式回答你这个问题之前，你能不能考虑先答应我一件事情？"

生日过后的第二天，陆聿破天荒地主动去几个师兄的宿舍里走了一趟，面对面地长聊了很久。

回到宿舍以后,他第一时间打开电脑登录了某个网站,然后一边浏览一边敲敲打打,似乎是在填写什么资料。

赵磊刚好结束了一局游戏,正百般无聊,见他全神贯注地模样,忍不住凑身上去:"兄弟,忙什么呢?一会儿要不要组队来一局?"

"没空。"陆聿头也不回,"我得先填个报名表。"

"报名表?你准备干吗啊?"

赵磊一边问,一边看了几眼报名表。

看到表格上"千极杯CTF大赛"的字样,他彻底来劲了。

"你这是要去参加CTF大赛啊?系里那些师兄师姐们来找你也不是一次两次了,我记得那个叫林栋的哥们儿还把你堵住,聊了半天人生理想,你不是都态度坚决地拒绝了吗?"

"之前我是没想过要参加……"陆聿迅速把表格填完,摁下了提交键后,终于把头转了过来,"我对这种沽名钓誉的事向来没什么兴趣,更何况如果要打集体赛,还得和一群不知道能不能合得来的人绑在一起,光是想着就觉得无聊。"

"沽名钓誉?我说陆聿你的语文是不是体育老师教的?"

赵磊瞪着眼睛,一巴掌拍在了他的肩膀上:"千极杯CTF大赛可不是谁都能混进去的野鸡比赛,好多人想组队参赛都没资格。能够代表T大出战,可是对自己能力最好的证明!"

陆聿撇了撇嘴,一副兴致缺缺的模样:"我对自己的能力有充分的认识,并不需要靠这种比赛来证明自己。"

虽然这句话听上去是很欠揍,但是他的实力摆在那儿,竟让人无法反驳。

愣了一阵后,赵磊终于重新找回了重点:"那你怎么忽然又改变主意了?是林栋师兄他们搬出系里的老师来压你了?"

"那倒也不是……"陆聿的口气忽然就软了下来,甚至还带上了一点儿扭捏，"是因为我和虞卿打了个赌……"

"虞卿？"赵磊一愣。"这事和虞卿又有什么关系？"

"林栋和她都在校学生会，两人也比较熟。林栋可能知道我和她关系还不错，所以前段时间特意找了她来当说客，想劝我一起组队参赛。刚好昨天我和她告白了，她一时间还没拿定主意，所以就说如果我同意代表T大出赛，并且在比赛里胜出，她就考虑做我的女朋友。"

"你们这一来一去的也是很有个性啊！谈个恋爱都这么清奇？"

赵磊那被惊成了"O"形的嘴巴里几乎可以塞下一个鸡蛋，好半天才把后面的语句给挤了出来："可是你有没有想过，千极网匀号召力摆在那里，这种级别的比赛铁定高手如云，如果运气不好输了你怎么办？"

"不，没有如果！"陆聿瞥了他一眼，口气笃定，"既然我决定要参加比赛，那就绝对不会输的！"

比赛的报名表提交后，距离正式比赛也就只剩下不到一个月的时间。

在此期间，陆聿不仅没有再像往常一样频繁地约见虞卿，就连微信上那刷屏似的聊天，也开始消停。每天除了临睡前会发一句"晚安"作为问候之外，几乎没有再主动发送过任何消息。

这样简单而克制的互动，让习惯了和她在嬉笑怒骂间分享生活点滴的虞卿心里难免有点儿空落落的。

林栋那边却是因为陆聿的加入，对这次比赛更加有了信心。

事实上，这个尚在大一的小师弟并没有他们所期待的那样乖巧，他在集体训练时临时放他们鸽子，自顾自地跑去图书馆或者专业论坛上查资料也不是一次两次了，但在模拟对抗的过程中，陆聿所表现出来的敏捷与周全，和极其出色的个人能力，很快就让同组的师兄们一个个心服口服，默许了他的自定义训练模式。

经过了将近一个月的紧张训练，千极杯CTF大赛正式拉开了帷幕。

作为非专业人士，关于这项比赛中的各种门道，虞卿其实并不太清楚。

但是因为陆聿的参赛，她在恶补 CTF 基础知识的同时，也对赛事动态上了心。

从那些搜集来的资料中，虞卿很快得知，随着互联网的普及，网络安全事件也成为人们所关注的焦点。

在主机、服务器和网站的漏洞时常被黑客利用，继而造成重大破坏的情况下，提前发现问题并进行修复，成为保障互联网健康发展的重中之重。

由于当下网络安全人才缺口较大，CTF 网络安全竞赛已经成为发现和培养网络安全人才的重要途径。

而这场由千极网发起的比赛，也是力图在搭建一个交流平台的同时，挖掘网络安全方面的后备精英。

作为全国最顶级的互联网公司之一，千极网本就对广大网民当中具有强大的影响力，外加政府在资金和宣传方面提供了大力支持，本次比赛一经公布，就引发了无数关注和讨论。

特别是千极网的高管在接受采访时表示，本次 CTF 大赛中表现突出的队伍和选手，除了可以赢得高额的奖金之外，也将获得直接进入千极网工作的机会后，更是吸引来了无数队伍竞相报名。

这些队伍中，除了如同林栋和陆聿一样来自国内顶级高校的专业人才外，也有专程从国外赶来的知名选手，甚至在网络安全领域已经取得了一定成就的明星选手也在积极报名参赛。

一时间，社交网络上一片沸沸扬扬，有关本次赛事的新闻屡次冲上了微博热搜。

只是另一方面，比起在短短几个小时甚至几十分钟内就能决出胜负，氛围热烈激昂的电竞比赛而言，CTF 大赛不仅看上去乏味枯燥，还格外耗费体力。

长达 48 个小时甚至耗时更久的比赛里，选手们基本都是连轴转，他们有的蹲在条件简陋的赛场，有的干脆窝在酒店里。

如果选择在赛场内进行比赛，一张桌子、一台笔记本、一杯水就是标准配置。

而那种宁愿蹲在酒店里做题的队伍，情况往往更令人窒息。

因为时间紧迫，没有时间精力顾及其他，即使酒店的星级再高，布置得再优雅，也会在比赛开始后的几个小时之内变得面目全非。

来不及叠的被子、散乱在地的衣服、吃到一半的外卖……

让人没眼看的房间里，往往还会因为没能及时扔掉的食物残渣而气味诡异。

没有观众的喝彩，也没有粉丝的加油打气，陪伴选手们的，只有发烫的笔记本电脑散热时的嗡嗡声和接连不断的键盘敲击声。

但混战之中的选手们谁也无暇分神。

他们聚精会神地敲击着手中的键盘，绞劲脑汁思考着如何在十几支队伍中杀出重围。没有人有时间去顾及清洁卫生，甚至自己的形象。

所以自比赛正式开始之后，不管多担心，虞卿也只能通过官方渠道去了解比赛动态，没有给相熟的队员们发去任何信息。

而陆聿，也像是全副身心地投入进了这次的比赛，从前往赛场的那一刻起，无论是微信的聊天界面还是朋友圈，都如死水一般再也没有过任何动静。

就在这焦灼的等待中，这场备受瞩目的大赛终于迎来了决战日。

最终公布结果的那天下午，虞卿刚好被校领导叫去了办公室，就接下去的重点宣传工作进行会议讨论。

等到会议结束，时间已近黄昏，一切都已尘埃落定。

刚走出办公室大门，虞卿就迫不及待地拿出了手机，想要查看一下最后的比赛结果。

结果官方界面还没打开，林栋的电话就先一步打过来了。

"嘿，虞卿你晚上有空吗？要不要一起出来庆祝一下？"

"你们的比赛已经结束了？成绩怎么样？"

从那满是兴奋的语气里，虞卿已然觉察到对方的好心情，她莫名的心跳加速，还是忍不住想确认最后的结果。

"还不错，托你的福，T大代表队最后拿了团队赛的亚军，这也是T大的参赛队伍在全国性的CTF大赛上取得过的最好成绩！系里面的领导们都已经乐疯了，特地给我们举办了个庆功会！就是不知道你肯不肯赏脸过来，顺便让我们表示一下感谢？"

"说什么感谢啊，我又没帮上什么忙。不过无论如何，我得先和你说句恭喜！"

能在这么一场高手云集的比赛中拿下全国第二的成绩已然十分不易，但距离陆聿所说的那个"胜出"标准，显然还是差了一点儿。

此时此刻，虞卿也不知道自己究竟是开心多一点儿，还是遗憾多一点儿。不管内心多纠结，她还是先接受了林栋的邀请："那麻烦你把地址发给我，我回宿舍收拾一下就过去。"

晚上八点，虞卿赶到了位于市中心的一家KTV。

推开房门时，包厢里早已经塞满了人。

除了参加比赛的队员们，更多的是前来道喜的亲友团，眼下他们或唱歌或喝酒，正情绪高涨地闹成一团。

眼见虞卿出现，男孩子们热情地围了过来，热热闹闹地碰了一圈杯后，才各自回去玩自己的娱乐项目。

好不容易应付完一切，她四下里瞄了一圈，然后凑到林栋身前低声问："陆聿呢？怎么没见他人？"

"太累了，他全神贯注地熬了几天没合眼，上车之后就开始睡。我看他实在没精神，就在隔壁给他开了个小包间，给扔里面休息了。"

"那他表现怎么样？对得起你费那么大的劲到处找人当说客拐他进队伍吗？"

"这个嘛……"林栋略微迟疑了一下，"总的来说还不错，陆聿那小子平时脾气是臭了点儿，有时候真的挺欠揍的，但是技术也是真的好。如果不是因为他，我们估计连总决赛的边都摸不着。只不过……"

"只不过什么？"

"这臭小子实在是太自我了。最后总决赛里如果不是他一定要和对方的进攻队员一争高下,无视了我们整体的战术安排,我们本来是有机会拿冠军的……"

林栋说到这里,深深叹了口气,表情变得有些伤感:"我已经大四了,就算以后还有机会参加CTF大赛,也不一定是代表T大出征了,身边的队友也不会再是现在的这群人,每次想到这个,我都觉得挺遗憾的……"

等林栋终于被亲友拉到一旁去喝酒后,虞卿走向了隔壁的小包间。

小包间里没开灯,光线略昏暗。

虞卿驻足站了好一阵,眼睛才逐渐适应过来。

然后很快的,她看到靠墙的沙发上,有个人正蜷缩着身体睡在那里。

听那沉沉的呼吸声,显然已经是疲惫至极。

虞卿缓步走了过去,在他身旁坐下,静静地看着眼前的男孩。

朦朦胧胧的光线中,沉睡的陆聿满身的狂傲嚣张都收敛了起来,看上去像个纯真的小孩。

似乎是开关门而带来的微风让他觉得有些冷,陆聿微微皱着眉,把身体蜷得更紧了些。

也不知道这群男孩们究竟是神经太粗,还是高兴得什么都不顾上了,扔了个队友在隔壁房间睡觉,居然也没人记得拿个东西给他盖一盖。

虞卿一边在内心吐槽,一边起身四下找了找。

一阵翻找之后,她终于在电视机柜的抽屉里,找到了一张遮尘布。

谈不上有多干净,但眼下也只能将就用了。

虞卿一边叹着气,一边弯下腰,小心翼翼地把遮尘布搭在了陆聿身上。

就在她把布角披好,准备悄然离开让陆聿睡个好觉时,手腕却猛地一紧,被人牢牢扣住了。

"你醒了?不好意思……是不是我吵到你了?"

昏暗之中,陆聿的眼睛亮晶晶的,像是天上的星星一样,坦然无谓地紧盯着她。

那饱含着无尽热情和执着的目光，让虞卿的心激烈地跳动起来。

"不是，你没吵到我。睁开眼睛就看到了你，我还以为自己在做梦。"陆聿低声回应着，因为还没完全清醒，声音里带上了一点儿撒娇般的粘腻。他一边说着话，一边把身体慢慢撑了起，"你怎么来了？是特意来看我的吗？"

"……"

虽然这个答案也不能说不对，但就这么毫不委婉地问出来，还是有点儿让人羞于承认。

虞卿咳了咳，避开了对方的直线攻击："林栋说，你们这次比赛成绩还不错，想约我一起过来庆祝一下，所以我就过来了。"

"这样啊……"

陆聿懒洋洋地笑着，没有要继续追问的意思。

片刻之后，他拍了拍身边的位置："你过来，我有话和你说。"

虽然不明就里，虞卿还是很快走了过去。

刚在他身边坐下，陆聿的手就搂了过来，紧紧抱住了她的身体。

"喂……你干吗？"

灼热的呼吸紧贴在脸颊，滚烫得让人心慌。

意识到对方似乎想要吻自己，虞卿慌乱的伸手推了一下："陆聿，你别瞎闹！"

"我怎么就瞎闹了？你答应过赌约完成就做我的女朋友，现在我亲一下自己的女朋友怎么了？"

"那你记得我们的赌约是什么吗？"

"当然！"

陆聿轻轻蹭着她的脸颊，声音里满是梦想成真后的喜悦："你说过要是我赢了比赛，就答应做我的女朋友。决赛中的签到题我只用了220秒就攻破了，攻防赛里也是我第一个撕开对方的漏洞……林栋他没和你说吗？"

"你的个人成绩我知道……可是团队赛的结果呢?"

"什么?"

陆聿有点惊愕地抬起头:"其他人技术不行我带不动,难道还是我的错?"

"不然呢?"

虞卿正色地看着他:"这次你代表T大参加的是团队赛,个人能力再强,你也是队伍中的一分子。不光是你,其他人也为了取得好成绩而付出了努力。难道在你的眼里,他们的付出都是可有可无的?"

"所以你是在怪我?"

陆聿的脸上满是不服气:"你知不知道如果我不参赛,他们早几天就得打道回府了,哪儿还有运气在这儿庆祝?"

"所以这就是你可以无视战术安排,只顾自己出风头的理由?那你又想过没有,如果没有其他人协同配合,就凭你自己,真的能走到总决赛?"

"算了……我不想和你争论这个!"

陆聿有些烦躁地打断了她:"我就想知道,是不是就算我拿了第一,你也没打算接受我,做我的女朋友?"

面对他失望的表情,虞卿终究有些不忍心:"陆聿,为了共同的目标而适当地做出妥协,学会和他人协同合作,都是你需要学会的事。现在的你已经很优秀了,但很多想法和表现,的确还不够成熟。我也希望你能够明白,我的确希望你能赢得比赛,但如果是作为男女朋友交往的话,这并不是我对你唯一的期许和要求。"

听她这么说,陆聿没再纠缠下去,很快抬起了头:"你都这么说了,那我也不想勉强。你觉得我不够成熟,对我有更多的要求和期许,我也可以接受。

"但是你可不可以答应我,给我一点儿时间,在我变成符合你想象的样子之前,先别急着找其他人做男朋友?

"把你毕业之前这段时间当作是对我的考验期,我会努力证明自己,如果到时候你还是觉得我不合格……再彻底拒绝我也不迟。"

"好，我答应你，在我毕业之前，不会考虑找其他人做男朋友。"在他灼热目光的注视下，虞卿主动伸手抱了抱他，她一边微微笑着，一边郑重地点了点头。

第四章 沉潭

CTF 大赛过后没多久,寒假来临。

陆聿家在 T 城,放假对他而言,无非就是把换洗的衣服从学校背回家里,他并没有像大多数时隔小半年才能和家人团聚的同学一样亢奋。

相反的,因为虞卿放假回了 S 城,他每日只能靠着微信和朋友圈了解对方的动态,他的心情甚至有些烦闷。

大年三十当夜,跟着父母和家里的亲戚一起吃过团圆饭后,陆聿就开始坐在电视机前和虞卿发微信。

刚聊了十几分钟,对方就似乎因为忙于应酬,匆匆抛下了一句"得给弟弟妹妹发红包了,稍后再聊"就没了回应。

正在百无聊赖之际,一个陌生的好友申请提示忽然间跳了出来。

自进入 T 大以来,从各种渠道辗转要到他微信号,然后主动跑来加好友的人一直没消停过,而且从昵称和头像来看,他们当中的绝大多数都是年轻漂亮的女孩子。

陆聿无意与陌生人闲聊,更不热衷于与女孩子进行暧昧的无效社交,经历了几次通过好友申请,对方漫无目的地一通闲扯,最后却只表示"想和你交个朋友"后,他只觉得不胜其烦,最后干脆拒绝添加任何人为好友。

直到和虞卿结识，为了做访谈而互加微信，后来又因为参加CTF大赛，需要和同组队员做一些线上交流，陆聿才把微信好友的申请权限重新打开。

只是经过那一阵，他这种"无事勿扰"的冷硬作风已然成为了T大公开的秘密，如果不是真的有什么特别重要的事，很少有陌生人会专门找上门来自讨没趣。

这个忽然冒出来的好友申请，稍稍引起了他的注意。

申请者的微信昵称只有一个简单的大写字母"S"，头像则是一只潜入深海的鲨鱼的背影。

此外，除了能看到所在地区是B城、性别为男之外没有透露出任何个人信息，就连好友申请信息那一栏也没有留下任何的只言片语。

这种来意不明的申请陆聿自然懒得搭理，看了一眼就不管了。

然而半个小时之后，"好友申请"的提示再次亮起。

这一次，对方的好友申请信息栏里多了一条消息。

"不准备通过？"

看这腔调，对方好像根本没想过自己会被拒绝似的。

陆聿一时间被挑起了好奇心，随手回了三个问号。

对方的回复来得很快，不过几秒钟的时间，消息再度弹出："侥幸赢了一次，就不打算再比了。"

"你谁啊？"

对方话都说到这份上了，再不打两个字，倒显得自己心虚了。

片刻之后，一个言简意赅的"Shark"出现在了消息栏上。

陆聿意外地挑了挑嘴角，很快摁下了"同意"。

Shark是在千极杯CTF大赛中，最受陆聿关注的选手之一。

整个比赛中，两个人的各项成绩一直咬得很紧。

虽然在最后的决赛阶段，Shark所在的队伍因为成绩平平并没有吸引太多关注，但对方所展现出来的强劲实力，以及发生在他们之间的几次激烈对抗，让陆聿神经紧绷之余，也对这个出人意表且热衷于进攻的对手留上了心。

Shark 显然也对他兴趣浓厚。

到了比赛后期，他并没有太顾忌整个团队的配合，而是集中力量对陆聿进行撕咬，那种针锋相对的状态，像是已经置比赛结果于不顾，只想和陆聿你死我活地争出个高低。

虽然最终的结果，是陆聿摆脱了对方的纠缠，抢先一步拔旗成功，但如果对方不是这种比他更加特立独行、肆意妄为的行事风格，或者给他换进一个和 T 大代表队水准差不多的队伍，最终鹿死谁手还是个未知数。

比赛结束后，在和千极网高层的谈话中，陆聿特意了解了一下 Shark 他们队伍的情况。直到那个时候，他才知道这支队伍并非来自高校，而是由社会人士自由组队。不仅缺乏统一的训练磨合，队员之间的实力也参差不齐。

千极网的 CTF 大赛面向全社会开放，除了在校学生之外，很多诸如程序员、黑客之类的社会人士，也会或为了交流或为了奖金而参赛。

只是他们当中的大多数人静静地来，再静静地走，除了一个 ID（IDentity 网络注册名）之外，并不愿过多暴露自己的身份信息。因此，即使对 Shark 这个对手欣赏有加，也希望能有机会面对面切磋一下，但在听说他所在的队伍在正式宣布名次之前已经悄然离开后，陆聿也只能遗憾作罢。

让他万万没想到的是，这个在比赛期间神龙见首不见尾的对手，在消失了好一阵后，居然会以这样的方式，重新来到自己面前。

"看不出你还挺严格的嘛，申请了这么久才通过。"

进入了好友栏的 Shark 手速惊人，还没等陆聿主动打招呼，就接二连三地抛出了问题："怎么，当了名人以后，加个好友都得筛选合格才能通过是吗？"

"滚蛋！你才是名人，你全家都是名人！"

虽然并未见过对方，但经过这场比赛，让陆聿对他颇有惺惺相惜之感，因此陆聿也并没有装模作样地和他假客气："对了，你是怎么知道我微信的？"

"毕竟你已经是名人了嘛……正面特写的大海报现在还挂在比赛官网的首

页呢,要找你的信息还不容易?随便一个T大的妹子,说起你都是眉飞色舞的……"

也不知道是真心这样认为还是在嘲讽,Shark敲出来的字,每一个都像是自带音效似的,带着一股玩世不恭的劲儿。

反正都已经加上了,陆聿也懒得继续纠结这个问题,于是继续问:"大过年的,你特意跑来加我,是有什么事吗?"

"当然!我是来特意祝你新年快乐的!顺带等你给我发红包。"

"滚!"

"算了……不逗你了,看你这样子也不经逗。"

闹了一阵后,Shark终于切入了正题:"我来是想问问你有没有兴趣来沉潭,真枪实弹地和我比一比?顺便弄点奖金花花什么的?"

"沉潭?"陆聿怔了怔,"什么沉潭?"

"你一个搞网络安全技术的居然不知道沉潭?我没加错人吧?"Shark敲在对话框里的每个字,都充满了难以置信与鄙夷。

接连飙出三个黑体加粗的问号后,他发来了一个网址。

"这就是沉潭,你有空的话可以先上去熟悉一下环境。如果有兴趣,随时联系我。只要没有拖后腿的,相信以你我的实力,无论是组队当队友还是做对手,都会在里面玩得很愉快!"

因为Shark的推荐,陆聿花了几天的时间在沉潭里"潜水"。

沉潭是一个主要以网络安全研究者和各大计算机厂商交流网络安全问题的平台,个人用户可以在线提交他们发现的网站安全漏洞,企业用户也可以通过该平台获知自己网站的漏洞。

基于这个特殊的定位,虽然沉潭成立的时间并不长,但还是迅速聚集了诸多对网络安全问题感兴趣的网友。

这些人当中,既有以学习和交流为目的的程序员,也有热衷于炫技,向业内人士展示自己强劲实力的技术大神,更有以网络安全为己任,真心实意地为互联网产业发展添砖加瓦的业内高手。

但同时，也无可避免的有许多试图利用网站漏洞牟利的不法分子嗅着血腥气赶来，混迹其中。

这种借着技术的力量给企业用户带来大麻烦的人群，被公众称为"黑客"。与之相对的，愿意向企业公布漏洞，帮助他们更好地完善系统安全的那一部分人，则被冠以"白帽子"之名。

只是在沉潭的世界里，"白帽子"和"黑客"之间的身份界限并没有那么泾渭分明，因为在这个互联网飞速发展的时期，诸多游戏规则还来不及被明确界定，他们中的大多数人都犹如走钢丝般在明与暗的边缘游移不定。

一念天堂，一念地狱。

网络安全的世界里，是做恶龙还是屠龙者，往往只在一念之间。

只是对于陆聿而言，那些活跃于论坛的 ID 背后到底是什么人，拥有着什么样的身份，究竟怀着怎么样的目的，并不是特别重要。

真正引发他兴趣的，是那一个个陈列在论坛首页上，引来无数人惊叹讨论，甚至顶礼膜拜的帖子。

那是混迹沉潭的网友们，对国内最顶级的互联网企业的网站进行安全测试后，所得出的漏洞信息报告。

即使已经经历过千极网 CTF 大赛的历练，也和诸多高水平的队伍交过手，甚至拥有了耀眼的成绩和千极网高管们的赏识，但陆聿心里很清楚，各大互联网公司都拥有极其成熟的安全风控系统和优秀的专业人才，在这样的前提下进行网络入侵和漏洞挖掘，所面对的要比 CTF 大赛复杂且困难得多。

陆聿很快就对沉潭萌发了巨大的兴趣。但起初，陆聿也只是看看帖子，关注一下网友们分享的业界动态，就连针对某些热门技术话题的讨论都只是放进了收藏夹里，没有留下任何痕迹。

走亲访友的春节氛围逐渐归于平淡后，寒假也很快到了尾声。

随着新学期的开始，虞卿变得越发忙碌起来。

不知是出于经济的压力，还是为了将书本上学到的知识尽快用于实践，虞卿将大部分的课外时间都花在了兼职上，利用自己的人脉和学生会的资源，接下了不少品牌推广策划、产品文案，甚至促销活动现场主持之类的活儿。

为了这些活儿，她几乎每个周末都会往外跑，就连约顿饭的时间都常常抽不出来。

只是对于这样的辛苦，陆聿觉得心疼，虞卿自己却甘之如饴。

"前几天的那份报告被打回来了，对方的市场部经理专门和我聊了两个小时，提了很多修改意见，总体来说就是理论性的内容很多，可执行性不强。虽然感觉有点儿沮丧，但还是学会了很多书本上学不到的东西，相信下一次合作的时候，效果一定会更好！

"昨天我去主持的那个促销活动效果很不错，快结束的时候负责品牌宣传的副总亲自到了现场，还留了张名片给我。他们公司在地推活动方面特别有经验，如果能多接触的话，相信还能学到很多东西……"

诸如此类，无论是好还是不好，虞卿都会积极地和他分享。

而陆聿也明显地感觉到，通过这样的历练，虞卿也变得越发自信成熟，神采奕奕。

除了为对方的成长和进步而高兴，陆聿也变得前所未有的焦虑。

聪明的头脑，优秀的学习成绩，出类拔萃的外貌，来自师长的赏识和同龄人的艳慕……这些平日里他引以为傲的资本，虞卿同样拥有。

但除此之外，对方还拥有他在这个年纪里，还来不及拥有的眼界、阅历和成熟。

这些优势有的来自时间的积淀，有的来自良好家世和丰厚的财力支持，这些道理陆聿不是不懂。

但在爱上了一个如此优秀的女孩之后，他却无法控制地生出了那种会因追不上对方的脚步而被抛下的恐惧，开始患得患失。

就在这种焦虑而纠结的情绪里,自春节之后就再无消息的 Shark 再次出现了。

"怎么样,都过了这么久了,你到底想好了没有?准备用什么 ID 出道?"

"出道?出什么道?"

"别告诉我你在沉潭混了这么久,一点想法都没有。论坛里的高手不少,你不打算挑战一下首页的战绩排行榜吗?"

沉潭上的战绩排行榜,是根据网友们在论坛上获得的积分排名自动生成的。发现的漏洞越多,技术难度越大,所获的积分值就越高。

积分值前十名的 ID 会进入战绩排行榜,展示在沉潭网的首页,成为网友们顶礼膜拜的大神。

虽然这个排行榜的影响力有限,大部分 ID 离开沉潭之后都没人认识,但是对于陆聿而言,能在这个排行榜上占据一席之地,显然比去参加 CTF 比赛拿名次更有吸引力。

只是眼下,因为感情上的困扰,对于 Shark 的提议,他有些提不起兴趣。

"那些事晚点再说吧,我最近有其他事要忙,暂时没空。"

"其他事?什么事?忙着泡妹子?"

不知是真的有所觉察,还是随口一说,Shark 的话里带着股看热闹不嫌事大的劲儿:"你这人也太没趣了,泡妹子哪有挖漏洞好玩?"

等了一阵没见他回复,Shark 继续追问:"喂!你究竟有什么事啊,不会真的是为了泡妹子吧?太不思进取了吧!"

"你才不思进取!"

陆聿被他这不依不饶的架势搞得有些无奈,只能老实交代:"我有个朋友最近要过生日了,我想送个生日礼物给她,不过还没想好究竟送什么。"

"就为了这个?看你这么纠结……过生日的是个妹子吧?"

八卦了几分钟后,Shark 丢了个链接过来:"你也别郁闷嘛,来看看这个怎么样,用来当生日礼物的话,不算跌份了吧?"

陆聿随手把链接点开。

加载完成后的页面上展示的是一款头戴式的无线蓝牙耳机。

因为是专门为女性用户设计，耳机上有两个猫耳，看上去十分俏皮。

各种硬件参数综合比较下来，也十分对得起它那个三千出头的价格。

陆聿觉得有些心动，忍不住拉着页面上下找了找，却始终没有找到购买链接。

几经折腾无果后，他只能问Shark："这款耳机是不错，在哪里可以买到？"

"要说买的话，那可就难喽，这款耳机现在还在众筹阶段。至于什么时候正式上市，谁也说不准！"

"那你给我看这个干什么？耍我呢？"

陆聿简直想把他踢出好友列表。

"你先别急嘛……"

Shark还是不紧不慢地说："虽然现在暂时买不到，但是你想要的话也不是一点办法也没有。生产这款耳机的是一家叫灿星的公司，他们的SRC（安全应急响应中心）最近和沉潭有合作，如果你能帮助他们找到网站漏洞并提交的话，就可以获得奖品。这款耳机就在奖品列表里。"

眼见陆聿没回复，他继续补充："东西就在那儿，就看你能不能拿到了。毕竟灿星也是个明星企业，奖品都挺有吸引力的，沉潭里大把的人都在盯着。不过嘛，你要是真感兴趣，又没把握的话，到时候我搞到了可以考虑打折卖给你……"

"滚蛋！"陆聿毫不留情地打断了他，"多给你半天时间也无所谓，输了可别说我欺负你。"

"哎……你能这么想就对了！不过你也别太得意，实战见真章，到时候咱两谁欺负谁还说不定呢！"

眼见劝说成功，Shark心满意足地发了个挤眉弄眼的表情包："那我先去洗澡吃饭了，希望回来的时候，能看到你顺利出道。"

当天夜里，一个名为"Hurricane（飓风）"的ID（网络身份标识号）悄无声息地完成了注册，成为沉潭的一分子。

在他注册成功五分钟后，Shark就专门发帖表示了欢迎。

虽然加入的时间并不长，但Shark在沉潭论坛内，已经是一个颇具声望的名字。接连好几份颇具分量的漏洞报告，不仅把他送上了战绩排行榜的周榜名单，也让他成为让诸多网友膜拜的大神。

只是Shark虽然才华出众，却不甚友好，除了发布漏洞报告外，鲜少与网友们进行交流，对于一些新手提出的问题，往往也是不屑一顾地摆出一副懒得多解释的样子。

如今他忽然用这么热情的态度对待一个新人，也让大家在惊诧之余不禁纷纷揣测，这个从头像到个人简介都一片空白的陌生ID，究竟是什么来头。

大家的疑惑并没有持续太久。

仅仅两天之后，这个自注册起就一直沉默寡言，连Shark的欢迎帖都没有做任何回应的新人，就悄无声息发出了他进入沉潭后的第一帖——一份关于灿星网站安全漏洞的报告。

灿星虽然是一家以耳机、音箱、运动手环之类的智能硬件产品为主营业务的企业，但因为网站有交易功能，面对全球客户，对于网络安全一直十分重视。也正因为如此，他们的安全应急响应中心才会放下身段，在新一代的耳机正式上市之前，主动找到了沉潭这样的网络漏洞报告平台进行合作。

对方既然把网络安全当作企业运营的重中之重，日常的基础建设和风险防范，必然十分尽心。想要在这样一家企业里挖出漏洞，并不是什么容易的事。

然而谁也没有想到，大神们还没什么动静，这个名不见经传的新人就已经抢在了所有人前头，提交了成果。

帖子发出来的第三天，"Hurricane"这个ID的个人信息栏里，增加了500的积分。

这代表着这份报告已经经由沉潭提交给了灿星的SRC，并得到了对方的认可。

与此同时,沉潭方面也主动给陆聿发来了私信,希望他能提供一个联系地址,以便灿星将作为奖励和酬劳的礼品寄出。

一个星期之后,陆聿收到了一个来自灿星的、沉甸甸的包裹。

除了他心心念念的那个猫耳耳机之外,还有一堆新潮的电子产品,和一封热情洋溢的感谢信。

信中真挚地表达了对他的感激之情。

第一次收到这么厚重的谢礼,陆聿在惊喜之余,也有些感动。

他忽然意识到,自己在沉潭上所做的一切,除了能换回荣誉、掌声、崇拜和物质回报外,还能展现自身的价值,得到别人的尊敬和认可。

而这些东西,足以平复他这段时间以来面对不断成长的虞卿时,那种难以言状的焦虑和茫然。

怀着这样的好心情,在把礼物重新打包好送给虞卿之前,陆聿先随手拍了张照发到了Shark的微信上。继而得意地说:"除了耳机之外,其他的东西只要是你感兴趣的,我都可以免费送你。"

"哟!灿星挺大方的啊,出手这么阔绰!"

没过几秒钟,Shark的回复就到了。只是一顿感叹之后,他发来了一张截图。

陆聿仔细看了两眼,眉头皱了起来。

"你用了多长时间?"

"不知道,没算呢。"Shark懒洋洋地说,"我不知道你是什么时候开始的,我自己的话,那天聊完之后开的电脑,中间陆陆续续地点了几次外卖,打了一阵游戏,不知道到底用了多久。等我弄完以后,就发现你已经提交了。反正也就是前后脚的事。"

"既然都找出漏洞了,你为什么不提交?"

"嗨!这种小场面,就让你独自美丽好了。我去添什么乱啊,反正又没有妹子要讨好……"

Shark 东拉西扯了一阵,终于正经道:"虽然很想对你说恭喜,不过现在好像还不是时候。灿星只是一个开始,以后沉潭的战绩排行榜,就等着我俩去刷新了。"

"这么自信的吗?"

像是被对方的热情感染,陆聿也笑了起来:"行吧,那你好好加油吧!争取早点追上我!"

"呵……彼此彼此,你也加油!"Shark 说完就下线了。

这个时候尚且风平浪静,谁也未曾预料到,这个名为 Hurricane 的 ID,将会在沉潭论坛乃至整个互联网安全领域,掀起一场怎样的风暴。

第五章 礼物

收到灿星寄来的耳机没多久,虞卿的生日就到了。

为了把准备好的礼物及时送到对方手里,陆聿早早就在微信上做了预约,安排好了当天的活动。

没料到生日当天,虞卿临时接了一个在促销活动上做主持的工作,需要在市内某大型商场忙活一整天,等活动结束后才能收工返校。

陆聿只得取消了烛光晚餐,抱着生日礼物等在学校附近的咖啡厅里,一边百无聊赖地刷着朋友圈,一边期待着商家能够大发慈悲,早点把人给放回来。

时至晚间八点,虞卿终于发来了消息,表示活动圆满结束,她已经上了出租车,正在往回赶。

这条消息无疑是一剂强心剂,让已经昏昏欲睡的陆聿瞬间兴奋了起来。

想着对方忙活了一天,应该一直都没好好吃饭,陆聿重新拿起了菜单。正挑挑拣拣地勾选着美食,眼前忽然黑影一晃,一高一矮两个男青年一边说着话,一边在他隔壁的卡座坐了下来。

因为是在T大附近,咖啡馆里的客人大多数都是T大的学生,两个男青年的聊天内容,也几乎都是学校里的种种八卦。

陆聿有一搭没一搭地听,原本也没太在意,然而对方的谈话中频繁出现的那个名字,让他神色逐渐凝重起来。

"听说虞卿今天过生日,你之前不是追过她吗,就没打算表示表示?"

"还表示什么啊,人家早就有金主了,哪儿还会把我们这些穷学生放在眼里。"

"不是吧……""金主"两个字让原本就唾沫横飞的家伙愈加兴奋,"我听说她这段时间一直在学校外面做兼职,真要有金主那儿至于这么拼?"

"嗨,这你就不知道了。"

戴着眼镜的高个子男青年深深叹了口气,言语猥琐,语气鄙夷:"虞卿就是趁着兼职的机会去勾搭那些大企业里的成功人士,不然她家境又不差,至于每天都往学校外面跑吗?"

"别说得这么难听嘛,说不定她只是想为以后铺路呢?早点儿出校门锻炼一下,也未必是要吊金主吧!"

"你还真是天真啊!"

眼镜男不屑地撇了撇嘴:"实话和你说了吧,前几天我在外面和朋友吃饭,回校晚了点儿,刚好撞见一辆豪车把虞卿送到了学校门口。她刚下车,就有个男的紧跟着从车里钻了出来,和她有说有笑地在那儿聊了好一阵,样子别提多亲热了。而且虞卿走的时候那男的还塞了个包给她,虽然没看清是啥牌子,但肯定不便宜……"

"这么劲爆的吗?"坐在他对面的同伴激动得声音都变了调,"这还真看不出来啊!学校里追虞卿的人虽然多,但一直都没见她正式和谁确定关系。搞了半天,她是冲着有权有势的成功人士去了,压根没把咱们这些穷学生放在眼里!"

"谁说不是呢?"

眼镜男低声笑了起来,一脸酸样:"所以啊,你可别被她的女神人设蒙蔽了双眼。这段时间我也算是想明白了,她之所以会拒绝那么多人的追求,不是因为有多清纯,而是心机深,想找个金主卖个好价钱罢着……"

话还没说完，眼镜男眼前猛的一黑，脑袋"嗡"的一声响，整个人已经重重地向后倒去。

陆聿黑着脸冲上来，拳头的力道一下比一下狠，即使眼镜男惨叫声连连，也丝毫没有要停手的意思。

等到咖啡店的老板闻声赶来，眼镜男的半边脸已经高高肿了起来，那副用来装斯文的眼镜，也不知在什么时候飞到了一边。

老板还没想好究竟是把人扭送到派出所，还是直接通知学校，人群忽然被拨开，虞卿迅速挤了进来，她满脸诧异地看着眼前的场面，质问陆聿道："刚在咖啡厅门口就听说你和人动手了，究竟发生了什么事？你为什么要动手打人？"

陆聿满脸戾气地站在那儿，一双眼睛紧盯着还坐在地上低声呻吟的家伙，语气冷冽："道歉！"

"道歉？"被揍得一脸蒙的男青年终于回过了神，一边摸索着眼镜，一边骂骂咧咧，"我好端端地坐这里吃饭，莫名其妙被你打了，你居然还要我道歉？"

"不然呢？"陆聿上前一步，目光冷冷地瞪着他，"你刚才说了什么，自己心里不清楚？需要我当着大家的面再重复一遍吗？"

"……"

在他冷冽的目光注视下，男青年下意识缩了缩肩膀，目光落向虞卿时，有些心虚地垂下了脑袋，低低地道："对不起……"

事到如今，虞卿也顾不上他究竟是为什么和自己道歉了，她敷衍地点了点头，对着老板赔了一通礼，在对方表示不再追究后，很快把陆聿拉出了咖啡厅。

在外面累了一天，又见到这么一幅乱糟糟的景象，虞卿也有点儿来气。但陆聿显然比她还生气，被拽出咖啡厅后，就一直低着头不管不顾地向前走，也不知是在跟谁生闷气。

虞卿犹豫了一阵，终究还是追了上去，主动开口问："你到底怎么了嘛？不是说好在咖啡厅等我一起吃晚饭的吗？怎么忽然闹成这样，还和人动手了？"

陆聿恍若未闻，一个劲儿地闷头向前走。

走了一段之后发现虞卿没有追上来，又心有不甘地停住了脚步，恨恨地咬着牙道："虞卿，你老实和我说，你是不是交了男朋友了？"

"什么？"

没料到他半天不吭声，一开口居然是这么个问题，虞卿一时间也有点儿发愣："什么男朋友？你怎么会这么问？"

"你别瞒我了，我都知道了！"

陆聿恨恨地看着她："那两个垃圾刚才说了，你借着兼职的机会认识了一些有钱人。前几天晚上有一个家伙开着豪车把你送回来，还送了你一个包来着！"

"所以你是因为这事和他们动手？"

虞卿简直要被气死了："他们说的这些你信吗？如果你信，他们不过是说了实情，你和他们动手，是不是有点儿说不过去？如果你不信，那干吗还要这么生气？"

"……"

被她这么一问，陆聿浑身上下那股子火气也下去了不少。再开口时，语气里带上了那么点儿心虚："我其实不信。但你得亲口告诉我，我才能放心……"

说着声音越来越低，到最后彻底消失在了空气里。

幽幽的月光下，他那种满是忐忑，又亟待确认的样子，让虞卿觉得又好笑又心疼。

在他深情的目光里，虞卿叹了口气，耐心解释道："我没有交男朋友，出去兼职纯粹为了早点儿把从书本上学到的东西用于实践，没有任何其他的目的。至于他们说的那个有钱人，是我的一个远房表哥。他前几年去美国念书，我们都好久没见了。这段时间他回国了，说是想做点儿跨境电商方面的生意，所以从欧洲带了几个名牌包回来，想让我帮他看看在大学生群体里面是否受欢迎……这个解释你还满意吗？"

陆聿认真地听完，很快因为自己在真相未明的情况下就醋意满天飞而有些羞耻。

但要他立马道歉，他又觉得拉不下脸。

最后还是虞卿主动给了个台阶："你手上还有伤，如果没什么问题要继续问，就先去诊所，把伤口处理下好不好？"

伤口处理完毕时，夜色已深。

学校附近像样点的餐厅都已经打烊。

原本精心计划的生日烛光晚餐就这么没了，陆聿觉得有些不甘心。思前想后，他干脆把虞卿拉进了附近的酒店，在房间里点了一堆外卖。

等到点蜡烛、切蛋糕、许愿、碰杯、送礼物这一套流程走完，时间已经过了十二点。

吃完了蛋糕后，虞卿拿起手机看了看时间，脸上的表情变得有些为难。

捕捉到了她微小的情绪变化，陆聿低声问道："你怎么了？是不是累了？"

"累倒是不累，就是这个时间宿舍大概已经关门了。"

"关门就关门呗……"

陆聿慢慢站了起来，声音带上了几分暧昧的沙哑："既然回不去了，今晚咱们就在这里住好了！"

虞卿一愣，还没来得及说什么，房间里的灯忽然"啪"的一声被关上了。

紧接着，陆聿快步走过来，从背后紧紧抱住了她。

黑暗中，一个个甜腻而滚烫的吻落下，一开始小心翼翼，而后逐渐变得狂热。

虞卿被这突如其来的热情攻势弄得有点儿眩晕，直到两人脚步趔趄地倒在了床上，被一只手掀开了上衣她才骤然回过神来，一边用力抓住那只蠢蠢欲动的手，一边低声斥问："陆聿，你干什么？"

陆聿没说话，反复吻着她的同时，更加用力地抱紧了她的身体。

即使隔着衣服，虞卿也能从对方滚烫的体温和不断颤抖着的身体上，感受到剑拔弩张的味道。

突如其来的失控感让虞卿开始心慌,然而在对方强势蛮横的压制下,她所有的挣扎反抗,都无力得像是在调情。

情急之下,她在对方的嘴唇再次落下时,狠狠咬了下去。

随着一声闷哼,原本激烈的动作终于暂停了。

沉闷的喘息声里,陆聿慢慢坐直了身体,沙哑的声音在幽暗的房间里显出几分沮丧:"都过了这么久了,你还是没打算接受我吗?我本来以为你今天答应和我来酒店,是因为你愿意和我在一起……"

"我和你来酒店,是因为我答应了和你一起过生日。在没有更合适的地方去的情况下,你建议来这里,我自然不会拒绝。而且最重要的是,我信任你,我相信不管在哪里,你都不会勉强我做不想做的事情。"

"对不起……"长久的沉默之后,陆聿道,"是我误会了。如果我做了什么让你不高兴的事,我道歉……"

他顿了顿,始终觉得有些不甘心:"可我想不通,既然你不讨厌我,为什么还是不愿意做我的女朋友?是觉得我太幼稚,还是觉得我哪里做得不够好?"

"都不是……"虞卿整理好衣服坐起来,黑暗中,她的声音轻轻的,"陆聿,你没有什么不好,我也没有讨厌你。只是接下来的时间,我还有很重要的事情去做,时间和精力都有限,可能没有办法分心谈恋爱,也暂时不能对你承诺什么。"

"很重要的事?什么事?"

"毕业以后我准备出国念书……所以接下来除了正常的课业和兼职之外,我全部的时间和精力都会投入到学校的申报和雅思考试的准备上。"

"什么?"这个答案大大出乎陆聿的意料,让他的语气变得紧张而尖锐,"你要出国?准备去多久?什么时候决定的?"

"其实这个想法我一直都有,只是前段时间和表哥详细聊过之后,变得更加明确了而已。至于会去多久,那得看我读完书后有没有机会找到理想的实习机会,或者三年,或者五年,或者更久,具体多久现在就连我自己都不知道……

所以陆聿，在这样的情况下去谈恋爱，对你也不公平，不是吗？"

陆聿怔怔地听着，想说点儿什么，却始终说不出口。

他原本以为虞卿大学毕业后就算不继续读研究生，也大概率会留在T城工作。

所以对于他们的未来，他一直都信心十足。

然而眼下，所有的期待，都因为这个突如其来的留学计划而彻底落空。

面对虞卿轻声细语却又理性十足的询问，他也只是安静地点了点头。

陆聿不是没有想过要劝虞卿留下。

关于出国后将要面临的种种压力和风险，他也准备了许多案例。

但是最终，任何劝阻的话，他都没有在虞卿面前说起。

毕竟他心里清楚，虞卿是一个独立的个体，而并非他的私有物。

为了目标拼尽全力，心无旁骛地努力争取，向前的过程中不因为任何理由轻易改变自己的决定，正是虞卿最珍贵的特质，也是最让他心动的地方。

接下来的这一年里，在虞卿为了出国的目标而努力奋斗的同时，陆聿把绝大部分的空闲时间都花在了沉潭上。

伴随着一份又一份漏洞报告的推出，Hurricane这个名字也似火箭一般迅速蹿上了沉潭首页的战绩排行榜，成为无数网友心目中的新晋大神。

随着个人影响力的不断提高，沉潭的高层们在组织线下活动时，也会对他发出邀请。但不管活动的规模有多大，网友们的呼声有多高，陆聿总是会态度坚定地给予拒绝，从来没有参与过。

时日一长，原本就对Hurricane充满好奇的网友，对于其真实身份的讨论，也愈加热烈起来。

有人猜他任职于国内顶级互联网企业，从事的就是网络安全方面的工作，因此才会在抓取漏洞时如此轻车熟路；也有人信誓旦旦地表示他是黑客出身，不断攻入各大网站寻找牟利机会的同时，也会伪装成"白帽子"隐藏自己的真正身份。

有不少人给他发私信,态度诚恳地表示想要合作,或者学习拜师。对于此类信息,陆聿一概无视,从来没有做过任何回应。

因此,整个沉潭论坛里,除了少数几个帮助企业牵线搭桥,找他要过地址,寄礼物的高管之外,也只有Shark知道,这个被贴上了各种标签,在旁人眼里充满了传奇色彩的神秘大神Hurricane,其实只是一个大二的在校学生。

在混迹沉潭的这些日子里,陆聿和Shark日渐熟谂,成为朋友,甚至将友谊从线上发展到了现实生活中。

那是在他大二上半学期刚刚结束,寒假生活即将开始的时候,Shark忽然发来了信息,问他假期会不会继续留在T城。

因为家在本地,且为了照顾留校全力复习的虞卿,陆聿并没有安排任何出游计划。他如实回复,Shark留下一句"很好",就没了动静。

然而仅仅两天之后,陆聿再次收到了Shark的微信——"干吗呢?没在泡妹子的话,出来吃个饭呗。"

消息来得猝不及防,毫无思想准备的陆聿只能给出问号三连击。

"啥?吃什么饭?你现在在哪儿?"

"你学校附近啊。"

"开什么玩笑?你不是在B城吗?"

"怎么,你不信?"为了证明自己所言不虚,Shark很快发来了一个定位,外加几张餐厅的照片。

陆聿只瞟了一眼就意识到,这个向来没个正形,说起话来满嘴跑火车的家伙,居然真的来了T城。如果是其他人,事前没有半点儿通知却骤然提出要约饭,陆聿基本是不会理会的。

但Shark不同。他从千里之外的B城赶来,也不知道在T城有没有亲友,如果他孤身一人的话,自己不去见面也实在是太说不过去了。

更何况,无论是当初CTF大赛上的惺惺相惜,还是混入沉潭后,在不断的竞争中积攒出来的情谊,对于他而言,Shark 都已经不再只是一个单纯的网友。对方开口相约,他实在是做不到漠然以待。

稍加考虑之后,陆聿很快收拾了一下,赶去了那家学校附近的小餐厅。

因为并非用餐时间,餐厅里没什么人。刚一进门,陆聿就看到了坐在最里间的那张桌子上,专心致志地埋着头刷手机的年轻人。

对方看上去和他差不多大,头上戴着一顶棒球帽。超大号的黑色冲锋衣衣领被拉得很高,遮住了他的大半张脸,也不知道是为了耍酷,还是因为缺少安全感而习惯性地把自己藏起来。

听到脚步声,对方很快抬起了头,目光相触的那一瞬,Shark 下意识地咬着嘴唇,眼神不自觉地躲了躲。

这小子……平时在网上一副玩世不恭、对什么事都满不在乎的样子,结果线下见面的时候,却别扭得跟个小破孩似的。

大概常年以网络为家的人,都是这副模样吧。

陆聿只觉得好笑,为了安抚对方的紧张情绪,他主动点头打了个招呼:"Shark 是吧?我是陆聿。我看你也等了蛮久了,要不咱们先点菜?"

"哦……行啊。"见他主动示好,Shark 点了点头,终于开了口。

十分钟后,各种冷热菜式陆陆续续地端了上来。

问过对方的意见后,陆聿又叫了几瓶啤酒。

有酒有菜,Shark 的情绪逐渐放松,气氛总算是变得没那么僵硬了。吃了一阵后,陆聿开始主动找话题聊:"你这次来 T 城,是来旅游的吗?"

"不是。"Shark 抽了抽鼻子,仍旧专心致志地挑着宫保鸡丁里的花生,"我就是太无聊了,就来 T 城看看有没有什么好玩的,顺便跟你见个面。"

"无聊?"陆聿忍不住逗他,"你的寒假作业这么快就做完了?"

"什么寒假作业?"Shark 抬眼瞪着他,"我早八百年就没读书了好吗?"

这个答案有点儿出乎意料。毕竟以对方在互联网安全领域的强悍表现来着,怎么样也不像"早八百年就没读书了"的样子。

那样出色的能力和丰富的经验，如果都是通过自学和独自摸索，那对方所拥有的天赋，就实在是太惊人了。想到这里，陆聿继续追问："我看你和我差不多大啊，没读书的话……难道已经工作了？"

"那倒也没有。"Shark 撇了撇嘴，"我连高中都没读完，除非去工地搬砖，哪儿有公司肯要我？何况上班还得早起打卡，谁起得来哦？"说到这里，他主动举起酒杯，"对了，说起年纪，我一直没问过你，陆聿你今年多大呀？"

陆聿一时间没缓过来，一边机械性地和他碰杯，一边回答道："十九，怎么了？"

"那你得叫我一声哥！"

"凭什么？"

"就凭从今天开始，我就满二十了啊！"Shark 嘿嘿笑了起来。

今天居然是这个家伙的生日！可这种日子难道不是应该和家人朋友们凑在一起开心庆祝吗？为什么会百无聊赖地从自己家乡跑到一个完全陌生的城市里？

约着一起吃饭的，还是个现实生活中没有任何交集的网友？

想到这里，陆聿不禁觉得有点儿心酸。

看着对方一脸无所谓的表情，他把手机拿了出来："既然今天是你生日，要不要再订个蛋糕什么的？我下个单，应该很快就能送过来……"

"别了别了！"Shark 牙疼似的抽了一口气，摆了摆手，"你别搞得那么隆重，我就没怎么过过生日，真要买个蛋糕过来，再吹吹蜡烛唱个生日歌什么的，我得尴尬疯了！"

见他实在抗拒得厉害，陆聿也没再坚持："那你接下去有什么打算？需要我帮忙吗？"

"打算暂时还没有。"Shark 懒洋洋地笑着，忽然想到什么，"对了，你喜欢的那个妹子现在也在 T 城吗？要不一会儿约出来，我请你们喝酒唱歌？"

"还是算了吧。"陆聿耸了耸肩，"她最近忙着准备雅思考试，每天都在刷题复习,哪有时间出来喝酒?"

"啧啧,看你这小气样……想把人藏着也不用找这种借口。"

"滚蛋!再这样我可走了!"

消除了最初的紧张后,Shark 的话逐渐多了起来。挑着嘴角一脸坏笑的模样,也和网络上飞扬跳脱、没个正形的形象重叠起来。

酒足饭饱之后,已近黄昏。

考虑到 Shark 也没什么具体计划,陆聿干脆带着他在 T 大里里外外地转了一圈。

作为在国内排名前几位的综合性大学,T 大的环境也是出了名的。

Shark 双手插兜跟在陆聿身旁,从教学楼走到图书馆,再从图书馆走到足球场,虽然一路沉默,表情看上去也有点儿漫不经心,陆聿还是捕捉到了他目光中偶尔流露出的艳慕和渴望。

虽然明白以他们之间的关系,很多私事不应该多问,但陆聿还是忍不住多了句嘴:"既然你现在没在工作,就没考虑继续念个书什么的?"

"没有!"Shark 摇了摇头,语气里都是不屑,"念书有什么意思?混个文凭去上个班,能比我现在赚得多吗?"

陆聿一时语塞,为免让对方觉得自己在炫耀,他也不继续劝说,只随口接了一句:"这也不单纯是赚钱的问题……而且你现在这么着急赚钱干什么?"

"我就自己一个人,不赚钱你养我啊?"

陆聿一怔,忽然意识到了什么,赶紧道歉:"不好意思啊,我不知道……"

"嗨!道什么歉啊!"Shark 无所谓地摆了摆手,"而且不是你想的那样,把我生下来的那两口子都还活着呢!不过我妈嫌我爸没本事,刚把我生下来没多久,就跟人跑去美国了。我爸不情不愿地养了我几年,就跑出去做生意了,留我在家里天天被他后面娶的那个贱女人欺负。我被欺负狠了,一气之下就找他要了一笔钱自己出来住,从此就没再联系了……"

这大概是两人相识以来,Shark 第一次主动暴露自己的隐私。陆聿只能鼓励性地拍了拍对方的肩膀外,一切安慰的话,都是多余的。

重新走出校门时,天色已经彻底暗了下来。

Shark 却还是兴致勃勃的样子,一家家地逛着沿街的小店。

陆聿陪着他整整逛了两个小时,直到晚上十点,对方一脸意犹未尽地提议要不要再找个酒吧续个摊时,他才不得不开口拒绝:"不好意思啊,今天实在是有点儿晚了,一会儿我还有点儿事。不然我明天再出来陪你玩。"

见他拒绝,Shark 也不勉强,走到街边刚想抬手打车,就被陆聿叫住了。

紧接着,一个盒子递到了他眼前。

"这是什么?"

"生日礼物。"陆聿一边笑着,一边示意他打开,"刚刚逛那些小店的时候看到的,觉得挺适合你的,就随手给买了。质量应该不怎么样,不过礼轻情意重,生日快乐!"

Shark 嘴唇紧抿着,面对这突如其来的生日礼物,他有点儿不知所措。

在陆聿鼓励的目光里,他慢慢把盒子打开。

一枚鲨鱼造型的金属徽章,安静地躺在盒子里。

做工粗糙,也不知道是来自 T 城周边的哪个小批发市场。

Shark 拿在手里小心翼翼地抚摸了一阵,然后把它别在了自己的棒球帽上。

"谢了……挂我帽子上挺帅的吧?东西是马虎了点儿,但抵不住我人帅啊!"

"啧啧……要点儿脸!在我面前说这种话,你就不觉得脸红吗?"

"哈哈哈!"Shark 放声笑了起来。那是发自内心的笑声,仿佛他收到的不是一枚普普通通的徽章,而是价值百万的珍宝。临上车前,他犹豫了一下,然后转过身来,给了陆聿一个大大的拥抱。用力之大,像是要通过这种方式,把自己的谢意与感动都嵌进对方的肋骨。

对于大部分混迹沉潭的网友而言,那都是一个十分平静的夜晚。高悬在排行榜上的大佬们默契般的没有露面,首页上也没有什么让人眼前一亮的漏洞报告推出。飓风尚未掀起,而鲨鱼也深潜在海底,暂时收敛起了它嗜血的尖牙。

而对于陆聿和 Shark 而言,这却是一个特殊的夜晚。因为一个饭局,一场谈话,一枚作为生日礼物的徽章,和一个拥抱,他们的友情从虚幻的网络,正式进入了现实。未来的很多日子里,在陆聿最消沉、最痛苦的时候,他总会回忆起这个夜晚。

回忆起 Shark 将那枚鲨鱼徽章别在棒球帽上时,那夹杂着感激、兴奋和惊喜的笑容,和他转身拥抱自己时,因为太过用力而微微颤抖着的手。

或许将他推向深渊的命运之手,从那个时候就已经初现端倪。但那时无论是他还是 Shark,都因为沉浸在友谊的脉脉温情下,对即将到来的一切,浑然不知。

第六章　争端

毕业答辩结束后，即将离校的大四学生们的时间，开始被一场场的聚会塞满。

作为备受关注的校宣传部部长兼人缘甚好的校园女神，虞卿收到的邀约更是没有断过。

虽然自虞卿决定出国开始，为了让她能够心无旁骛地向着目标前进，陆聿就没有再因为感情上的事打扰对方，但事到如今，他也坐不住了。

对方已经顺利地通过了雅思考试和 GRE（Graduate Record Examination，美国研究生入学考试），也提前拿到了好几所名校的 Offer，"考验期"也已经所剩无几。虽然不知道虞卿是已经忘记了之前的约定，还是心里已经有了别的想法，准备就这样不置可否地拖到离校那一天，但陆聿依旧期盼着能在离别之前，从对方那里得到一个明确答复。

就在他计划着怎么用一个合理的借口，把虞卿从没完没了的聚会中给约出来的时候，虞卿先一步打来了电话。

"今天晚上有时间吗？方便的话在老地方见？我有些事想要和你聊聊。"

虞卿口中的"老地方"，是藏在 T 大附近的居民楼里，一家叫 Oasis（绿洲）的小咖啡馆。

因为已近假期,来 Oasis 看书聊天的人比平日里少了一些,显得有些冷清。

虽然心里藏了许多的话想说,但真正到了见面的时候,陆聿反而不知道该如何开口了。直到一杯咖啡见了底,陆聿才清了清嗓子,切入了重点:"你打算什么时候离校?"

"明天吧。"虞卿口气轻松,看上去对于离别并没有太多的伤感和不舍,"出国之前还得做点儿准备,还要回家陪陪爸妈,不能在学校留太久。"

"哦……那也挺好的。"

这个消息来得如此突然,突然到他连一点儿思想准备都没有。

虽然对方把临走前的最后一个晚上留给了他,多少也算是有点安慰,但陆聿心里还是泛起了阵阵苦涩。

许久之后,他咬了咬牙问:"今晚你特地把我叫出来,是有什么话要对我说吗?"

"是啊。"

虞卿笑了起来,拿出了一个包装精美的盒子:"陆聿,临走之前,我想送你一份礼物。"

陆聿有些错愕:"你怎么忽然想到要送我礼物了?"

"你不是也送过我很多吗?这个就当是回礼好了……谢谢你这么久以来的欣赏和照顾。"

原来如此……

陆聿把礼物接在手里,心里满是失落。

会特意送一份礼物给他,大概是想让他不要再有所惦记,所以在临行前,用这样的方式将一切还清,彻底断了他的念头。

思绪翻涌之间,陆聿动作机械地拆开了盒子。

一块质地精美的男士腕表出现在他眼前。

"喜欢吗?"

"嗯……挺喜欢的。"

"那要不要现在试试看？"

"哦……"

虽然虞卿表现得很热情，眼睛里似乎藏着些期待，但一想到这份礼物的含义，陆聿就只觉得兴致缺缺。

他心不在焉地把手上原本戴着的那块表摘下准备试戴，虞卿就意外地"诶"了一声。

"之前没见你戴表啊，怎么忽然买了一块？这么看来，我这礼物好像有点儿多余了？"

"当然不会。"陆聿勉强地笑了笑，"你送我的东西，怎么会多余？而且这块表不是我自己买的，是朋友送的。"

"朋友？什么朋友？"

"之前和你说过的，CTF 大赛时认识的那个网友——Shark。"

虞卿把他摘下的那块表接在了手里，仔细翻看了一阵后，表情渐渐严肃了起来："陆聿，你和那个 Shark 真的只是见过一两次面的网友吗？"

"是啊。怎么了？"

"那你知道这块表多少钱吗？"

面对这突然的问题，陆聿也有些疑惑了。

这块表款式非常简洁，牌子他也没听说过。

如果非要说有什么特别的，大概就是表盘的背后刻了一个专属于他的名字"Hurricane"。

收到快递时陆聿只觉得诧异，还专门发微信去问对方，怎么忽然寄来这个东西。

结果 Shark 云淡风轻地表示，这就是他逛街时随手买下来的小玩意，算是对陆聿之前送他生日礼物的谢礼。

这样的"礼尚往来"未免有些太过隆重，但陆聿本身也不是矫情的人，道过谢，说了两句"那你下次来 T 城我带你去吃大餐"之类的话，就没再把这件事放在心上。

没想到这么一个"小玩意",竟然会引起虞卿的注意。

"他说是在路边的小店里买的,应该也没多少钱吧?"

他回想了一下当初见到的 Shark 的模样,对方那身行头怎么看都不像是家里有矿的人,陆聿想了想,随口猜测道:"三百?五百?我看这也不是什么出名的牌子,应该不至于上四位数吧?"

见他一脸茫然,虞卿哭笑不得:"这是个瑞士的牌子,虽然在中国市场上知名度不高,但品质非常好。至于价格……据我所知,这个牌子就算是基本款,也要三万左右,如果在表盘底部做人名定制,价格就更贵了。"

"什么?"

这个数字实在是太惊人了,陆聿愣了好一阵才轻声道:"那……这会不会就是个山寨款?"

虞卿不同意他的看法:"光看这个做工和质感就不像,何况这个牌子在中国又不出名,山寨它干什么?"

两人面面相觑。虞卿总有点儿不放心,于是继续问:"说起来,你对 Shark 了解吗?他究竟是做什么的?如果关系特别好,朋友之间送个几百上千的礼物我觉得都可以理解,可是这么贵重的东西,总觉得有点儿不对劲。何况你们也不过是网友……"

"我明白你的意思。"

陆聿点了点头,开始仔细分析:"我们平时来往不算多,偶尔会交流一些安全技术,很少聊什么私事。上次他来 T 城,我看他穿着打扮也挺普通的,不像是能随手送这么贵的礼物的人,鬼知道他究竟发的什么疯?不过你也别多想,之前我是不知道这东西这么贵,现在知道了,明天我就给他寄回去……"

"这个可以晚点儿再说……"

虞卿轻声打断了他,神色变得越发严肃:"陆聿,这一年多的时间,你陆陆续续地送过我很多礼物,其中还包括一些市面上很难买到,甚至是并没有正式贩售的产品。你说这些都是企业方奖励给你的，对吗？"

"嗯，没错。"

"除了奖品之外，企业会用现金的形式作为奖励吗？"

"很少……"陆聿仔细回想了一下，很快摇了摇头，"至少我接触过的项目没有过，除了企业本身的产品，大多是一些购物卡之类的。"

"那你除了提供漏洞报告之外，Shark他还有什么其他的工作或者赚钱的途径吗？"

"这我就不知道了……不过他每天都在论坛上晃，应该也没时间接其他的活儿……"

眼见虞卿一副若有所思的模样，陆聿也紧张了起来："怎么了……你问了这么多，究竟是想说什么啊？"

虞卿看着他的眼睛，一字一顿地道："陆聿，我想问问你，你、Shark，包括那些沉潭上的网友们，去挖取企业网站的漏洞，然后公布出来的行为，都是完全合理合法的吗？"

在她锐利目光的注视下，陆聿哽了哽，忽然就沉默了。

事实上，从他正式加入沉潭，发出第一份漏洞报告没多久，就已经敏感地从网友们的讨论中发现，所谓的"白帽子"和"黑客"之间的划分，很多时候都只是他们一厢情愿的事。即使主观意愿上并没有想要给企业带去困扰，但挖掘漏洞这一动作，本身就会引发诸多的质疑和麻烦。

所以除了少量特例，大部分的企业是不会给网友开放授权的。毕竟让非内部的员工进入网站后台，会带来不可预估的风险。

谁也不知道，挖掘漏洞的始作俑者究竟是会规规矩矩的将之提交至企业的SRC，提醒企业进行防控，还是会四处散播，造成公众的恐慌以及对企业的不信任，更甚至干脆利用漏洞窃取或者修改数据，为自己牟利？

一次漏洞报告的提交，就意味着一次侵入。

关于"未经授权的白帽子是否值得嘉奖"这个问题，在网络安全领域中也一直争论不休。

只是在沉潭网,自有一套自己的行事规则。

按照论坛的公告,在网友将自己发现的漏洞提交至平台,需经审核通过后才能简要的发布漏洞情况说明,并等待涉事单位认领。如若几十天后仍没有机构联络平台,才会进一步公布漏洞细节内容。

即使是到了这一步,相关内容也只会对高级会员公开。

因此陆聿在遇到相关的争议时并没有太在意。

一方面,随着沉潭的发展,它在互联网领域内逐渐表现出了强劲的影响力,它的名字和诸多顶级企业一同出现在各种峰会上,似乎越来越被主流所认可。另一方面,陆聿一直严守着自己的底线,按照规则行事,挖取的漏洞只在沉潭提交,从来没有动过其他念头。

"问心无愧"四个字成为他最强有力的心理防御伞,也让一腔热血的他从未对自己有过怀疑。

所以眼下,面对虞卿的质疑,他开始有点儿心烦了。

"你问这话什么意思?你是怀疑我之前干的都是违法的事?可是企业送过来的感谢信我也给你看过了啊。而且沉潭成立也不是一天两天了,里面的人都这么做,也没出过什么问题啊。"

"我只是在关心你。"

没想到陆聿的反应会这么大,惊诧之余,虞卿只能迅速安抚:"据我所知,国内大多数互联网企业不会向普通网友开放安全系统授权的。你们入侵网站的行为得到授权了吗?另外,先不谈你,说说你那位网友Shark。如你所说,他没有念书,没有工作,甚至也没有家人的支持,所有的时间基本都在做漏洞挖掘。如果每一次的奖励都只是一些电子产品或者购物卡,他从哪里来的钱给你买这么贵重的礼物?"

"所以你是觉得我们都有问题吗?"这一番质问像是一根针,扎得陆聿有些炸毛,"你觉得我做的那些事也都见不得光,拿到的奖品都不干净?"

"我不是那个意思……"

"那你是什么意思？"

陆聿紧紧咬着牙，一直以来的憋屈和烦闷，在这一刻被彻底点燃。

"是……我知道你向来嫌我幼稚，也从来没有认真考虑过要和我交往，会答应给我机会，也不过是因为想让我去参加CTF大赛帮林栋他们拿冠军。所以这么久以来，无论我怎么努力，怎么证明自己，在你眼里都不过是个笑话而已……我努力取得的成绩，赢得的奖励，在你眼里根本就不值一提！"

"陆聿！你说什么呢？"虞卿也有些来气了，"你怎么总是这样自以为是，不肯听人好好说话？今天难得见个面，非得要吵架吗？"

"算了……"陆聿颓然地挥了挥手，只觉得又是失望，又是懊恼。

在他原本的计划里，这个晚上他准备告诉虞卿，即使她暂时不打算接受自己，他也会在她出国的这几年里耐心等待。

最终，除了一句"对不起，既然惹你不高兴，那我就先回去了"之外，陆聿别的都没有再提。

第七章 圈套

因为这场不欢而散的约会，当天夜里，陆聿在床上辗转反侧折腾了很久，一直到凌晨四点，才昏昏沉沉地闭上了眼睛。

等到意识再次清醒时，时间已经是中午十二点。

定好的闹铃因为手机电量耗尽没有响起，因此他也就此错过了为虞卿送行的时间。

接近两年的追求和爱慕，最终以这么一个狼狈尴尬的方式收场，对陆聿而言，不可谓不惨烈。

虽然距离虞卿出国正式留学还有一段日子，微信和电话联系起来都很方便，但因为临别前的那场争执所带来的失望、沮丧和懊恼，他意兴阑珊地没有再做纠缠。

虞卿离校的第二天，陆聿离开学校回到了市区的家里。

接下来的日子，每天除了追追剧看看书，他大部分时间都混迹在各种网络安全相关的论坛上，靠着海量的信息和一行行枯燥的代码，不断麻痹自己。

觉察到了儿子情绪的低落，陆家二老私下商量了一番后，决定趁着假期结束之前回趟老家，一方面能和久未见面的亲戚们走动走动，另一方面也是希望陆聿能借着出门的机会，调整一下自己。

陆聿体谅父母的苦心，也的确想出门逛逛换个心情，就态度积极地点了头。

然而就在一家人临出门的头一天晚上，一个意料之外的电话忽然打了过来。

"在干吗呢？没事的话出来嘛，我请你喝酒！"

电话里的声音听上去含含糊糊的，带着一股子醉醺醺的劲儿。

陆聿正在收拾旅行箱，听他这么一吆喝，当即愣了愣："Shark？这都几点了？大晚上的喝什么酒？还有……你现在在哪儿？是在T城吗？"

"是啊！"Shark嘿嘿笑着，"就在你们T大附近那个小公园里坐着呢！"

"你大晚上的坐那儿干吗？"

"你猜？"

"猜什么猜！我忙着呢！有事说事，没事我可挂了！"

"别着急挂啊！"Shark赶紧出声制止，语气却依旧不着调，"我这不是想你了吗，就想过来看看你。特意打电话请你喝酒，你都不肯出门，这也太让人伤心了。"

虽然对方向来没个谱，在各个城市之间来去如风，但大半夜的在一个陌生的城市里买醉，还特地把电话打到了他这里，显然还是有些蹊跷。

陆聿和父母交代了一声就出了门。

半个小时之后，出租车在距离T大不远的一座街心花园附近停了下来。

陆聿下了车，沿着花园里的小径左顾右盼地找了好一阵，那个熟悉的身影才落入他的眼帘。

Shark神情愣愣地坐在小径旁的石阶上，身旁乱七八糟地歪着几个啤酒罐，还有十几个烟头。

和初次见面时一样，他还是穿着件大号的黑色冲锋衣，戴着棒球帽，非要说有什么不同，那就是他身边多出了一个硕大的旅行包。

听见脚步声，Shark把头抬了起来，干燥的嘴唇动了动，像是想要和他打招呼,但最终只是醉醺醺地笑了笑,随即把一个还没开过的啤酒罐扔了过来,想让陆聿陪着他继续喝两口。

大晚上被人给叫出门,陆聿原本就不耐烦,见他一副吊儿郎当的样子,更是气不打一处来:"你怎么忽然来T城,也不提前和我说一声?还有……大晚上的打电话给我,是遇到什么麻烦了吗?"

"我没什么麻烦,倒是你啊……看你这一脸的不高兴,难道是被喜欢的妹子甩了?"

这句调侃正中陆聿痛点,不知不觉间,他脸色黑了几分。

看他不说话,Shark不知死活地继续火上浇油:"我早就和你说过,女人其实都那样,贪得无厌,有了这样还想要那样,永远都在对你提要求。一旦你满足不了,她扭头就走,看都不会多看你一眼。当初我妈就是这么甩我爸的……怎么?看你这样子,不会真被我说中了吧?你为了讨好她送了那么多东西,结果真就这么被甩了?"

话音还没落,陆聿夺步向前,一把抓住了Shark的衣领,脸色铁青地警告他:"你再胡说八道试试?"

Shark脖子被紧箍着,急促地喘息着,连开口都难,然而他脸上却依旧是无谓的表情,看向他的眼神里甚至还多出了几分挑衅的味道。

就算再怎么生气,和一个独自在外、满是醉意的家伙动手,也实在有点儿说不过去。

陆聿紧咬着牙,狠狠瞪了他一阵,最终还是把手一松,没再和他计较。

Shark却像是耍无赖上了瘾,陆聿刚把手松开,他的身体就像是被抽掉了主心骨一样软绵绵地滑了下去,最后干脆倒在草坪上蜷成了一团,时不时发出一声低微的呻吟。

眼见如此,陆聿也意识到事情有些不对了,于是赶紧蹲下身,拍了拍他的脸:"你究竟怎么了?是不是哪里不舒服?"

"没事……"

Shark还是龇牙咧嘴地笑着，脸色却越发惨白："你要是不耐烦，就别耗在这儿了，剩下的酒我自己喝。"

"……"

手掌触及的皮肤火一样滚烫，还有密密的汗珠，他的身体不自觉的一阵阵发抖，显然不仅仅是醉酒所致。

陆聿试探着在他的腹部按了按，刚一用力，对方立马一阵剧烈地抽搐，整个人像虾米一样，更紧地蜷缩了起来。

"你胃疼？"

陆聿强行将他拉了起来，挂在了自己身上："忍着走两步，去前面打个车，我送你去医院。"

"我不去！"

"……"

虽然对方眼下是个病人，但在体重差不多的情况下，他坚持不想走，陆聿一时半会还真是扯不动。

拉拉扯扯了好一阵，陆聿彻底毛了："你摆出这副样子给谁看啊？不去医院是准备找死吗？既然这样你大半夜的给我打电话干吗？让我给你收尸吗？"

"是啊！我本来就不应该打电话给你！你要是不耐烦现在也可以滚啊！"

Shark将他狠狠一推，自己趔趄着后退了几步，跌坐在了地上。

紧接着，他把脸埋进了膝盖里，轻声哽咽起来。

相识以来，这是Shark第一次在陆聿面前流露出这么脆弱的样子，这让他一时间也有点手足无措。

愣愣地站了一阵后，他才跟着在对方身边坐下，拍了拍他的肩膀："我说你到底怎么了？有事说事，说不定我能帮忙呢？"

"没事……就是他出车祸死了……"

"死了？"陆聿一惊，"谁？"

"我爸……"

Shark哽咽着,始终没有抬头:"以前他虽然总是在外面,但一年到头多少还是会来看看我。现在他死了,我就再也见不到他了!"

抽泣声越来越大,到最后,变成了抑制不住的痛哭。

陆聿静静地坐在那儿,没有再开口。

作为家中独子,他自幼就被双亲捧在手心里,从来没有体验过被忽略、被漠视、被嫌弃的心情,但此刻面对这个平日里总是一脸玩世不恭的家伙失态痛哭的模样,却还是会有感同身受的难过。

"走吧……"

许久之后,对方抽泣声渐小,似乎因为这场发泄耗尽了力气,情绪变得稳定了一些。陆聿伸手揽了揽他的肩膀,低声劝慰道:"无论如何,你都得把自己的身体照顾好。现在先和我去趟医院,然后找个地方好好睡一觉。"

医生很快给出了诊断结果。

因为长期饮食不规律,Shark患上了急性肠胃炎,需要住院输液,进行抗感染治疗。

以对方当前的状态,要独自在医院里跑上跑下办理各种手续都力不从心,住院输液时身边更不能没人照顾。

情绪平复之后,Shark很快又恢复了那副惯有的玩世不恭的姿态,进到医院没多久,就一直催着陆聿赶紧走,像是因自己在对方面前暴露脆弱而感觉懊恼。可此情此景之下,陆聿却怎么都做不到袖手旁观。

当天夜里,陆聿在医院里忙了一个多小时,直到把所有的手续都办好,看着Shark躺在了病床上后,才抽空给家里人打了个电话。

他重新回到病房时,大部分病人都已经睡着了。

他刚准备拉张椅子坐下,一直保持着蜷缩姿势的Shark忽然动了动。

陆聿赶紧凑上前去,低声问:"你怎么了?哪里不舒服?"

Shark有些吃惊,瞪了他好一阵,才轻声开口:"我口渴,想喝水。"

"哦……那你等着。"

几分钟后，陆聿端了个一次性纸杯回来，仔细叮嘱："本来想给你买矿泉水的，不过你现在的情况，喝凉的应该不好，就找护士要了杯热水。你喝的时候小心点儿，不够的话我再去要。"

Shark没吭声，靠在床头慢慢喝了半杯水，才喘了口气低声问："你怎么还没走？"

"你不是还在挂水吗？"对于他的疑问，陆聿感到莫名其妙，"住院可是大事，没个人照看怎么行？我走了，你要是哪里不舒服，或者想喝水、上厕所怎么办？"

"还能怎么办？不是有护士吗？"Shark自嘲地嗤声一笑，"我进医院也不是一次两次了，反正都是这么过来的。"眼见陆聿不说话，他叹了口气，"今天我这病来得不是时候，看你之前那么不高兴，是不是耽误你约会了？要不这样，过两天把你喜欢的那个妹子叫出来，我请你们吃顿饭，就当是赔礼，顺便给她解释解释？"

"不用了。"陆聿摇了摇头，"那时候她可能已经不在国内了……"

"不在国内？"这个答案似乎戳中了Shark的某根神经，让他瞬间紧张了起来，"那她去哪儿了？"

"美国。"

"还回来吗？"

"或许吧！"陆聿叹了叹，自己也不太有信心的样子，"她是申请了美国的学校，去读几年书，如果没有意外的话……毕业后应该会回来的。"

"原来如此……"Shark轻声吁了口气。隔了半响之后，他才自言自语似的轻声说，"我妈之前也是去的美国，不过和你喜欢的妹子不一样，我想她应该是不会再回来了……"

因为临时出现的Shark被急性肠胃炎折腾进了医院，陆聿实在放心不下，略加考虑之后，他最终选择退掉了旅游的机票，留在T城照顾他。

虽然对儿子临时爽约的行为有些不满，但陆家二老都心地善良，听陆聿说完事情的缘由后，也没再多抱怨什么。

临行前，母亲江雪萍还特地给陆聿打了个电话，从日常饮食到出院后的注意事项，都事无巨细地交代了一遍后，这才离开家门。

陆家二老前脚刚走，Shark后脚就在完全没有知会陆聿的情况下，自作主张地跑出了医院。陆聿只当他是精神和身体状况都恢复得差不多了，想要回B城，万万没有想到，Shark居然一本正经地表示他打算在T城暂住。

虽然知道对方独来独往惯了，在母亲全无音讯，父亲又忽然离世的情况下，无论留在哪个城市都没有太大的区别，但对方忽然做出这么一个决定，还是让他有些吃惊。但Shark显然已经下定了决心。

"B城那地方我早就待烦了，东西难吃，气候又不好，要不是之前每隔几个月都要和我爸见个面，我早就不在那儿待了！现在好了，他不在了，我正好可以换个地方换个心情……而且这不有你在吗？"

觉察到对方话语里潜藏着的对自己的依赖，陆聿难免觉得沉重，但鉴于对方眼下的特殊情况，他无法开口拒绝。T城打工者数量众多，租房市场很是繁荣，但Shark的租房时间不定，找个合适的房子也不容易。考虑到他病情初愈，还需要有人看着点，在和各方中介斗智斗勇了好几天后，陆聿不胜其烦，干脆把他暂时安置在了自家的客房。

最初跟着陆聿回家时，Shark浑身都不自在，除了吃饭之外的绝大部分时间都抱着电脑把自己关在客房里。

两天后，随着对环境的日益熟悉，Shark的情绪也很快放松了下来，看他那副四仰八叉躺在客厅沙发上刷手机的样子，就没把自己再当过外人。

某天夜里，趁着陆聿查资料的机会，Shark跟在他身后进了书房，百无聊赖地打量了一阵后，他随手拿起一本相册细细翻看起来。

"你和你爸妈的合影还挺多的啊……这些都是你生日时候拍的？"

"是啊。"没想到他会对那些老旧的照片感兴趣，陆聿有些意外，"这是我们家的老传统了，从我生下来开始，每年生日的时候都会拍个全家福，相片背后写上当年的心愿和对家人的寄语,到现在,也攒了大半本了。"

"真好……"Shark目光怔怔,"从记事开始,我就没和我妈一起拍过照,小时候和我爸倒是拍过一些,不过长大以后不想夹在他们一家三口中间讨人嫌,就没有再拍过了。"

见他情绪有些低落,陆聿走上前去,正想说点什么安慰一下,Shark却像是忽然想到什么一样,眼睛猛地亮了起来:"陆聿,你想不想去美国?"

陆聿一怔:"去美国干吗?"

"去找你喜欢的人啊!"随着这个念头的浮起,Shark语速急促了起来,"其实我爸走了以后,我一直在琢磨这事。我想去美国找我妈,让她看看我,也让她知道我已经长大了,和以前完全不一样了。你喜欢的那个女孩不是也去美国读书了吗?那咱们就一起去,说不定她看到你这么大老远跑去找她,一感动就答应和你在一起了呢?"

"你想什么呢?这事哪有那么简单的?"虽然能理解对方的心情,但陆聿还是忍不住给他泼凉水,"去美国要办很多手续,签证什么的都很麻烦,你没有固定工作,光财产证明这一项就够你折腾的。而且交通住宿什么都需要钱,到时候你怎么办?"

"护照我有,办签证也有路子,至于钱嘛……那就更算不上什么难事了。"

陆聿有点吃惊:"这么说,你是已经有计划了?"

"计划谈不上,不过算是有经验可以分享吧。"

Shark兴奋地朝他眨了眨眼:"陆聿,你还记得之前飞途网的高管来沉潭找我麻烦的事吗?"

飞途网的高管实名发帖怒斥Shark的举动,算得上是沉潭成立以来最轰动的新闻之一。这场闹剧的起因是Shark主动提交了一份漏洞报告,却被飞途网无视,于是一怒之下违反了沉潭的规矩,直接把详细细节公布在论坛上了。

作为全国知名的旅游网站,飞途网的数据库里存储着大量用户隐私信息。

此报告一出，立马引发了诸多关注，相关的文档截图也被大规模转载至微博等公共社交平台。

舆论哗然之际，飞途网的某位高管实名注册了沉潭，指名道姓地要求Shark就他这一行为道歉。而Shark也像是被挑起了怒火，很快就上线和对方掐了起来。

然而就在战事如火如荼，诸多闻风而动的媒体涌进沉潭围观，准备大书特书之际，那份发布漏洞报告的帖子忽然被删除，紧接着，Shark以一份"一场误会"的申明，猝不及防地将这场争端在半途给平息了。

事情发生时，陆聿正忙于考试，虽纵然其间风波迭起，他也无暇过问。

到他终于闲下来时，一切早已尘埃落定，关于这场争端的一切痕迹，都消失得一干二净。

出于对Shark的关心，陆聿也曾经问起过这件事的后续发展，但对方始终顾左右而言他，他也就没再深究。

这个时候对方忽然旧事重提，也不知道是想说什么。

"记得是记得，不过那件事和你去美国有什么关系？"

"那关系可就大了！"Shark有些神秘地弯了弯嘴角，"因为那份漏洞报告被公开，飞途网内部乱成了一锅粥。为了让事情不再继续发酵，他们先是义正词严地警告我，看我不服软，就私底下找了沉潭做中间人，给了我一笔公关费，让我删帖子。那笔钱可比平时给我们的那些奖励多得多。所以有些企业就是贱，我们辛辛苦苦帮他们找漏洞，他们非要装大爷，一副爱搭不理的样子，非要等到漏洞公开，再拿钱出来收拾残局……"

陆聿听到这里，很快打断了他："所以你之前送我的那块表，也是收了这笔钱以后才买的？"

Shark赶紧点头："我就和你说不用还给我，和他们给出来的公关费比，那根本不算什么。"

"可是……你这样做不太好吧。"想起临别前和虞卿的那场争吵，陆聿不禁皱起了眉头，"其实我们都知道，企业有自己的运营机制，要面临的问题也很多，不可能每件事都反应得那么及时。如果出现反馈滞后的情况，就要用这样的激进地方式和企业宣战，会给对方带来很多麻烦。更何况，无授权侵入企业网站的行为，其实本来就有些争议，只是很多时候企业不愿意追责而已。如果只是单纯地提交漏洞报告还好，但要是用这样的方式赚钱，怕是迟早会出事……"

"你脑子进水了吧？"像是完全没料到他会说出这么一番话，Shark眼睛都瞪圆了，"你在沉潭混也不是一天两天了，入侵过的网站只怕不比我少，现在居然一副正义凛然的模样来和我说什么授权问题？真要拿到了企业授权才能干活，我们不如去上班得了！再说了……我又没拿他们的数据怎么样，公开漏洞倒逼他们进行安全修复而已，这能出什么事？"

话说到了这里，他的表情变得有些怀疑："不对……这些话不像是你说的。老实告诉我，是不是有人在你耳朵边念叨过什么。"

陆聿也没打算否认，叹声解释："因为类似的事，我之前和虞卿吵过一架，这段时间我也一直在想，沉潭的某些做法，是不是真的有问题。"

"我就知道……难怪你最近一声不吭的，连沉潭也不怎么去了！"Shark瞪圆了眼，一副怒其不争的模样，见陆聿不再吭声，他重重叹了口气，"看来你是没打算和我一起干了？"

陆聿点了点头："你说的这种事我没兴趣，我劝你也收敛点儿，别在这种打擦边球的事上冒风险。"

Shark有些沮丧地挥了挥手："既然你没兴趣，我就不在你面前提了。"

接下来的几天，Shark一直把自己关在客房里，要么就是对着电脑敲敲打打，要么就是悄声打着电话，一日三餐也是胡乱点了些外卖拿去房间吃，就连同一屋檐下的陆聿，也不知道他究竟在忙些什么。

对于Shark的各种私事，他也无心打探。因为对方那个"去美国"的提议，让他极力压抑的思念，再次翻涌起来。

距离和虞卿的最后一次见面，已经过去快三个星期了。

分别的这段时间里，出于赌气的心理和某种奇怪的自尊心，他一直克制着没有主动给对方发过任何信息。关于虞卿的动态，他都只能根据朋友圈里的只言片语进行揣测。

从那些间或发布的朋友圈，他知道早在两个星期之前，虞卿就已经动身去了美国，眼下正在和他相隔一整个太平洋的土地上，开始了新的生活。

只是孤身在外的日子，看上去并不如离别前同学们所祝福的那么美好。

至少就他目前所观察到的，虞卿似乎刚去到美国不久，就通过当地留学生的介绍找了几份兼职。虽说从照片和文字记录上看，虞卿似乎过得还算开心，不仅迅速融入了当地文化，还交了不少朋友，但每每想到她独自在外，念书的同时还要辛苦打工，陆聿就会忍不住心疼。

就在他犹豫着要不要放下自尊，主动联系一下虞卿，看看自己是否有能帮得上忙的地方时，Shark再次敲开了他的房门。

"你最近怎么样啊？看你每天都在盯着人家的朋友圈发呆，恨不得用放大镜一条条看，可真让人心疼！"

"滚蛋！"没想到自己那些千回百转的心思全都落在了对方眼里，陆聿有点恼羞成怒，"干你自己的事去，别在我面前瞎晃悠！"

"嗨！我这不是关心你吗？"对于他的恶劣态度，Shark全然无视，大喇喇地往他书桌上一坐，"既然这么想人家，就找个时间去美国看看呗。怎么，我上次和你说的事要不要再考虑考虑？"

"不考虑！"

"你是不考虑去美国呢，还是不考虑赚钱？"

Shark还是笑嘻嘻地说："不去美国我能理解，毕竟你还在读书，爸妈这里可能不好交代。不过我最近查了一下，在美国留学可不轻松，你就不打算献献爱心，帮衬帮衬你的小女朋友？"

这句玩笑似的建议刚好戳在了陆聿的心上，让他一时间也犹豫了起来。

"这事我考虑过,不过之前CTF大赛我拿了些奖金,外加之前帮着系里的老师做过一些项目,多少攒了点钱……"

"CTF大赛的奖金有多少我又不是不知道,而且都过去这么久了,你那还能剩多少?去美国留学的话,一年没个二三十万可是下不来的,你不会希望她分神打工耽误了学业,在美利坚的土地上一年年地混毕业证吧?"

Shark说着朝他挑了挑眉:"怎么样,要不要再考虑一下?咱们趁着这段时间一起赚点儿钱,到时候我可以去美国,你也能好好支援一下你的小女友?"

"你想怎么赚钱?"陆聿的口气还是有些犹豫,"如果还是你之前说的那种办法……"

"放心啦!你不想做的事,我还能硬逼你?"见他态度松动,Shark赶紧跳下书桌,"这几天我也一直在找门路,运气还算不错,刚刚从朋友那边知道了个消息,风盈网近期对网络进行了迭代升级,需要一些外部力量帮忙做一下安全漏洞测试。因为活儿比较急,对方开的价格也比较高,你有没有兴趣试试?"

"风盈网?"陆聿愣了愣,"这种做互联网金融的企业向来不太欢迎我们,之前有人提交漏洞报告的时候没少被抗议甚至警告过,怎么这次忽然态度变了?"

"这个谁知道呢?毕竟时代在变,人的想法也总是会变的嘛……"Shark还是笑着,眼神与他相触时,却不自觉地躲闪了一下,"总之呢……这个消息还是因为我和沉潭那帮子管理员关系不错,他们才提前告诉我的。过了今晚,这个消息就会在沉潭正式发布,冲着这笔巨额奖金,到时候不少排行榜上的大佬们大概都会冒头,一旦参与竞争的人多了,鹿死谁手可就不好说了。"

"真难得啊,你居然也会有这种顾虑?"

"那不然呢?毕竟是六位数的奖金啊!你就不心动?"

"行吧……"陆聿仔细想了一阵,终于下定了决心,"既然对方是这个态度,中间又有沉潭做担保,那我就试试看?"

"你肯参与就再好不过了！"Shark一边笑着一边掰了掰手指，"不过咱们可说好了，如果是我先把漏洞挖出来，最多就按五星级酒店的标准付了这几天在这住的房租，其他的可没你的份儿！"

"呵……行啊！"陆聿嗤声一笑，"那我大方一点，如果是我赢了，奖金分你一半，送你去美国。"

不知为何，听他说完这句话，Shark脸上的笑容忽然就僵住了。他嘴唇紧抿着，犹豫了好一阵后，才声音呐呐地道："陆聿，这件事情……其实我没什么把握，但是咱们都愿赌服输，是不是？"

"怎么忽然变得这么严肃啊？"陆聿只当他是因为有了去美国这个目标而变得患得患失，于是安抚地拍了拍他的肩膀，"是啦……就像你说的，无论结局如何，咱们都愿赌服输！"

当天夜里，陆聿和Shark分别以书房和客房为阵地，各自蹲在电脑前，开始向风盈网的安全系统发起攻击。

作为全国最知名的互联网金融企业之一，系统安全向来是风盈网最关注的部分。为了抵御黑客们的入侵，保护用户的隐私和财富，风盈网在一次次的对抗中，铸就了如铜墙铁壁一般坚实牢靠的安全系统。

混迹沉潭以来，陆聿曾经利用自己出色的技术，在无数的网站里游走过，那些层层加固的安全壁垒对他而言，就像是打怪游戏中遭遇的一道道关卡，虽然难度或有高低，但攻克也只是时间问题。

只是这一次，或许是急于帮Shark和自己实现心愿，又或许是对方的安全系统太过坚固，陆聿一直被某种无形的压力干扰着，内心逐渐紧绷。

为了减压，中途他甚至去卫生间里用凉水洗了好几次脸。

路经书房时，透过狭窄的房门缝隙，他总能看到Shark神情怔怔地坐在那，不知是陷入了某种困境，还是在为什么事情烦恼。

天光初现，窗外传来鸟鸣声，陆聿终于突破了最后的关卡，脱力般地倒在了床上。精神高度紧张的一夜就这么过去了。陆聿的疲惫感却感觉比当年接连几天不眠不休地征战CTF大赛时来得更为强烈。

躺了几分钟后，陆丰勉强坐起身来，推开了书房的门。

"你怎么样了？我收工了。"

"什么？"比起他，Shark显然要清醒得多，听完他立马跳了起来，脸上的表情说不上是兴奋还是惊讶，"你居然搞定了？"

"差不多吧。"陆丰胡乱点了点头，"我撑不住了，得去睡会儿，反正之前都是你在联系，要不资料和截图我发给你，剩下的东西你来弄？"

Shark抿紧了嘴唇，半天没吭声，见他转身要出门，忽然叫住了他："陆丰，你就不怕我坑你吗？"

"坑我什么？你说奖金的事？"陆丰实在是太困了，懒得和他再啰嗦下去，"老实说，这种东西我根本没放在心上，主要也就是想帮帮你，如果风盈网认可了这份报告，也没打算赖账的话，奖金你看着办就行！"

"算了，这种抢人风头的事我可不做。"Shark摇了摇头，"漏洞报告你还是自己提交吧，奖金的事我去和沉潭的高管们打个招呼，让他们盯着点儿。不过详细资料你倒是可以借我学习学习，让我也进步进步。"

"你居然也有认输的一天？"

难得见他服软，陆丰忍不住笑了起来："那我一会儿打包发给你？"

"不用了，发来发去多麻烦，一会儿你直接把笔记本给我就成。"

"行吧！"漏洞报告上传之后，陆丰连澡也没洗，直接把笔记本往Shark手里一塞，就彻底睡死了过去。

等到一觉醒来，已近黄昏。刚把房门推开走进客厅，就被眼前那一桌子的美食彻底震住了："你这是干吗？把能点的外卖都叫了一遍？"

"庆祝一下嘛，毕竟咱们也辛苦了那么久不是？"Shark耐心极好地坐在那儿，一直等到他洗漱完毕坐到了饭桌前，才郑重地倒了杯酒，递到他面前，"陆丰……这杯酒我敬你！"

"你到底什么情况啊，这么一本正经的？"陆丰也的确饿了，喝了一口酒后,迅速塞了点美食在嘴里,"怎么样?报告提交以后对方怎么说?"

"反馈没那么快,估计还得再等等。不过沉潭那边看了你的报告,觉得没必要在论坛上公开这次合作信息了。"

陆聿点了点头:"不公开也好,不然大家都冲着奖金去入侵风盈网后台的话,指不定还得闹出什么乱子呢。"半晌没见Shark接话,他主动扬了扬杯子,"你怎么不说话?还在惦记奖金的事?"

"那倒没有……"Shark轻声舒了口气,像是终于下定决心似的,冲他笑了笑,"陆聿,我准备回B城了,刚刚订了今晚最晚的那班飞机票。"

"怎么这么突然?"陆聿一愣,"我还想着等你身体再恢复些,就带你去T城周边的景点转转呢。"

"景点什么的就不去了,毕竟我还有些事要忙。"

"那行吧……一会儿吃完饭我送你去机场。"

"好!"Shark笑了笑,再次把酒杯扬了起来,"多谢你,陆聿,住在你家的这几天,是我懂事以来过的最开心的日子。我也特别希望未来你能够一切顺利,心想事成!"

"看你这德行,怎么跟再也见不到似的!不过也祝你一切顺利,能够早日和你妈见面!"陆聿嗤声一笑,动作干脆地和对方碰了碰杯。

第八章 惊变

Shark离开T城两周之后,陆聿的账户里忽然多出了一笔二十万的入账。

紧接着,Shark主动打来了电话,在说明这笔钱是陆聿应得的奖金后,忽然表示自己换了新手机,准备重新开始,要陆聿删除他之前的微信号,算是和那些浪浪荡荡的过去做个彻底的告别。

虽然有些疑惑,但鉴于对方向来想一出是一出的做派,陆聿也没有太过在意,删了对方的旧号,然后他把钱均分成了两份,一份交到了父母手里,另一份直接在支付宝上给虞卿转了过去。

陆家二老都是知足常乐之人,温饱不愁的情况下,对金钱并没有太多的执念。这笔钱数额巨大,两位老人大致了解了一下这笔钱的来源,就没有再过多追问什么。

当天夜里,为了庆祝,江雪萍特地拿出了从老家带回来的熏鹅,大展身手做了一桌子好菜。一家人其乐融融地吃到一半,一个熟悉的号码,在陆聿的手机屏幕上跳起。

自那次不欢而散后,虞卿第一次主动打来电话,陆聿五味杂陈地拿着电话走进了自己的房间,小心翼翼地摁下了接听键。

"喂……虞卿,是你吗?"

"是我。"电话那头的声音听上去平静又客气,"我刚刚发现支付宝里多了一笔钱,看转账信息是从你那儿转过来的,所以特意给你打个电话,看看是不是有什么误会,还是你不小心转错人了。"

期盼了很久的电话,接通之后却是这么一番冷冰冰的景象,陆聿不禁有些失望,口气也变得硬邦邦的:"没有什么误会,也没有转错人。那十万块钱,就是我转给你的。"

"你转钱给我干什么?"

"你不是出国读书吗?既然如此就好好读,每天早出晚归在外面打工算怎么回事?是觉得在美国读个研究生很轻松吗?"陆聿也知道自己没什么立场说这番话,咬咬牙赶紧说完,"你也不用觉得不好意思,就当是我借给你的,等你读完回国工作了再还给我……"

"噗……"话音还没落,电话里传来了一声忍俊不禁的轻笑,紧接着,虞卿的声音低了下来,轻声细语地问,"你怎么知道我早出晚归地打工?谁告诉你的?"

"这种事要谁告诉?你的朋友圈里不都有吗?"

"可是我的朋友圈限定了仅三天可见,看来你的信息跟踪做得还挺及时。"

"……"

时刻关注着对方动态的事情就这么被揭穿,陆聿只觉得羞恼,但事实又容不得他反驳。

还没想好怎么接话,虞卿的声音再次柔柔响起:"这么说来,你不生我的气了?"

"生气?我为什么要生气?"

"最后一次见面,我好像惹得你不太高兴,第二天在机场也没见到你。这一个多月,你都没有联系过我,想着你的气可能还没消,我也没敢来打扰你。"

这误会好像有点儿大了。

陆聿哭笑不得,赶紧解释:"我没有生你的气,其实你走的那天我原本是定好了闹钟准备去机场送你的，可谁知道手机没电了，醒来的时候你已经上飞机了……你走了以后，我一个朋友忽然来了T城，还生病住院了，我忙里忙外地照顾了他一阵子，他出院以后还暂时住到了我家里，一来二去的，所以这一个多月一直没找到合适的机会联系你……"

欲盖弥彰地解释了半天，陆聿发现虞卿只是笑，却不说话。他也觉得自己这副样子实在是有点蠢，于是轻声问道："虞卿，你最近还好吗？一个人在那边有没有很辛苦？"

"我挺好的。去兼职打工，也只是为了锻炼一下自己，通过这种方式更好地了解当地的文化生活，没有你想的那么艰苦。而且跟国内相比，这边的学业也不算太忙，没有什么意外的话，是能够按照原定计划毕业回国的……所以你不用特地转钱给我。"

对方的语气听起来很诚恳，不像是随口安慰，但陆聿还是不放心："一个人在外面不容易，钱既然转给你了，你就先留着，别着急还给我。万一临时有个什么事，也可以应个急。"

"可是……"

"没什么好可是的。反正你的支付宝账户已经被我拉进了黑名单，就算你想退给我也不行！"

"……"

看他这么坚持，虞卿也像是没辙了，沉默了好一阵才低声问："可是十万块也不是个小数目，你哪里来的那么多钱？"

想到离别前那场导致两人不欢而散的争吵，陆聿没敢提及沉潭，只随意编了个借口："参加CTF大赛获得的奖金加上前段时间帮着师兄们做了些项目，多少存了些钱。"

他顿了顿，一直憋在心里的那个问题，终于还是小心翼翼地问出了口："虞卿，你出国的这段时间，交男朋友了吗？"

"嗯？"

"我知道我这样问挺自私的,你一个女孩子独自在外,事事都得靠自己。如果有人愿意照顾你,你考虑考虑也没什么不对。可是……你能不能等等我?再给我一点时间去变得更好?因为在这个世界上,不会有人比我更喜欢你了……"

长长的静默,电话里只听得到隐约的呼吸声。

陆聿紧紧地捏着手机,满心忐忑。

他已经被拒绝过一次了,所以才会不断地努力,急于向对方证明自己。

但在身处两地的情况下再次告白,显然不是个明智的选择。

果不其然,再次开口后,虞卿跳过了这个话题。

"陆聿,我临走前送你的那份礼物,你还留着吗?"

"当然。"

"你后来就一直没打开过吗?"

"没有……怎么了?"

"没什么。"

虞卿轻声笑了起来:"我送你的礼物,除了那块表,还藏着个特别的彩蛋。有空的话,你可以好好找找。我现在有点急事得出门了,等你找到了彩蛋,可以打电话给我。"

"好吧。那你先忙,晚点联系。"

电话挂断之后,陆聿匆匆走到床边,从床头柜里拿出了一个盒子。

因为把它当作被婉拒后的"安慰奖",除了收到的那天匆匆看过一眼外,他一直没有再打开过。

对方忽然提起了"彩蛋",陆聿意外之余,也难免有点儿好奇。

把手表从盒子里取出来之后,陆聿拿在手里细细看了一阵。

翻来覆去地研究了很久,都没看出有什么特别。

陆聿把注意力放在了那个装表的盒子上,很快就在盒盖内壁上发现了一个二维码。

二维码的中间藏着个图案,细看就会发现,是小小的一个"聿"字,显然非商家标配,而是定制生成。

陆聿的心瞬间狂跳了起来,拿着手机的手也微微有些颤抖。

扫码完成后,一张写满留言的精美电子卡片出现在他眼前。

陆聿:

见信好。

首先想要谢谢一直以来你对我的欣赏、喜欢和照顾。

但最终让我鼓起勇气,给你留下这份礼物和电子信的原因,除了想要表示感谢之外,更重要的,是因为我对你也有了同样的心情。

在认识你之前,我从来没有想过要和比自己小的男生交往,但是因为你的出现,改变了我关于恋爱的想法和决定。

这一年多的时间里,你所有的努力和成长我都看在眼里。

你其实早已超过了我的预期,甚至比我想象的还要好。

我喜欢你闪闪发光的样子,也喜欢你永不服输的少年气。

原本这些话应该当面和你说清楚,但是在我真正意识到自己的心情时,却又已经临别在即。我想了很久,最后决定用这样一种方式,对你做出回应。

虽然这份回应来得有些晚,也不知道经历了这么久的等待之后又要面对长时间的离别,你的想法是否会有所改变,但我还是期待着在你做好决定之后,给我一个关于未来的答案。

如果你的答案没有改变,我也会专心等待回国与你相见的那天。

祝好。

虞卿

这或许是陆聿成长至今,经历过的最神奇也最美妙的时刻。

客厅里电视机在播放着热闹的剧目,父母在客厅收拾碗筷,窗外万家灯火,街道上车水马龙。

可他却像是身陷于一片安静而深邃的水域里,被温暖地包围着。除了眼前那一行行微微闪烁的字，一切都模糊了一般。

直到很久之后，他的意识才逐渐恢复，心脏被铺天盖地的喜悦所盈满。

原来他心心念念的女孩早已经对他有所回应。

这段时间他们互不联系，对方居然一直在忐忑地等待着答案。

如果他没有发现这张电子卡片，对方会不会一直误会下去？

想到这里，陆聿情不自禁地咧着嘴角，开始考虑是应该等到对方闲暇之后再打电话，还是现在就先发一条微信。

还没完全考虑清楚，一阵急促的敲门声忽然响起。

几分钟后，房门外传来了江雪萍略带颤抖的声音。

"陆聿，你赶紧开门！"

"妈你干吗呀？我打电话呢……"

陆聿语带抱怨地将房门拉开，还没来得及多说什么，眼前的情形就让他整个人愣在了原地。

站在房门外的除了江雪萍外，还有两个穿着警服的男人。

在远一点的地方，他的父亲正下意识地搓着手，看过来的目光里都是紧张和不安。

"你就是陆聿？"见他出现，两个男人似乎都有些意外。

"是我，怎么了？"

相互交换了一个眼色后，年纪稍长的男人冲他点了点头："麻烦跟我们走一趟吧，有件事我们想请你配合调查。"

暑假结束后没多久，一则 Hurricane 因提交了风盈网的网络漏洞报告而被警方带走的消息，引发了沉潭网建站以来的最大风波。

对于诸多常年混迹沉潭网，并以"白帽子"自居的网友而言，测试企业网站安全，提交漏洞报告，倒逼企业方进行安全修复，是出于神圣的社会责任感，他们也一向以此为傲。

因此，陆聿出事的消息无异于一枚重磅炸弹，人人自危的同时，质疑和激愤也如燎原野火一般迅速扩散，越燃越烈。

随着讨论的不断增多，相关的线索也逐渐拼凑完整。

最终，一个名为《风盈网使诈钓鱼，Hurricane 无辜被坑》的帖子火热出炉，这件事的前因后果才完整地呈现在了公众眼前。

一个月前，在风盈网对自己的网站进行迭代升级之后没多久，Hurricane 对网站进行了入侵。完成了漏洞挖掘之后，他第一时间在沉潭论坛上提交了漏洞报告。

报告提交后没多久，风盈网主动联系了沉潭，在表示认可的同时询问了 Hurricane 的真实姓名和地址，表示将邮寄礼物作为酬谢。

然而谁也没有想到的是，Hurricane 等到的不是风盈网的感谢和酬礼，而是来自公安的抓捕和审讯。

对于帖子里的爆料，沉潭的网友们显得格外愤慨。风盈网通过"钓鱼"的方式，对深藏在互联网世界里的"白帽子"进行曝光抓捕的行径，更是引发了他们巨大的反弹。

一时间，风盈网的官方微博被情绪激昂的"白帽子"们攻陷，纷纷在唾骂企业无耻下作的同时，要求他们对于抓捕 Hurricane 给出一个合理的解释。

这场风波从沉潭网发酵，迅速蔓延到了整个互联网领域。公众在第一次了解"白帽子"这个群体的同时，对于互联网安全的边界进行了看热烈讨论。

如果所有未被授权的入侵都被视为非法，未来将不会再有白帽子把漏洞信息提交给企业。而对于大多数企业而言，只靠自己的力量进行网络安全维护，显然力有未逮。

"白帽子"的协助和贡献，是他们的网络安全保护中，不可或缺的一部分。就算是风盈网这样财力雄厚的互联网金融网站，也曾从"白帽子"那里获得过几十个重要的数据漏洞信息。

但若是继续纵容这种行为，任由白帽子先斩后奏，在自己的后花园里自由出入，谁又能保证那些被挖掘的漏洞不会进入黑产，或为谋取私利的商品被曝光、贩卖？

巨大的舆论压力下，风盈网在历经了短暂的沉默之后，终于在官方微信和微博上同步发出了一条公告。在这条公告里，风盈网首次对外公开了对 Hurricane 的入侵行为进行报案追查的原因。

因为 Hurricane 的入侵行为，风盈网有数万条的数据被盗取并流入了黑市，进行了非法交易。这一举动直接导致无数用户的隐私乃至账户安全面临着巨大的风险。

此条公告一出，激愤的声浪瞬间平复了不少。

诸多为 Hurricane 抱不平的"白帽子"很快掉转了枪口，转而对他这种败坏行业名声，与黑客无异的行径怒加斥责。

虽然也有一些匿名人士不断发帖为 Hurricane 的人品进行担保，并根据他过往的表现推测那些黑色交易并非他本人所为，但随着沉潭闭站公告的发布，以及对与此事相关的大量帖子的删除，那些质疑很快就消失无踪。

虽然持续的时间并不长，但这场被业界称为"白色飓风"的事件，却在整个互联网安全领域留下了浓墨重彩的一笔。

Hurricane 也成为一个人们讨论"白帽子"的行为边界时，无论如何也绕不开的名字。

只是这场事件究竟引起了怎样的轩然大波，后续又唤起了多少有关安全边界行为的争论，陆聿都一无所知。

从被警方带走的那一刻起，他整个人就彻底蒙了。

作为一个普通的大学生，在过去的二十年里，他从未想过自己有一天会和"犯罪"这两个字扯上关系。

当他明白了事情的原委后，他感到委屈、愤怒和惶恐，整个人陷入了巨大的混乱之中。

从坐进审讯室那一刻起，陆聿就不断试图证明自己的清白。

但从警方所掌握的证据来看，所有的辩白都显得苍白无力。

从始至终，风盈网都态度坚决地表示，并未就漏洞挖掘一事给出过任何授权，在陆聿的漏洞报告提交之前，也从未主动联系过沉潭网。

而企业网站上数据被盗取的痕迹，明明白白地指向了陆聿的 IP。

至于他账户里莫名其妙多出来的 20 万，来自某个神秘的境外机构，转账者的真实身份已无法查证。

甚至在他努力挣扎着，试图证明所有的事情或许与 Shark 有所牵连时，才骤然惊觉因为旧的微信号的删除，那些可以被当作证据的聊天记录，也被彻底消除。

事情到了这个地步，他再怎么委屈，一切都已经无力回天。

虽然在陆家二老的不断奔走和律师的极力帮助下，陆聿直接利用数据进行非法交易的行为因为证据不足不予追究，但在无授权情况下对网站非法侵入，进行数据抓取与曝光，导致大量用户隐私被泄露的事实，却也足以让他套上法律的枷锁。

最终，因为"非法获取公民个人信息"等罪名，陆聿被判入狱三年零两个月。

鉴于案件的争议性和复杂性，判决书最终落定之前，陆聿在拘留所里关押了近八个月。

八个月的时间里，因为不允许探视，除了关在一起的二十多个犯人、警方的工作人员以及律师之外，他没有见过任何人。

看守所里的日子枯燥且乏味，为了打发时间，犯人们之间逮着机会就会聊聊天，吹嘘一下自己过往的光辉经历，或者就眼前的处境叫叫委屈诉诉苦。

但陆聿却是个例外。

从进拘留所的第一天开始，他就很少和人说话，也从不参与看电视、打牌、抽烟之类的娱乐活动。

他沉默寡言地独自蹲在角落里，像个提线木偶一样，没有半点儿鲜活气。

最初大家见他年纪轻轻，气质也干净，都忍不住在猜他究竟是犯了什么事。

然而软硬兼施了好几轮，陆聿都没有开口说过半个字。

唯一的意外出现在他进看守所一个月的时候。

那天放风时，几个睡在他隔壁的汉子凑在一起嘀嘀咕咕，忽然有人凑到了他身边，嬉皮笑脸地开始追问："兄弟，虞卿是谁啊，听你昨天说梦话叫了好几次这个名字……怎么，是你女朋友？"

陆聿脸色一白，难得开口解释："不是。"

"哦哟！既然不是女朋友，那你一晚上翻来覆去地叫人家那么多次干吗？她欠了你很多钱？"

人群中发出了一阵爆笑，那几个家伙像是终于抓到了他的破绽一样，一个个兴奋地议论了起来。

"听这名字像是个妹子，也可能不是欠钱呢？"

"能这么惦记，应该是个美女。"

"说得也是……我说哥们，你犯事进来不是因为这个妹子吧？你把人家怎么了？"

"还能怎么样？看他这样子，无非就是想睡没睡到，或者霸王硬上弓，睡了以后就被人给弄进来了呗……"

话音还没落，满脸猥琐的汉子忽然发出了杀猪般的惨叫。陆聿铁青着一张脸，满是戾气将他踹倒在地，一拳拳狠狠地揍在了他的脸上。

这一场斗殴之后，陆聿脑袋上缝了八针，戴着十六斤的脚镣手铐，还在窄小潮湿的小黑屋里被关了两个星期。

和同监舍的舍友们原本就不怎么友好的关系，更是降到冰点。

但所有人也就此知道，那个沉默寡言的小青年，心里藏着一片不能触碰禁区。

为了这片禁区，他打起架来可以不要命。

接下来的几个月，同监舍的没少给他暗中使个绊子添个堵，但没人再敢明目张胆地挑衅。

八个月之后，随着陆聿正式下监，他终于获得与父母见面的机会。

直到那个时候陆聿才知道，T大已经对他做出了退学处理。

虽然在陆家二老的恳求下，校方并未对外公布具体的退学原因，但作为校园里的风云人物，陆聿的突然消失，还是在校园内引发了不少风言风语。

关系好的朋友从收到消息的那天起，就不断打电话询问他的现状以及退学原因。

陆家二老实在无暇应付这些单纯又诚挚的关心，只能以"身体不适，需要静养"搪塞。

只是这样的理由暂时安抚住了昔日的同学，却安抚不住远在大洋彼岸的虞卿。

从告诉陆聿那枚彩蛋的存在时开始，虞卿就一直在等待。

等待着陆聿明白自己的心意，也等待着她和陆聿之间全新的开始。

可是整整一天过去了，陆聿却始终没有发来消息。

疑惑而忐忑地等了几天后，虞卿实在是顾不上矜持，开始主动联系陆聿。

接连打了十几通电话，虞卿才从对方父母那里得到了一个"他现在暂时不方便，等有空了我们让他联系你"的回复。

虽然不清楚到底发生了什么，他听出了老人声音中的疲惫与焦灼。

她又尝试着打了许多次电话，陆聿的手机从最开始的无人接听，变成了"你拨打的电话已关机"。

满心疑惑之下，虞卿一边不断地给陆聿发消息，一边尝试着联系两人共同认识的朋友，最后从赵磊那里得知了陆聿已经退学的消息。

多番打探，却始终无法得知陆聿退学的原因，虞卿很快买了机票回国。

几经辗转，虞卿好不容易找到了陆聿在T城的家庭住址，但当他赶过去时，却发现那栋房子已经换了新的主人。

有关陆聿的线索，到此为止全部断了。

对方就这样不声不响地消失在了她的世界里，就此杳无音讯。

消失之前,她甚至没有来得及问一句,那枚小心翼翼藏在临别礼物里的告白彩蛋,他究竟看到了没有?

她是不是依旧还在他未来的计划之中?

接下来的日子,虞卿每隔一两周,都会给陆聿写一封邮件,即使并不确定那些邮件是否还能被他看到,但她还是坚持不懈地写着。

信件的内容都很温和,大多是讲她在国外的学习和生活情况,且会以一句"期待你的回复,也期待与你相见"作为结束。

只是从始至终,她都没有收到过来自陆聿的回复。

漫长的等待里,虞卿的心逐渐被绝望塞满。

直到分别之后的第三年,陆聿生日那天,她坐在电脑前一边写着生贺邮件,一边回想着几年前的那个夜晚,陆聿背着她,一步步地走在空无一人的消防通道里,问她愿不愿意做自己的女朋友,情绪瞬间崩裂,她失声痛哭。

有人说林深时见鹿,海蓝时见鲸,梦醒时见你。

可对于虞卿而言,林深处只有雾,海深处浪涛汹涌,梦里梦外除了回忆,只剩一片毫无回应的虚空。

那天晚上,虞卿趴在电脑桌前哭了很久很久。重新把眼泪擦干以后,她把电脑和手机里所有陆聿的联系方式,都彻底做了清除。

接下来的日子,她没有再给陆聿写过邮件,也没有再打探过他的消息,而是把所有的时间和精力都用在了读书和实习工作上。

对她而言,无论是出于什么原因,陆聿这三年的毫无回应,已经算是对他们之间的关系给出了一个明确的答案。

从此以后,她也不会再对这背后的故事追根究底,而是应该勇敢的放下一切,为自己的人生负责。

在安比集团实习,每天被各种数据和方案包围着的那段日子里,虞卿甚至觉得自己已经彻底忘掉了陆聿这个名字,但是当HR(人力资源)向她抛来橄榄枝,问她是否愿意继续留下,成为公司正式的一分子时,她终究还是选择了拒绝。

无论再怎么想要刻意忽略，但有些回忆终究还是无法抹去。

抱着这样的念头，在拒绝了安比集团的工作邀请后，虞卿很快回了国。

历经了几个月的仔细比较，她把目光锁定在了原本潜力无限，却因遭遇重创而举步维艰的优选集佳身上。

那个时候，除了在这个岌岌可危的平台上挑战自己外，她并没有什么别的想法，也根本没有料到，因为一场招聘会，已经多年未见的陆聿，会再一次出现在她的生命中。

第九章 界限

从陆聿家离开后,虞卿失眠了一整夜。

她辗转反侧,好几次想要起身打电话,让人力资源部的同事确认一下对方是不是真的会按照约定来公司报到。

但最终,她还是强行抑制住了这个念头。

第二天八点不到,虞卿就驱车赶到了公司。

坐立难安地在办公室里待了好一阵后,她忽然意识到了什么,匆匆拿出化妆包,靠着腮红和唇彩,让自己苍白的脸色上看上去精神一点儿。

距离上班时间还有十分钟时,办公室的门忽然被人敲了敲。

虞卿猛地抬起头,发现季明手里拎着一套星巴克的早餐,满脸堆笑地走了进来。

虽然有些失望,但毕竟对方是顶头上司,虞卿只能礼节性地打了个招呼:"季总,这么早?"

"你不是更早吗?我八点半到公司的时候,就已经看到你的车停那儿了!"

季明把手里的早餐朝她眼前一放:"来这么早,还没吃东西吧?刚好我去星巴克买了杯咖啡,顺便给你带了点吃的过来。"

对方这种逮着机会就凑上来献殷勤的情况也不是一次两次了,若是拒绝,只怕是又得你来我往地拉扯半天。

虞卿实在不想和他废话，只能勉强笑了笑："多谢季总关心，那我就先吃东西，晚点儿去您办公室汇报工作。"

仿佛没听懂她的逐客令，季明依旧死皮赖脸地站在那儿："工作的事嘛，随时都可以聊，也用不着专门汇报那么严肃。说起来，你昨天做的运营方案挺不错的，我昨天下午逮着机会，和吴总那边提过了。你看咱们要不再碰碰细节，晚点等吴总到了，咱们一起过去和他聊聊？"

虽然明白对方是拿着工作的大旗当幌子，想要在她身旁多混点儿时间，但毕竟那份运营方案的摊子铺得比较大，需要多个部门的协同配合，要顺利推进，高层的支持显得尤为重要。

略加斟酌之后，虞卿暗暗咬了咬牙，强忍着恶心，打开了电脑。

一通方案前后讨论了两个多小时，其间夹杂了无数"朋友送了我两张音乐会的门票，虞卿你有没有空周末一起去看看？""今天的口红颜色特别衬你，整个人看着特别温柔"之类的试探和骚扰。

好不容易把这尊瘟神送走，虞卿探头向外看了看。

属于陆聿的工位上空荡荡的，连个人影都没有。

虞卿心下一沉，赶紧叫来了部门秘书："陆聿今天没来上班吗？"

"陆聿？"

部门秘书努力回想了半天，还是一脸茫然："虞总您说的这个陆聿是谁？我怎么一点印象都没有？"

"就是秦总他们风控部门新招来的同事，平头、单眼皮……安排在靠窗的那个位置！"

"哦，你说那个帅哥啊！"

听她这么一说，女孩很快反应过来了，赶紧笑着解释："他来了，看他一直坐在那儿，也不知道领公用品，我还主动过去和他聊了几句。秦总的秘书刚过来把新来的同事都叫去了秦总办公室，大概是在做部门介绍呢，到现在都没出来。虞总您找他有事吗？"

"没什么事……你先去忙吧。"

虞卿总算松了一口气，朝她微笑着点点头，觉得自己有些反应过度。

陆聿坐在最角落的位置，和新入职的几位同事一起，听着秦朗给他们做公司和部门的相关介绍。

作为技术出身的部门领导，秦朗的风格比较简单朴实，比起那些热衷于给新人画饼，善于调动员工情绪的高管而言，说话的内容也略显枯燥，但陆聿却始终听得很认真。

介绍结束后，众人正准备离开，秦朗忽然扬了扬下巴："陆聿，你再留一下。"

初来乍到就被领导点名，这让陆聿意外之余，也难免有点忐忑。

等着秦朗把办公室的房门关上后，他很快站了起来："秦总，您是有什么事？"

秦朗也没看他，自顾自地端起咖啡喝了一口，才沉声开口："我对部门员工的要求，学历、经验、人品都缺一不可。你在面试当天用那么极端的方式证明了自己，我就想着，还是给你一个机会试试看。"

"多谢秦总……"

"先别急着谢我，话还没说完呢。"

秦朗一边说着，一边拿起桌上的几页纸："面试的时候其实有几个问题我没来得及问，索性就今天问清楚。虞总说你之前拿过千极杯全国CTF大赛的个人赛冠军，我在网上查了查，发现你当时是代表T大去参加的比赛。可你简历上的最高学历却是高中，能解释一下是为什么吗？"

没想到对方第一个问题就这么直接，陆聿的脸色白了一下，低声回答："我大学没念完，中途退学了。"

"退学原因？"

"……"

这一次，陆聿没再吭声，眼睛看着秦朗，嘴巴却闭得紧紧的。

"行吧……严格来说其实这些也算隐私，人力部门那边既然因为虞总的推荐跳过了背景调查环节让你直接入职，我也不难为你。"

出乎意料的，见他闭口不言，秦朗摆了摆手，没有再追根究底："不过有件事我也得提前和你说明白，我这人就事论事，眼睛里揉不得沙子，一切看工作表现。不管你和虞总或者其他高管之间有什么关系，都别想着靠着这些关系在公司混日子，要是达不到工作要求，我谁的面子也不会给，分分钟让你卷铺盖走人，知道了吗？"

"知道了……"

"那就好。"

敲打的话说完，秦朗脸上终于露出了笑容："你今天第一天来，也别太拘束了，晚上大家一起吃个饭，和部门同事都认识认识。"

结束了漫长的方案汇报和答疑工作，从总裁办公室走出来时，已经下班半个小时了。

虞卿抬眼往陆聿工位的方向看了看，依旧是空荡荡的。

想着对方上班第一天，自己却因为忙着各种事，连个照面都没打上，虞卿的心情有些糟糕。

刚准备搭电梯下楼，季明追了过来："虞卿你怎么走那么快啊？现在这么晚了，要不就一起吃个饭呗？"

"不用了季总，我还有点儿事。"

"不管有什么事，饭总是要吃的啊！"

季明不依不饶："再说了，你这方案总裁那边也同意执行了，一旦文件正式下发，以后可有得忙的，今天不如一起去好好庆祝一下？"

想着方案一旦启动，许多跨部门之间的合作，还得靠季明协调，虞卿考虑了一阵，勉强点了点头。

出了办公楼,虞卿不想被季明拉去那种价格昂贵气氛暧昧的高级西餐厅里浪费时间,就近找了一家湘菜馆,只盼着早点吃完早点散。

进了门还没来得及找位置,不远处忽然有人"诶"了一声。

紧接着,一道熟悉的身影快步走近,冲着他们打起了招呼:"季总,虞总,两位来吃饭啊?"

季明一惊:"秦总,你怎么也没回家啊?"

"今天我们部门来了好几个新员工,我就组织大家吃个饭,没想到和两位撞上了。"

秦朗一边解释,一边四下看了看:"不过这个时间,位置还挺难找的,两位要是不嫌弃,不如去包房一起吃?"

"好啊,多谢秦总!"

这大概只是秦朗随口的一句客气,虞卿却很快点头回应。

态度之积极,让秦朗和季明都不由得愣了愣。

走进包房时,满桌子的菜刚刚上好。

见到忽然多出来两位高管,大家立马让服务生加碗筷,并且迅速挪起了位置。

一番推让之下,季明坐到了主位,虞卿和秦朗则被安排在了他左右手的位置。

接连几轮酒喝下来,季明很快进入了微醺状态,见虞卿一直安静地坐在那里,似乎有些心不在焉,他夹了几筷子菜在她碗里,语气暧昧地关心道:"虞卿啊,你怎么吃得这么少,从坐下来到现在,我就没见你动过筷子。你说你工作都那么辛苦了,再不把自己照顾好点,关心你的人该多心疼哦……"

虞卿一愣,还没来得及有所反应,已经有人把话接了过去:"来公司之前就听说季总对下属很关心,没想到除了工作,就连生活上也这么体贴照顾。"

这话明面上是吹捧,但虞卿听在耳里,总觉得有种夹枪带棒的嘲讽味道。

季明却毫不在意,只把嘲讽当补药:"关心员工是应该的嘛,尤其我们是一家互联网公司，加班熬夜是常事，才更需要大家安排好自己的生活。说起来刚好今天虞总和秦总都在，我就想着吧，风控部门男孩子多，运营部门女孩子多，咱们以后要不要多搞一点儿联谊，让大家多接触接触，最好能把单身青年的个人问题给解决了……"

秦朗实在听不下去了，皱着眉头打断他："季总您说笑了，同一个公司员工之间谈恋爱像什么话？"

"那有什么嘛，秦朗你也别太古板了。正因为大家是同事，彼此之间才会更加了解，工作上也能互相帮助。别的公司怎么样我不管，至少在我分管的部门里面，是鼓励大家多多了解，多多互动的……"

季明哈哈笑着，捏着酒杯凑到了虞卿身前："虞总，你觉得我说得有没有道理啊？"

虞卿岿然不动地坐在那儿，低头喝了口汤，眼睛都没朝他的方向斜一下，只差把"离我远点儿"几个大字直接刻在额头上。

季明被冷在一边，自己也觉得有点尴尬，干笑了两声后，给自己找台阶："对了秦朗，饭都吃到现在了，新来的同事们都还没做自我介绍呢，要不趁这个机会，让大家认识一下？"

听他不再继续纠结"部门联谊"的事儿，众人都松了口气，新人们随即按照座位顺序一个个自我介绍了起来。

季明歪着脑袋听了一阵，对着眼前那一张张略显紧张的生面孔，名字都没能记下几个。直到坐在他正对面那个沉默寡言的小青年言简意赅地说完自己的名字后，他忽然眼睛亮了起来。

"你就是陆聿啊，我听说为了让你有机会进来，虞总费了不少劲，差点儿和秦总在招聘现场吵起来了呢！有没有好好谢谢虞总啊？"

陆聿垂着眼睛，像是在背台词一样机械性地说："多谢虞总。"

"光口头说谢怎么能行……怎么着也得有点儿表示吧？"

发现一直心事重重的虞卿，在陆聿开始自我介绍时下意识地身体紧绷，显然很是关切,季明当即来了精神:"说起来,虞总这么关心你,你们之前是不是还挺熟的?"

"没有。"陆聿还是垂着眼睛,"虞总和我也就是认识而已,并没有很熟。"

"没有很熟也这么帮忙,那就更得好好表示感谢了!"季明一边倒酒,一边朝他招了招手,"还坐在那干吗,赶紧过来敬虞总一杯!"

陆聿略微犹豫了一会儿,终究还是站起身来,从季明手里接过酒杯,站到了虞卿身前:"虞总,多谢你的推荐,这杯酒算我敬你的……"

他顿了顿,忍不住低声补充:"你不能喝酒,随意就行。"

虞卿也站了起来,眼睛紧盯着他,却一直没说话。

直到身边的同事轻声提醒,她才弯了弯嘴角,似笑非笑地反问道:"我们又不是很熟,你怎么知道我不能喝酒?"

"我干了,你随意!"还没等他回答,虞卿已经将手边的酒杯满上,随即一个仰头,又辛又辣的液体瞬间从咽喉蔓向了全身。

接下来,在各方劝酒之下,虞卿几乎喝下了整整一瓶红酒。这副来者不拒的模样,和平日里克制从容的作风大相径庭。

等到饭局终了,虞卿态度坚决地拒绝了季明送她回家的建议,在洗手间里洗了一把脸,等燥热的酒劲差不多下去了,才缓步走了出来。

夜色已深。原本热闹的长街上已经没有多少人。

不远处的便利店门口站了道人影,看上去熟悉又陌生。

虞卿一步步地走了过去,声音听上去有点飘:"你还没走?"

"嗯……"

"是在等我吗?"

"不是,我在等出租。"

话音还没落,一辆出租车从他们眼前开过,为了招揽乘客,司机还特意闪了两下双闪。

陆聿像是根本没看见似的岿然不动。

虞卿歪着脑袋,看着车子开远,感觉心情也好了不少。

正想说点儿什么,陆聿递了瓶茶饮过来:"你晚上喝得有点多,这个可以解解酒。"

虞卿接在手里,翻来覆去地看了一阵,声音里带了点儿笑:"你这是在关心我吗?"

陆聿没接她的话,只是低声表示:"虞总,如果你没什么事的话,我就先走了。"

"虞总?"

虞卿自嘲似的把这个距离感十足的称呼重复了一遍,随即抬起眼睛:"既然你叫我一声虞总,又知道我喝多了,那要不要考虑送我回去?"

陆聿下意识地摇了摇头:"时间太晚了,我还有点儿事。不然我帮你打辆车,然后把车牌记下,如果你遇到了什么事,可以给我打电话。"

"也行。"虞卿笑了笑,没再勉强,"既然如此,就把你的电话号码给我吧。"她顿了顿,继续解释:"之前的那个号码我打过很多次,但好像已经失效了。"

陆聿抿了抿嘴唇,慢慢报出了一串数字。

虞卿随手记下,没有再多说什么,抬手打了一辆车。

发动机低低的轰鸣声里,出租车向前驶去。

虞卿脱力般的把头靠在后座的车窗上,任凭道路两边的霓虹灯浮光掠影般的从眼前掠过。

半个小时之后,车辆在某个高级小区的大门前停住。

虞卿下了车,掏出手机发了条短信——"我到了,你呢?"

短信发完后,她点了支烟,一边断断续续地抽着,一边静静等待着对方的回信。

然而直到整支香烟燃到了尽头,期盼中的回复却始终没有来,就和过去的那一封封信一样。

十分钟后,虞卿把烟头摁进了旁边的垃圾箱里,转身向小区深处走去。

满腹的疲惫和失望中,她没有留意到从她下车开始就停在不远处的某辆出租车再次打起了转向灯。

"小伙子,你的意思是现在要回城北啊?"

"嗯。"

"从你刚才上车的地方直接走不是更近?干吗跟着那辆车绕这么大一个圈子?"

出租车司机一边打着方向盘,一边唠叨着。

陆聿坐在副驾驶的位置上,低头盯着手机,没有再接话。

来自虞卿的短信还静静地躺在收件箱里,在浅浅的光亮下,每一个字都像是在期盼着他的回答。

"我也到了,晚安"这短短的几个字,他反反复复编辑了好几遍回复内容,最终还是颓然地删除了。

等他再次抬起眼睛时,后视镜里虞卿所住的小区,已经变成了一个模糊不清的黑点。

接下来的很长一段时间里,虞卿都想要找个机会和陆聿聊聊。

她知道陆聿不愿意提及过去,能了解一下对方如今的生活状况也不错。

但陆聿显然没有打算给她这样的机会。

从入职第一天起,他就总是有意无意地躲着她,除了日常见面会低头客气地叫上一声"虞总好"之外,再没有和她多说过一个字。

偶尔在茶水间里碰上,也会下意识地远远等在一旁,要不就干脆端着空杯子回到自己的座位上。像是极力避免着两人之间发生任何交集。

虞卿曾经给他打过几次电话,想要约他下班之后一起喝个咖啡,但总是被他以这样那样的借口推辞。她也曾经在中午吃饭时间刻意和他选择同一家餐厅,坐到一张桌子上,找各种话题试图让他开口。然而陆聿全程专注于眼前的食物,除了一些单音节的敷衍,对于她所有的关心,没给出半点儿回应。

这种距离感十足的淡漠态度，让虞卿觉得挫败又沮丧。

但对于如今的陆聿，她又不敢逼得太紧。

无论如何，比起过去几年的全无音讯，如今他每天有八个小时以上的时间都安安静静地待在自己的视野里，已经是意外之喜。

她实在害怕，如果她逼得太紧，对方会因为不堪其扰而选择离职，再次消失。

陆聿的事让她满心纠结，工作上的事也推进得不算顺利。

在她的积极推动下，优选集佳运营工作的优化方案终于以正式文件的形式抄送到了各个部门负责人的手中。作为电商企业的核心部门，运营的工作可谓是"牵一发而动全身"，新的方案一旦执行，平行部门的工作计划和节奏难免要跟着进行调整。

因此，文件刚一下发，就引起了好几个部门负责人的反弹——媒介部的总监简洁直接冲到了季明的办公室里，愤声抗议虞卿的激进和越界，直言她是不是觉得管一个运营部还不够，准备骑在自己的头上，把媒介部的工作也一并管了。

季明究竟做了怎样的安抚工作，众人并不清楚，只知道经过一下午的长聊之后，简洁终究还是一脸忍气吞声地回到了自己的办公室。

眼见她铩羽而归，其他部门的负责人再不爽，也不愿再去季明那里自讨没趣。

几经考量之后，秦朗干脆叫上了陆聿，主动敲开了虞卿办公室的门。

作为前后脚进入优选集佳中层管理队伍的新鲜血液，秦朗虽然不像简洁之类的老员工一样，对于虞卿那些"不守规矩"的工作风格表现出那么大的敌意，但因为种种传闻带来的误会，两人之间始终存着些隔阂。

此番他突然主动上门，虞卿不免有些意外，尤其是看到他背后还跟着陆聿时，更是心下一凛，开口问话时，也不自觉带上了几分小心。

"秦总您来找我，是有什么事情吗？"

"虞总不用客气，我来找你，主要是想聊聊接下来两个部门之间的工作协同问题。"

秦朗也没打算和她绕弯子，直接表明了来意："上面下发的文件我已经收到了，按照新方案的工作铺排，运营部工作需要风控部门协同的内容比较多。但是你也清楚，风控的工作涉及整个企业的方方面面，对于运营的支持只是其中的一部分。所以我想了想，准备先安排陆聿来负责运营部的日常支持，有什么解决不了的问题，再来和我汇报，大家一起解决。你看怎么样？"

虽然把原本是部门总监之间应该协同的事，直接丢给了一个刚入职不久的新员工，多少有点轻视和敷衍的味道，但这个算得上是积极的反馈已经足够让人感动了。

虞卿笑了笑，真诚地道了声谢："多谢秦总费心，我这边没问题。"

见她没有反对，秦朗扭头看向了陆聿："你刚来公司不久，也需要尽快熟悉业务。运营部门的工作对公司的发展很重要，对你来说是个很好的学习机会。以后运营部门的日常会议，你可以多参与，等你转正考评的时候，我也希望你能从虞总这里拿到一个不错的成绩。"

话都说到这份上了，已经没了什么表示反对的余地。

陆聿想了想，很快点头回了一句"好的"。

协议达成之后，虞卿原本以为陆聿这见她就躲的作派，合作起来或许会有些麻烦，没想到接下去的好几次部门会议，她都会见到陆聿抱着笔记本，坐在角落的位置，专心致志地做着笔记，没有一次缺席。

运营部的日常工作，陆聿也开始认真参与，时常为了了解项目可能产生的风险的每一个节点而主动留下来加班，看上去努力又积极。

某个工作日的晚上，在一场小型的工作会议结束后，已经晚上九点了。

眼见陆聿回了工位后继续对着电脑开始敲敲打打，似乎是在根据会议的内容整理自己的工作计划，原本已经准备收拾东西回家的姚迟一边打着哈欠，一边在他肩膀上一拍："怎么，你还不准备走？"

"嗯。刚才会议的内容有点儿多，我先记录一下。"

"看你这段时间天天陪着我们加班，是不是准备转岗到我们部门来啊？"

姚迟打趣了几句后，小声提醒："偷偷和你说，其实你没必要这么拼的。刚才讨论的很多方案都只是虞总个人的想法，能不能执行还不一定。现阶段你其实听听就好，等真正立项了再参与也来得及。"

"为什么不一定会执行？"

陆聿疑惑开口："刚才的会议上，虞总不是已经说得很清楚了吗？虽然我是外行，但感觉她说的这几个方向，对于公司的发展，都挺有益处的。"

"这你就不知道了。我们运营部的工作，其实私下可受气了。比如做个拉新活动吧，活动页面得靠设计部和技术部配合，对外的宣传曝光得指望媒介部支持。可是这几个部门的老大和我们老大不对付，总有这样那样的借口。光我来的这几个月，被拖黄了的项目就有好几个……"

"为什么会这样？"陆聿有些吃惊，"虞总为人一直挺客气的，为什么会和其他部门不对付？还有……季总那边不是也特意交代过，让各个部门多多支持吗？"

"你就别提季总了，说起来我们老大之所以会这么四面楚歌，其实和他也脱不了干系！"

姚迟说到兴头上，干脆拉了张椅子坐了下来："在公司待了这么一阵，我也算是看明白了，虞总性子直，专业能力也厉害，待在这个位置上，是想真的为公司干点事。只是她想做的很多事吧，其实原本应该是季总那个层级来统筹的。可季总大概和稀泥和习惯了，总觉得一些变革性的工作比较麻烦，虞总看他老打太极，就自己去推动，时间一久，难免会让人觉得有越俎代庖之嫌。而且更重要的是，季总对虞总心思不单纯，有事没事总往她身边凑，导致很多明明是正常推进的事，被他暧昧兮兮地一搅和，搞得像是在徇私似的。所以你别看虞总每天风风火火的，其实也被这些关系弄得挺糟心，要是没颗大心脏的话，别说应付季明的骚扰了，那些风言风语都忍不下去……"

"风言风语？"陆聿一怔，"我怎么没听到？他们都说什么了？"

"嗨！面试时虞总帮忙保你的事被季总四下宣传了一番，现在都传开了，大家都当你是虞总的人呢，谁会在你面前说这些？再说了，就你平时那两耳不闻窗外事的模样，就算有人想主动和你八卦一下，也没机会啊！"

陆聿一时间无话可说，低头想了想后，才轻声开口："那虞总她……没什么事吧？"

"明面上看着战斗力还挺强的，私底下可就难说了……"

姚迟一边撇嘴，一边指了指正前方的独立办公室："我听说最近几天她和媒介部的总监简洁闹得有点狠，对方仗着是公司的老员工说话很难听，虞总应该挺心堵的。最近她加班很厉害，吃东西不规律，身体也像是不太好，开会前好像还在洗手间里吐了一次……只是这些问题我们下面这些小虾米又帮不上什么忙，只能尽量少给她添乱了……"

话说到这里，姚迟也觉得自己有点太多话了，当即抬手看了看表："我女朋友还在等我，我得先走了。你也别太晚了，赶紧收拾收拾回家。"

"嗯，我知道了。"陆聿应了一声，起身去茶水间里倒了杯水。

等他重新回到座位上时，只剩下正前方的那间独立办公室里还隐约有些动静。

强撑着把最后一封工作邮件处理完，虞卿揉了揉发胀的额角，想要冲杯咖啡提提神。才一起身，一股强烈的眩晕感就让她又重新跌坐了回去。

所谓屋漏偏逢连夜雨，大概就是她现在的处境。

工作焦头烂额，身边流言四起。

工作推进艰难，身体好像也出了问题。

中央空调的温度恒定在不冷不热的25度，但此刻并没有让她感觉舒适。

额头上不知道什么时候渗出了一层细密的汗水，摸上去还有点烫手。

没有体温计，她一时之间也判断不出自己究竟是不是发烧了。

想着刚刚入职的时候，部门秘书曾经很贴心地给她准备过一些常用药，虞卿强撑着发软的身体，拉开了办公桌的抽屉胡乱翻找。

然而除了一堆冷冰冰的文件外，什么收获都没有。

虞卿叹了叹，下意识地想给部门秘书打个电话。才把手机拿起来，发现此时已经是凌晨时分了。

她对自己要求严格，却从来不会在非工作时间为了私人原因打扰下属。

几秒钟的犹豫后，她把电脑一推，干脆直接趴在了办公桌上，准备先闭几分钟眼养养神。然而不知道是近段时间的高强度工作导致精神太过疲惫，还是重重的心事让她亟待放松，眼睛刚一闭上，困意瞬间来袭。

在中央空调微微鼓动着的气流声里，她的意识不断下坠，像是被一层层潮湿又厚重的藤蔓植物所包裹，彻底与这个世界隔离了。

不知过了多久，一阵"咚咚"的敲门声在她耳边响起。

想要抬头回应，满是干哑的嗓子却始终发不出任何声音。一阵短暂的平静后，办公室大门"唰"的一声被推开，有人脚步匆匆地走了进来。

紧接着，有人拍了拍她的肩膀，低头在她耳边提醒："虞总，办公室太凉了，你要是累的话也别在这睡，赶紧下班回家休息……"

虞卿迷迷糊糊地把头抬了起来，盯着眼前的人影看了好一阵。

在意识到对方是谁后，她一惊，赶紧将身体撑了起来："陆聿，你怎么还没走？"

"刚加了会儿班，本来要走了，看你办公室的灯还亮着，就过来看看。"

"谢谢关心……"虞卿一边笑着，一边慢慢站了起来，"我没什么事，就是太困了，所以趴着休息了一会儿。既然你忙完了，就赶紧下班吧，我去洗把脸就走……"

刚说到这儿，虞卿忽然脚下一软，身体猛地晃了晃，直接歪向了一边。

紧接着，有人迅速抱住了她的双臂，将她摇摇晃晃的身体稳住了。

"你发烧了？"紧贴在一起的手臂温度滚烫，就连对方的呼吸都带着灼人的气息，陆聿的声音有些紧张，"我送你去医院，你现在这个样子，得挂个水才行！"

虞卿悄悄地弯了弯嘴角，语气却还是懒洋洋的："医院就不去了，我怕闻消毒水的味儿，何况也没多大点儿事，吃颗药睡一觉就行。"

陆聿知道自己拗不过她，只能妥协："既然你不想去医院，那我打个车送你回家。"

"不用麻烦了……"虞卿吁了口气，轻轻挣脱了他的怀抱，"小区物业有通知，凌晨以后停水，我现在回去，怕是洗澡都洗不了。"

陆聿怔了怔："你不去医院，家里又不方便……那你有没有想好去哪儿？"

"没有。"虞卿摊了摊手，"反正办公室里有空调有沙发，实在不行，一会儿让外卖送点儿药上来，将就一晚上也不是不行。"

陆聿拧着眉，像是在判断她是真的起了这样的心思，还只是随口一说而已。

片刻之后，见虞卿从柜子里拿了一条小薄毯出来，似乎真有在办公室打持久战的意思，他暗叹了一声道："这样吧……公司附近有不少酒店，如果你实在不想动的话，我陪你去开个房休息。"

优选集佳所在的嘉里金融中心地处T城的商务核心区寸土寸金，能在这片土地上存活下来的酒店，大多都是国际五星品牌，价格和品质一样令人赞叹。

考虑到虞卿身体不适，亟待休息，陆聿也无暇再纠结酒店的性价比，出了写字楼之后直接左转，走进了隔壁某个酒店的大堂。

眼见有客人出现，前台小姐笑脸盈盈地询问："先生您是要订房吗？"

陆聿一边点头，一边拿出手机："要一个房间，只住今天晚上，多少钱？"

"很抱歉，今晚的标间和大床房都已经订满了，只剩下行政套房和商务套房，您看您需要哪一种？"

陆聿微微一愣，还没来得及开口，虞卿已经把话接了过去："那就行政套房吧。"

"好的！"前台小姐业务熟练，确认完客人的需求后，很快报价，"行政套房的价格是1800元，您是现金、刷卡还是手机支付？"

话音还没落，一张信用卡和一个支付二维码同时递到了她的眼前。

前台小姐略微犹豫了一下，最终还是接过了陆聿的手机。

入住手续办完，按照前台小姐的指示，两个人沉默地上了电梯。

电梯开始稳步上升时，虞卿忽然开口："陆聿，加个微信吧，我把钱转给你。"

"不用了。"

"为什么不用了？"虞卿紧盯着他，"这本来就是我的私事，而且你现在实习期还没过，薪水也不高，没必要为我这么破费。"

"没关系的……"陆聿有点生硬地解释着，"面试的时候你帮了我那么大一个忙，我一直都没好好谢谢你。"

"所以今天你送我来酒店，顺便把房费付了，就是准备把人情债还了，以后彻底两清？"

"我不是这个意思……"

"那你是什么意思？"虞卿没打算就此作罢，继续步步紧逼，"既然不是为了还人情债，那就是你不想加我微信？"

陆聿轻轻叹了口气，认命一样道："你的微信就是你的电话号码吧？你先去房间休息，晚点儿我加你。"

正说着，电梯已经稳稳地停下。

两人一前一后地走出电梯门，按照指示牌，很快找到了2006号房。

刷开房门后，陆聿没进去，只是站在门口轻声交代着："你赶紧进房间休息吧，如果出汗太多的话，睡觉之前可以先冲个热水澡。"

虞卿"嗯"了一声，也站着没动："你呢？不进来坐坐吗？"

"不了。"

"那好……"见他语气肯定，虞卿没再坚持，"那你一会儿回家小心点儿。谢谢你今晚的照顾。"

"别客气，照顾同事本来就是应该的。"陆聿想了想，还是忍不住继续叮嘱，"一会儿你洗完澡，可以用外卖软件叫点治疗感冒发烧的药，如果吃了药还是不舒服，可以打电话给我。"

"好的，晚安。明天见。"虞卿挥了挥手，在他转身以后，轻轻把门关上了。

陆聿走后没几分钟，轰隆隆的雷声忽然响了起来。紧接着，豆大的雨点倾盆而下，整个城市都笼罩在了电闪雷鸣之下。

虞卿靠在沙发上，看着玻璃窗外被大雨浇得模糊一片的城市，神情有些发怔。此时此刻，楼下的街道上，想来已经是一派兵荒马乱。

也不知道在这种突如其来的糟糕天气里，陆聿究竟能不能打到车……

虞卿很想打个电话过去问问对方的情况，但犹豫了几分钟后，她终究还是忍住了。关心能够带去的不仅只有温暖，也会有困扰。

尤其是在陆聿对她的回避态度已经如此明显的情况下，这通电话打过去，除了让对方徒增烦恼之外，不会有任何作用。

想到这里，她叹了口气，强迫自己把思绪抛开，起身进了浴室。

把自己扔进浴缸没多久，她的意识逐渐模糊，包裹着身体的水流变成了一片泥泞的沼泽。

在那个混沌却温暖的世界里，虞卿模模糊糊地做了一个梦。

梦里的她回到了大学时代，对未知的世界充满了热情和向往。而身边的陆聿还是那副神采飞扬、永不服输的样子，坦率地对她表达着热情。

无数画面闪过之后，他们坐在了酒店的房间里，一边准备生日蛋糕，一边小声地聊着什么。在她吹蜡烛许愿之前，陆聿从身后紧抱住了她的身体，一边吻着她，一边低声问，你答应做我的女朋友好不好？

虞卿想要重重地点头说好，可是嗓子却在那一刻骤然失声。

就在她急切地想要表达自己心意却始终不得其法的同时，一阵急促的敲门声，将她从梦境拉回了现实。

恢复意识的那一瞬，虞卿发现自己依旧泡在浴缸里。

窗外依旧大雨倾盆，但浴缸里的水却已经有些凉了。

只是这个时间，这个地点，究竟是谁在浴室外面不断敲门？

还没来得及做出任何反应，浴室的门已经"刷"的一下被人重重推开了。

四目相对地那一瞬，虞卿下意识地缩着肩膀往水里藏了藏。而对方也在看清状况后的第一时间，迅速把身体转了过去，低声道歉："对不起。"

虞卿轻轻吁了口气，看着他几乎被雨水浇透了的后背，感觉窗外的那场暴雨，似乎下到了自己的心里，就连开口问话的声音里，都隐约带上了几分水汽。

"你怎么回来了？是有什么事吗？"

"嗯……"陆聿有些僵硬的挤出声音，"忽然下这么大的雨，我想着外卖骑手可能不会接单，你身边又没药，就干脆买了点儿给你送上来。刚才在大堂打你电话，你一直都不接，我怕出什么事，就请服务生帮忙开门进来看了看……"

"可能是太累了，泡着泡着不小心就睡着了，电话又扔在了外面，所以没能接听到你的电话。让你这么担心，实在不好意思。"

"没关系，你没事就好。"陆聿一边说着，一边向外走，"那我先出去，你收拾好了就出来吃点儿东西。"

等虞卿把身体擦干，换好浴袍走出浴室后，就看到茶几上多出了好几个打包袋。除了治疗感冒发烧的药品外，还有一碗皮蛋瘦肉粥、一个煎鸡蛋和一份鲜肉小笼包。

陆聿远远地站在一旁，衣角还在湿答答地滴水。见她出现，他有点儿为难地开口问："不好意思，浴室里的吹风机和毛巾，我可不可以借用一下？"

虞卿拿起手机给前台打了个电话，几分钟后，服务生把一件男士T恤、一条运动休闲裤送了上来，虞卿扬了扬下巴："你现在这样，吹是吹不干了，不想和我一样感冒发烧的话，就进去洗个澡换身衣服吧。"

事以至此，似乎也没有其他更好的选择了。

陆聿轻轻道了声谢，从她手里接过衣服进了浴室。

哗啦啦的水声最终停止时，窗外的大雨依旧声势逼人。

陆聿拿着手机走到窗前，不断刷新着打车软件，样子看上去有些焦急。

然而系统显示排在他前面等待出租车的人，已经激增到了三位数之多。

虞卿默不作声地坐在一旁，直到手里的那碗粥喝完，才轻声提议："时间都这么晚了,天气又不太好,实在不行,你今晚就住这里吧。"

陆聿身体僵了僵,好半天才轻声应了一句:"好。"

意见达成一致后,两人也没再多说话,只是默契十足地从柜子里把备用的薄毯拿出来,铺在了沙发上。有些尴尬地互道晚安后,两个人很快钻进了被子。

大雨滂沱的夜晚,通常很容易进入睡眠。但虞卿缩在柔软的被子里,却始终无法合眼。记忆里,这是她第二次和陆聿在夜半时分共处一室。

但这一次,他们之间的距离,却比很多年前要遥远得多。

黑暗之中,陆聿侧躺在沙发上的姿势始终没有变过,就连呼吸声都带着几分压抑。像是担心稍有异动,就会将某种微妙的平衡打破似的。

但虞卿终究还是开口了:"陆聿,你睡了吗?"

"还没……怎么了,你是不是哪里不舒服?"

"不是。我只是睡不着,想和你聊聊。"

一直面朝沙发背的身体动了动,陆聿因为黑暗的掩护,终于鼓起了勇气,慢慢把身体转了过来:"你想聊什么?"

"什么都行,你实在没有话题的话,不然聊聊我好了。"

虞卿一边说着,一边轻轻笑了起来:"记得念大学那阵,我一直觉得失眠是一件离自己很远的事。每天读书学习、搞社团活动、兼职打工,总觉得时间不够用,晚上脑袋一沾枕头眼皮就开始打架。经常舍友们都还在夜聊呢,我就忽然没声了,大家就觉得挺扫兴的……"

"是啊。你以前作息挺规律的,一般过了晚上十一点给你发短信,就很难收到回复了。"陆聿很敏锐地捕捉到了她句子中的潜台词,"你现在是不是睡眠不太好?是因为工作压力太大了吗?"

"有一部分原因吧……"虞卿轻轻叹了口气,"工作以后才发现,很多困难其实并不在于事情本身,而在于其中的人际关系。毕竟每个人的利益和目标都不尽相同,一件事情在推进过程中很难不发生矛盾……"

"就算如此,也不至于让你为难成这样吧……"陆聿笑了起来,"何况对付刺头，你不是最在行的吗？"

"对付刺头？谁？比如你？"

没想到话题会忽然落到自己身上，陆聿猛地愣了愣。

虞卿的声音还在继续："去了美国之后，我给你打了很多次电话，也写了很多信，可是从来没有收到过任何回应。从那个时候开始，我就经常会失眠，总是一遍遍地想着我给你写的那些信你究竟收到了没有。到底是什么原因，让你一次都没有回复过……"

"抱歉啊……"沉默了许久之后，陆聿终于开口了，"你走了以后，我家里发生了一点变故，以前的微信、QQ和邮箱，都没再用了。所以你给我写的那些信，也都没有收到过。"

"这样吗？"虽然这个回答听上去漏洞百出，虞卿却没有再深究，"你说的那些变故，和你退学有关吗？"

"嗯。"

"那现在都解决了吗？有什么我可以帮忙的地方吗？"

"谢谢。都已经解决了。"

"既然都已经解决了，你是不是可以考虑给我一个答案了呢？"

虞卿慢慢撑起了身体，夜色里，她的瞳孔因为期待而亮了起来："陆聿，即使后面那些信你都没有收到，但我临走时留给你的那封信，你应该是看过了吧？无论过去发生了什么，就像你说的，一切都已经过去了，那么现在，你是不是可以考虑一下……"

"算了吧，虞卿。"话还没说完，陆聿有些突兀地打断了她，"谢谢你一直以来对我的关心，也谢谢你一直都没有放弃过我，但有些事，错过了就是错过了。现在我只希望能有一份稳定的工作和收入，把我妈照顾好。至于恋爱、结婚什么的，我已经不会再去想了。"

这是重逢以来，陆聿第一次叫她的名字。虽然称呼回到了从前，但语气依旧生硬。

虞卿怔怔地听着,目光中的神采因为失望彻底暗淡了下去。

原本还想说点什么,但对方口气中流露出来的倦怠让她没有再坚持。许久之后,她轻声开口:"你真的这么想?"

"嗯。"

虞卿笑了笑,静静躺了回去。黑暗之中,她的声音听起来近乎脱力:"你的想法,我知道了。"

第十章 风波

意识再次复苏时，虞卿下意识地先向沙发的位置看了看。

枕头和薄毯整整齐齐地叠放在那里，原本睡在沙发上的人却已经不见了。

手机显示时间已经接近早上九点。平常的这个时候，她已经坐在了办公室里，开始着手处理一天中最棘手的工作。

身体和精神状态都那么糟糕的情况下，她居然在一间陌生的酒店里，享受了近一个月以来最安稳、舒适的一次睡眠，以至于错过了上班的时间。

只是不知道这样的安稳，是因为和陆聿身处同一个屋檐下，还是源于对方那番话所滋生的疲惫和绝望。

草草梳洗完毕后，虞卿去了餐厅，要了一份简单的早餐。

刚吃了没两口，一张熟悉的面孔满是惊喜地坐到了她的对面。

"挺巧啊虞卿，怎么一个人在这吃早餐？"

"季总？"没想到大早上居然会在酒店餐厅和季明撞上，虞卿只觉得糟心，"我昨天加班有点儿晚，天气又不好，就干脆来这儿住了一晚。您怎么也在这儿？"

"哦，我有个老朋友从S城过来出差，刚好就住这间酒店。因为对方的行程安排得比较紧，只能趁着吃早餐的时间见个面。这不，刚把人送走就碰见你了，看来咱们还真是挺有缘分的……"

季明说着扬手让服务生送了一杯咖啡,看样子是准备坚守这段难得的"缘分",坚持着要陪虞卿一路同行。

以他死皮赖脸的个性,虞卿知道这顿早餐是没法安静吃完了,为了避免对方因无所事事而开启那些毫无营养的闲聊,她干脆先发制人地把话题往工作上引:"季总,我前几天给您发的那封邮件,不知道您看完以后是什么意见?"

"邮件?什么邮件?"

见她神色严肃,似乎对于自己这种一问三不知的状态有些不满,季明赶紧拿起了手机:"你知道的,我最近事儿挺多,一忙起来,邮件就没及时处理。刚好现在有空,我马上就看,看完后我们再讨论。"

虞卿暗暗翻了个白眼,继续埋头吃早饭。

虞卿一杯咖啡喝完,见季明一直没有反应,她抬起头来,单刀直入地问:"怎么样季总,我的提议您有什么意见吗?"

季明表情看上去有些为难,隔了好一阵,才试探性地悄声开口:"虞卿啊,你和我说实话,你和简洁之间是不是有什么误会?她之前得罪你了?"

"什么?"没想到对方会有此一问,虞卿也有些吃惊,"我来公司没多久,平时和简总也就是普通的工作来往,哪里谈得上得罪不得罪的?"

季明一脸了然地笑了笑,继续自顾自地叨念着:"说起简洁这人吧……心胸是狭窄了点,脾气也不太好,你来了以后明里暗里的一直针对你,这些我都知道。不过再怎么说,她也是个公司老员工了,还是我带来优选集佳的。所以你就算再不喜欢她,也多少给我点儿面子。找个机会,我组个饭局,让她亲自给你道个歉怎么样?"

"季总,您说什么呢?"听他越说越偏题,虞卿忍无可忍地打断了他,"您可能误会了,我和简总之间并没有什么私人恩怨,即使意见相左发生争执,也都是因为工作。同样的,我会给您写这封邮件,也只是为了解决工作上的问题,和我喜不喜欢她、给不给您面子,完全没有关系!"

"不是就好，你先别激动嘛……"

听她义正词严地这么一说，季明脸上也有点挂不住了，讪讪地笑了几声后，终于严肃了点儿："邮件太长，我就不仔细看了。你就直接说说看，是想解决什么问题？"

不知道他究竟是在装傻，还是因为疏于业务，一时半会没办法从邮件里找出重点，虞卿只能耐着性子详细解释："季总，我知道公司之前经历过动荡，所以在我来之前，很多运营部该负责的职能有很大一部分是由简总带着媒介部的同事在承担，这其中，就包括了流量的采买和运营……"

她顿了顿，留心观察了一下季明的反应，才继续说道："这段时间，我仔细梳理了一下优选集佳的整体运营情况，结果发现，我们的获客成本实在是高得离谱，很多流量渠道的效果明明非常差，却依旧保持着高额的投放。所以就想，能不能麻烦您把媒介部门和运营部门的同事安排在一起开个会，根据前期的转化数据，把媒介和渠道的采买投放计划，重新做一下优化？"

"你说的这些事，我其实也清楚，只是互联网的流量战争早已经进入白热化，获客成本的增加也不可避免……"季明继续打着哈哈，试图避重就轻地把这个问题给混过去，"再说了，无论是咱们吴总，还是投资方长风集团那边，对我们近段时间的工作都还是挺认可的。既然没人提出质疑，你又何必多此一举呢？再说了，你和简洁之间本来就有点儿误会，这个时候去找她，还指不定她会怎么想呢……"

"她怎么想不重要，重要的是发现了问题要解决，才能让公司良性地持续运营下去！"

虞卿被他那副和稀泥的样子彻底激怒了，声音也不禁高了起来："季总，你我都是职业经理人，虽然没有和公司签卖身契，但在其位，谋其事，拿着公司的薪水，就应该为公司尽点儿心。本来我想着我和简总是平级，需要您这个级别出面协调，但既然您觉得为难，那我自己去找她也不是不可以……"

"别别别……我都还没表态呢，虞卿你怎么就急上了呢？"

见她这反应，季明知道拦是拦不住了，更何况各种数据列表清清楚楚地放在那儿，深究起来都是破绽。虞卿真要较真闹到了上面，也未必能遮掩得过去。

一番斟酌后，他勉强点了点头："这样吧，这封邮件我再仔细看看，一会儿回公司，我找个机会先和简洁聊聊。"

回到公司没多久，季明让秘书把简洁叫进了自己的办公室。

虞卿知道无论这场谈话的结果如何，以简洁的个性，一场激烈的争斗都不可避免。因此略作休息后，她拿起水杯去了茶水间，想在战斗开始之前，先养精蓄锐给自己润润嗓子。

刚走到茶水间门口，一阵低低的八卦声伴随着咖啡的香气从门后传来。

随着某个熟悉的名字飘入耳朵，虞卿的脚步停住了。

"你知道吗，你挺有兴趣的那个风控部门的小帅哥，好像已经有女朋友了！他的交往对象好像还挺有钱的！"

"你说陆聿？不是吧……之前有同事旁敲侧击地打听过，他自己说是单身来着啊！你的消息到底靠不靠谱？"

"当然靠谱了！我们老大不是让我今天一上班就交报告吗，所以我今天来公司比较早，在楼下买早餐的时候，刚好看到他从隔壁的丽兹卡尔顿酒店出来，身上穿的还是昨天那套衣服，铁定是在酒店里过夜了。你说就隔壁酒店那价格，如果不是和女朋友开房，有必要有家不回去住那儿？"

"那也不一定吧。据我观察，陆聿来公司以后，经常加班到很晚，完全不像有女朋友要陪的样子。另外，如果真的是女朋友的话，在哪儿亲热不行，干吗非要在公司附近的酒店里开房？"

"不是吧，你的意思是……"

"嘘……别大惊小怪的，这种事儿之前又不是没有过，说白了就是用自己的年轻美貌换资源，男人女人都一样。就是咱们以后小心点儿，知道人家是有人罩着的就行，别有事没事过去套近乎，到时候被哪位大佬穿小鞋了还不知道怎么回事呢……"

八卦说到这里，渐渐没了声音。

很快的，两个手捧咖啡杯的女孩并肩走了出来，见到她之后，神情慌乱地叫了一声"虞总好"，就脚步匆匆地回到了自己的工位。虞卿心情复杂地把水接完，回自己办公室的途中，忍不住朝着陆聿工位的方向看了看。

对方神情专注地对着眼前的电脑，不时敲打着键盘，显然是在忙于工作。

他身上那套衣服看上去有点皱巴巴的，也不知道干透了没有。

不知出于怎么样的考量，他还是坚持换上了。

即使已经表现得如此低调，也依旧会招来许多闲言碎语。

想来自己和他之间的关系，经过那次招聘会，以及季明添油加醋的极力渲染，也已经成为同事之间茶余饭后的谈资。

如果对对方而言，眼下所求的不过是一份安稳的工作，和不被打扰的人生，这些八卦流言也会对他造成不小的困扰。

想要他不被流言所干扰，保持距离应该是最好的选择。

像是感受到了她的注视，陆聿忽然将头转了过来。

目光相触后，他主动点了点头。

这种不再慌乱躲闪的平和态度，为他们之间"仅仅是普通同事"的关系做出了有力的印证，虞卿感觉欣慰的同时，也不禁有些心酸。正想点头回应，不远处的副总裁办公室大门忽然被人拉开，紧接着，季明一边打着电话，一边脚步匆匆出了办公室的大门。看那架势也不知道是真的有急事要忙，还是知道前方有战事即将开启，赶紧脚底抹油先躲出门避风头。

还没来得及细想，房门被再次打开。

简洁铁青着一张脸，狠狠将门一摔，快步走了出来。

在优选集佳各大部门的负责人里，简洁的口碑不算太好。作为公司的老员工，她公然地站在季明的阵营里，平日里就算是和平级打交道，也多少会带着一点儿目中无人的傲慢劲儿。但是对季明这把保护伞，她却向来表现得尊敬又贴心，即使是虞卿到来之后，季明为了自己那点儿小心思，不再像之前那样对她照顾，为了讨虞卿欢心，在两人有工作分歧时，还会刻意打压她，简洁也最多就是抱怨两句，从没做出过什么过激行为。

所以如今她公然黑了脸，这副怨气横生的模样，让同事们情不自禁地都缩起了脖子，暗中称奇。

虞卿还没来得及进自己的办公室，听到摔门声，也下意识地回头。然而还没等她有所反应，便见简洁气呼呼地直冲她而来。

"虞总，你大费周章地写了那么长一封邮件，又一大早特地找了季总，究竟是想要干什么？如果你觉得一个运营总监的职位还不能满足你，需要在媒介部也插上一手才能充分施展你的才华，那你直接来找我就是了，何必摆出一副为公司考虑的模样，大费周章地把季总拉出来当说客？"

虽然自虞卿到岗之后，因作风强势、性格认真，和简洁之间的摩擦就没断过，在工作会议上火药味十足的争论更是有过不少，但像如今这样在公众场合公然杠上，却是第一遭。

一时之间，整个大办公区都安静了下来。每个人都低眉顺目，屏住呼吸，满心激动地等着看虞卿如何接招。

毕竟中高层针锋相对的场面也不是能时时得见。

以虞卿的个性，不可能被人这样责问，也不可能当鸵鸟。

然而料想中的劲爆场面并没有登场。

在短暂的错愕之后，虞卿很快笑了笑："简总，我想这件事你可能有点儿误会。如果方便的话，去我办公室里聊聊？"

时间已经临近中午十二点。平日里这个时候，员工们要么已经开始在微信上约饭，要么就是在茶水间排队热饭。

然而因为走道上两个部门总监之间那火药味十足的对峙，整个办公室里的员工都像是忘记了午饭时间一样，没有人敢起身。

听完虞卿那番息事宁人的话后，所有人都暗中松了一口气，以为战场即将转移，然而简洁却并没有要偃旗息鼓的意思，继续岿然不动地站在原地："去你办公室谈？既然是工作上的事，又没什么见不得人的，有什么不能当着大家的面聊的？"

面对她的咄咄逼人，虞卿的眉头皱了皱，随即笑容一敛："既然简总想在这里聊，那我就长话短说。就像邮件里提的那样，考虑到公司在媒介渠道方面的投放还有优化的空间，我希望能和简总的部门一起讨论下，看看能不能重新调整一下方案，压缩这部分的投入成本……"

"调整方案？压缩成本？"话音还没落，简洁就迅速打断了她，"虞卿你是在质疑我的工作能力吗？"

"当然不是……"

"既然不是，你有什么权力对我的工作指手画脚？"

简洁像是越说越上火，语气也越发尖刻："虞卿，我知道你学历背景不错，但是实际工作不是纸上谈兵。你想要挑战我，多少也拿点儿本事出来，而不是嘴巴一张，就试图在其他部门横插一脚。还有，我知道你年轻貌美，也善于在领导面前讨好卖乖要资源，但我劝你还是悠着点儿，别风头还没出，就先把自己的名声搞臭了！"

这几句话出口，原本噤若寒蝉的同事们都禁不住倒抽了一口凉气。就连远远站在一旁，摆出一副事不关己模样的秦朗，都下意识地皱了皱眉头。

虽然平日里有关虞卿的风言风语不少，但这样明目张胆地开腔嘲讽，也实在是太难看了。更何况，在招聘陆聿这件事上，作为被虞卿"横插一脚"的部门领导，他好像也被骂进去了。

虞卿的脸色微微变了变，声音更加严肃起来："简总，我想我需要说得再明白一点。首先，我没有要挑战或是质疑你的意思，只是流量运营和用户拉新，是需要我们两个部门协同完成的工作，所以发现问题后对初始方案进行调整，使之更加合理，本来就是我分内的事。其次，正是因为你我平级，我没有权力安排你的工作，所以才向季总提出了申请，请他评估之后进行协调，这也是他今天找你谈的原因。这样的工作流程我认为合理合规，并没有什么不妥，却不知道这和拿年轻美貌做资本在领导面前讨要资源有什么关系？"

这一番话说下来，声音虽不大，却字字清晰，和简洁那些近乎人身攻击的话语比起来，显得冷静专业，有理有据。

眼见同事们一个个抬眼张望，似乎都在等着看她如何应对，简洁咬着牙，最终恨恨应了一句："我的工作报告，季总从来都没有什么意见，偏偏在这个时候提出质疑，还要求要按照你的意见调整方案……这中间究竟发生了什么，你用了什么手段自己清楚，可别以为别人都是瞎的！"

被她这么含沙射影地一通攻击，虞卿也懒得再忍了，当即笑了笑："用了什么手段不重要，重要的是，既然季总已经把工作安排下来了，简总就算对我有什么误会，也请放下成见，先一起把工作完成。"

她顿了顿，抬手看了看表："现在是吃饭时间，我就不耽误简总了，等午休时间结束以后，我会请秘书邀请简总的团队一起开会的。"

事情交代完，她没再看简洁那张气得发青的脸，直接回了自己的办公室。

房门一关上，大办公区的种种动静全部被隔离。

虞卿坐在电脑桌前，按着隐隐发胀的额角，忍不住叹了一口气。

虽然在优选集佳任职的时间并不长，但很多职场上的潜规则她并非不懂，简洁会有不满，她在写出那封邮件时就已经有了心理准备，但是对方的态度如此激烈，甚至不惜当着众人的面把事情闹得这么难看，却还是让她有些头疼。

更重要的是，即使在她的强烈要求下，季明最终做出了相应的工作安排，以简洁的抵触态度，配合度究竟能有多高，还是个未知数。

另一方面，自己提出的重新调整媒介采买方案的工作诉求，在绝大部分同事眼里大概真的是急于收揽权力，处心积虑在其他部门的工作范围内插上一脚。

思绪纷扰中，虞卿的神情逐渐放空。

直到几声轻轻的敲门声响起，她才猛地回过神来："请进。"

门还没完全推开，一阵饭菜的香味先飘了进来。紧接着，姚迟小心翼翼探头进来："虞总，你还没吃饭吧？我带了粥，你要不先吃点儿？"

"谢谢啊！"早上因为面对着季明，又急着聊工作，早餐原本就没怎么吃好，刚才闹了那么一出更是消耗精力，虞卿也的确有点饿了，于是一边说着感谢，一边拿起手机，"多少钱啊？我微信转给你。"

"嗨！没多少钱，不用了。而且这粥也不是我买的，我就是跑跑腿而已！"

"不是你买的谁买的？"

"陆聿啊！"姚迟说着又拿了盒药出来，"刚在楼下遇到他，说是昨天加班时知道你病了，让我给你带碗粥上来。另外还有一盒药，你喝完粥记得吃。"

"那你替我谢谢他。"听他这么一解释，虞卿也没再多说什么。

埋头喝了两口粥后，见他还站着没动，她抬头一笑："怎么，除了当外卖员，还有他事？"

"其实也不是什么重要的事啦……"姚迟支支吾吾地干笑两声，终于还是鼓起了勇气，"虞总，咱们下午真的要和媒介部一起开会啊？"

"是啊，你是有什么问题吗？"

"我其实还好啦……只是大家都觉得，真这样搞的话，工作起来估计会很尴尬。而且简总的态度又那样，真要坐在一起，怕是活儿还没干，就先打起来……"

"所以你是准备劝我撤退的？"

"那倒不是……"见她神色如常，似乎并没有因为不久前那场难堪的争执而受到影响，姚迟的情绪也很放松了下来，说话也恢复了平日里的语气，"虞总，其实我是想偷偷问问你，你这么坚持要插手媒介部的工作，甚至不惜和简总翻脸，是不是因为发现了什么猫腻啊？"

面对这么直白的询问，虞卿微微一愣，一时间也不知道该如何回应。

媒介部门在简洁的带领下，以高额的媒介和渠道费用换来了漂亮的数据流量，但实际的客户转化率却低得不正常，这种结果一般只会有两种原因。

要么是她工作失误，制定了投入产出比低下的投放方案，要么就是她心知肚明，和流量贩子内外勾连，把属于公司的财富收入了自己口袋中。只是对于虞卿而言，解决问题才是眼下的关键，至于对方究竟扮演了怎样的角色，她暂时无心追究。

但就简洁的态度来看，答案已经昭然若揭。

略加犹豫后，她笑了笑："工作其实就是为了减少获客成本，提高工作效率而进行一次跨部门协作。你做好自己的本职工作就好，至于其他的，不用想那么多。"

"好吧……"姚迟耸了耸肩，低声嘟囔着，"我本来还想说，简总不是嚷着要证据吗，如果你真发现了什么猫腻，直接请秦总他们查查就行了。就算你不想劳烦秦总，让陆聿私下帮帮忙也行，反正他技术那么好，也不是什么难事……"

"姚迟！"听他提起陆聿，虞卿当即厉声喝止，"这件事跟秦总和陆聿都没有关系，你别多事。"

"知道知道，我也就是这么随口一说……"姚迟赶紧点头，"虞总，那你休息，我就先出去了。"

下午上班没多久，虞卿就带着团队等在了会议室。而简洁那边，却是连经理都没出面，直接打发了两个刚入职没多久的小员工过来代表媒介部"参与协作"。

自知做了炮灰的两个小员工从走进会议室的那一刻开始，就战战兢兢的，坐在那里大气都不敢喘一口，对于虞卿提出的问题，要么就是一脸茫然，要么就只会唯唯诺诺地点头。

虞卿深知媒介部最核心的那部分资源和数据都掌握在简洁手里，这两个小员工被派过来，无非就是为了应付她，见他们实在是帮不上忙后，也就没再多问什么。事情闹到这般田地，运营部的员工感觉进退两难，其他部门的员工私下里也议论纷纷。

反倒是两个部门的直属上司季明像是根本没有觉察到这种尴尬又紧张的气氛一般，即使看着运营部在简洁的消极应对下开始自力更生，忙得连轴转，却依旧犹如无事发生一般，每天神态自若地出现在办公室。

就这样过了几天，秦朗召集风控部门的同事，针对近期的工作开了一个简单的复盘会。会议结束后众人还没来得及散去，平日里和他关系不错的小青年忽然开玩笑似的开口："老大，最近虞总和简总那两个部门闹得那么僵，你就没打算带着咱们出手帮个忙啊？"

秦朗眉头微皱："这事和咱们又没关系，要帮什么忙？"

"怎么会没关系呢？"小青年满脸兴奋地扬起了声音，"两个部门的老大会吵起来，无非就是因为虞总觉得简总采买的流量数据有问题。咱们跑个数据帮忙查一查，这事不就清楚了吗？"

"你是最近工作量不饱和，觉得太闲了吗？"话音还没落，秦朗已经板起了脸，"要是实在觉得太闲没事干，一会儿带着你的工作总结来找我。"

小青年吐了吐舌头，立马知情识趣地闭了嘴。直到秦朗离开，其中一个才偷偷捅了捅身边的同事："秦总这是怎么了，我刚才是说错什么了吗？"

"废话！"一直没吭声的同伴白了他一眼，悄声提点着，"虞总挑战简总这事吧，往小了说，是质疑对方的工作能力，往大了说呢，就是在怀疑对方的职业操守。为了不落人话柄，简洁才会这么硬杠着。看上面的意思，估计是碍于简总是公司的老员工，又一直是季总的爱将，真查出点什么问题来，大家都不好收场，所以才一直不明确表态，准备让事情就这么过去了。如果咱们插手真查出点什么来，那不是逼着上面给简洁难堪吗？"

话说到这里，他朝着坐在一旁默不作声的陆津斜了斜眼，才继续补充："再说了，公司现在花的都是投资人的钱，咱们只要给出的数据漂亮就行，大佬们心里究竟怎么想，是不是要捅破某些窟窿，谁知道？虞卿明面上为了公司，其实也难保没有要夺权的私心，这种时候，咱们还是别惹事为妙……"

听他这么一说，小青年依旧有点不服气："可如果是这样的话，虞总不是很为难？虽然我没直接和她打过什么交道，但觉得她为人还挺正直的，不像是会为了私心特意搞事的人……"

"正直不正直不好说，不过年纪轻轻就能在总监的位置上坐着，会是省油的灯？"对方嗤声一笑，"而且咱们老大已经吃过她的亏了，这次再插手，还指不定会被传出点儿什么八卦呢！"

这些议论秦朗没有听到，但对于他内心的想法和顾忌，却已然揣测到了七八分。

虽然随着工作来往的日渐增多，他对虞卿的看法也在逐步改变，并不认为对方这次挑战简洁的举动是出于私心，但也因此，他的态度才越发谨慎。

通过流量朔源查证虞卿的怀疑，对他而言并非难事，只是一旦介入，他难免就会卷入这场战争中。

作为一个专注工作的理工男，秦朗无意参与任何本职工作之外的纷争，因此即使是从简洁的反应中觉察到了什么，他还是选择了按兵不动，只是按部就班地工作。

当天下班之后，秦朗在办公室里加了一阵班。等到工作完成，已经晚上九点。员工们大多已经回家，只有属于运营部的办公区里还有低低的谈话声和敲击键盘声不断传来。秦朗叹了一口气，正准备离开，忽然发现一个熟悉的身影拿着一堆资料，从打印机的位置走了过来。

"陆聿，你怎么还没走？"

"嗯……加班弄点儿东西，很快就走，谢谢秦总关心。"

"什么东西弄到这么晚？工作报告下午不是已经交了吗？"

想着自己之前对他的严厉态度，秦朗也担心他把自己逼得太紧，于是主动朝他身前凑了凑："是工作上遇到什么难处了吗？要不我帮你瞧瞧？"

陆聿紧捏着手里的文件，向后退了半步："秦总，不用了。这东西是给虞总的。"

"什么？"秦朗一愣，很快反应了过来，一时间脸色微变，"陆聿，你准备干什么？"

"没干什么……"陆聿神色依旧平静，"就是跑了一下公司的流量来源，然后做了个简单的分析报告。"

"这是虞卿让你查的？"

"不是。"

"既然不是，你多这个事干什么？"秦朗压低了声音，语气很是严厉，"下午我不是说过了，这件事和我们没有关系！"

"怎么会没有关系？"陆聿抬起了眼睛，一脸坦然地直视着他，"秦总，从我来公司的第一天起，你就反复告诉我们，风控部门是维持企业健康运转的基础保障，但凡有可能对公司利益造成损害的风险，都必须经过我们的防范抵御。如今虞总对公司的流量采买提出质疑，我们难道不应该帮忙查清吗？"

秦朗像是被噎住了，沉默半响之后，才皱着眉问："那你查出什么没有？"

陆聿点了点头，言简意赅道："虞总的怀疑没错，简总是有问题的。"

果然……虽然并不意外，秦朗还是有些头疼："陆聿，你知不知道这样做的后果？"

"知道。"出乎意料的是，陆聿并非像他想象的那么天真，"所以这件事，我没打算牵扯上部门。如果最后真的因为这份资料造成了什么问题，我会自己承担的。"

"自己承担？怎么承担？简洁和季总的关系摆在那里，虞卿又是较真的性子，你以为你把这东西给了她，还能置身事外保平安？"

秦朗恨铁不成钢地重重一叹，像是终于下定了决心："你是我部门的人，有什么问题，我也脱不了干系。既然如此，这事也别说什么牵扯不牵扯了。你把东西给我，我去找虞卿！"

第十一章

往事

资料交到虞卿手里后，秦朗的心情就再也没有平静过。

一方面，在虞卿如此看重这件事的情况下，这份资料无疑是给她提供了一份弹药，可以让她将简洁与流量贩子内外勾结，榨取公司利益的罪证坐实。而事情一旦闹大，无论自己立场如何，都会被自动划入虞卿一党。

另一方面，对于一直在下属面前说着大道理，真的遇到问题时却选择了明哲保身的自己，他内心深处，实在有些鄙夷。

然而出乎他意料的是，预想中天翻地覆的战斗场面并没有出现。

拿到了资料之后，虞卿只在第二天去了一趟简洁的办公室，并没有惊动任何高层，似乎没有要把事情闹大的意思。

虞卿和简洁之间究竟聊了什么，谁也不知道。然而媒介部在经过了一阵短暂的沉默之后，很快就调整了态度，由简洁亲自带队，开始积极参与和运营部的工作协同。

虽然两个部门一起开会时的气氛还是有些微妙，但因为有老资历的干将们的加入，效率提高了不少。

很快的，在两个部门的共同努力下，一份新的媒介采购计划经季明和CEO吴行的批示后，很快得以执行。

一切仿佛都没有发生，整个公司依旧在按照既定的节奏正常运转。

后续的数据显示，网站的获客成本回归行业正常水平，运营效率也得以大幅度提高，几乎没有人还记得，不久之前两个部门之间一度因为一份媒介计划闹到水火不容。

事情就这么无声无息地平息了下去，陆聿整理的那份资料也没有生出任何事端，秦朗心里却始终扎着一根刺。

前思后想了好一阵后，他终于在某个周五下班前，主动敲开了虞卿办公室的大门。

感恩于他的相助，虞卿的态度显得十分热情，在听到对方准备下班后约她一起吃饭后，就爽快地点了头。

下班之后，虞卿和秦朗去了公司附近一家日料店。

点完菜之后，见对方模样别扭地坐在那里，虞卿善解人意地主动开口："秦总今天找我吃饭，是有什么事吧？如果有什么需要帮忙的地方，尽管交代就是了，只要我能帮得上忙，就一定会尽力而为。"

"虞总误会了，其实也没什么事。"见她一脸坦诚，秦朗也没再藏着掖着，"我其实就是想问问，那份资料你最后怎么处理的？"

"你说那个啊……我还当什么事呢。"

虞卿笑着给他倒了一杯酒："我就是拿着它和简总聊了聊，指明了一些无效流量的来源情况。简总毕竟经验丰富，看完资料就很快意识到了问题，接下来，大家的工作就容易多了。"

"就这样？"

"不然呢？"

虞卿笑盈盈地举了举杯："秦总，我明白你的顾虑。首先，简总是公司的老员工，之前兼顾着几个部门的工作，繁乱之下难免会出差错。我只是希望公司的运营能够走上正轨，并没有要党同伐异争权夺势的想法，如果简总能够因为这份材料修正一些工作差错，那就是最好的结果。其次，秦总和我素无交情，却能仗义相助,我已经很感激了,自然也不愿意事情闹大以后,给您带来一些不必要的麻烦。"

见对方默不作声,她继续补充:"说起来,我应该主动请秦总吃个饭表示感谢的。但一是近来实在太忙,急着把最新的方案做出来抽不出空,二是我也不太确定,秦总会不会介意我再提这件事,所以……"

"虞总不用客气,其实也没什么好谢的。"

秦朗实在不好意思承下她的这份情,一声苦笑后,很快道出实情:"其实那份资料和我没多大关系,是陆聿私下查了以后让我交给你的。"

"什么?"虞卿骤然一惊,"你的意思是……陆聿做这件事之前,没有经过你的允许?"

"嗯。"秦朗点了点头,"其实作为风控部门的领导,这件事我应该主动帮着查一查的。只是见你态度那么坚决,我也担心真的查出点儿什么以后,会闹到不好收场,所以就想着先等等,等高层们态度明确了再介入。"

"原来如此……"虞卿语气真诚,"无论是谁查的,这件事我还是要谢谢秦总你的。如果不是你对陆聿网开一面,我想这份报告就算查出来了,也未必能到我手里。不过我也希望秦总不要因为这件事对陆聿有什么看法,毕竟他才进公司不久,对于职场上的一些规矩并不熟悉,也很难体会你为难的心情。"

"怎么会?"见她一脸真挚,秦朗也笑了起来,"之前因为他学历的事,我对他是有些偏见,但现在我对他还是挺认可的。至于这件事,其实我也有反省过,如果再有类似的情况发生,我也不会再有那么多的顾忌……"

气氛逐渐放松了下来。

随着一道道美食的陆续上桌,两人的话题也逐渐从工作和职场,聊到了各自的生活。

酒过三巡,秦朗正兴致勃勃地和虞卿聊着他在之前公司的种种趣闻,忽然肩膀被人一拍,紧接着,一阵爽朗的笑声响了起来:"老秦,好久不见啊,没想到分别这么久以后会在这里遇到,你说巧不巧?"

秦朗一抬头，也跟着笑了起来："老徐？你怎么忽然来T城了？"

"来出差谈笔业务，刚把事情聊完，正准备走呢，就看到你在这儿眉飞色舞的。怎么，和女朋友出来吃饭？"

"你误会了，这位美女是我同事，优选集佳的运营部负责人虞卿。虞总，这位是我的老朋友徐衍，网络安全领域的大神。"

"虞总见笑了，别听他胡说，我就是个搞互联网安全的，哪是什么大神。"

大概是因为许久不见，徐衍有些激动。和虞卿打完招呼之后，他自顾自地在秦朗身旁坐下："看来哥们儿你混得不错啊，几年没见，居然混进优选集佳这种大公司里了。"

"嗨！看你这话说的，不都是工作吗？在哪儿不都一样……"

秦朗给他倒了杯酒："倒是你啊，现在怎么样？沉潭关了以后，究竟干吗去了？"

虞卿原本安静地坐在一旁，没准备打扰两个老朋友叙旧，忽然间听他提到沉潭，下意识地神经一紧，忍不住开口问："徐总您之前是在沉潭工作？"

"是啊，沉潭的创始人是我朋友，当时我刚好也没什么事，就帮着他一起做点运营、商务和管理类的工作！怎么，虞总你也知道沉潭网？"

"嗯……我之前有一个朋友是沉潭的网友，经常会和我提起，所以知道一些。"

"那就难怪了。"

徐衍的神色变得有些惆怅："说起来，沉潭最风光的时候，经常会举行一些线下活动，各家大牌互联网公司的高管和技术大神们也会参加。我和老秦就是这样认识的。那个时候，大家都以为网站未来的发展会很不错……谁会想到后来就这么关闭了呢？"

听他语带感叹，秦朗安抚地拍了拍他的肩膀："互联网公司发展起起落落都很正常，我之前服务过的好几个老东家不也就这么倒了吗？不过说起来我一直想问问你，沉潭运营得好好的，怎么忽然说关闭就关闭了……难不成，真是因为 Hurricane 和风盈网那事给闹的？"

"谁说不是呢？"徐衍摊了摊手，"那段时间你工作忙，没怎么来沉潭，不知道当时闹得那叫一热闹。Hurricane 和风盈网的事情一出，相关的监管机构找来了好几次，各家互联网企业也人人自危，一直向我们施压，后来大家觉得实在干不下去了，就干脆关门散伙了。"

眼见老友提起往事满脸都是沮丧，秦朗也不免有些伤感，和他碰了碰杯，继续问："那 Hurricane 呢？事情出来以后我看了看新闻，风盈网那边好像是起诉了他，最后结果怎么样了？"

"进去了……判了三年多。算起来，现在也应该出来了。"

徐衍叹了口气："说起这事，我心里也挺不是滋味的，以 Hurricane 的实力，如果不是因为这事，大概早就混出名堂了。你说他当时也就一大学生，年纪轻轻的，谁没点犯糊涂的时候？风盈网那么大个企业，非要揪着人不放，把他往监狱里一送，可不就把人给毁了？"

秦朗似乎有点意外："你说 Hurricane 是个大学生？可我怎么听说他当时已经工作了啊？而且就他的技术能力来看，也不像是没进社会的样子啊！"

"嗨！都是瞎猜的！这事我最有发言权！"徐衍把手一挥，态度笃定地开口，"当年他刚进沉潭的时候，不是因为给灿星提交了一份漏洞报告而拿到了对方的奖品吗？那时候联系他要地址的人就是我，出于欣赏，我还和他聊过几句。结果没想到他给出的地址是 T 大，当时我可是吃了一惊……"

话音还没落，"当"的一声脆响，两人齐齐抬起了头。

虞卿脸色煞白地坐在那里，连自己撞翻了的酒水洒了一身，也像是根本没有觉察到似的。

秦朗愣了愣，赶紧递了张纸巾过去："虞总，你怎么了？"

"没什么……"

虞卿把纸巾接在手里，死死攥着，像是想要给自己一点力量似的，声音止不住地颤抖："徐总，您刚才提到的灿星……是做智能硬件的那家企业吗？"

"没错。"徐衍点了点头,"虞总也知道他们啊?我还以为他们这几年把重心转向了海外市场,已经没多少人记得他们了呢。"

虞卿恍若未闻,继续追问:"那您还记得您帮他们把奖品寄到T大,是在哪一年吗?"

"这你可考到我了……"徐衍有点为难的样子,"事情过去太久了,详细时间我也记不太清了。那个时候对接商家和沉潭会员的事都堆在我这里,也没办法一件件地都记得那么清楚……"

"那您还知道什么其他信息吗?比如说……灿星寄出去的奖品究竟是什么?"

"这我知道!"在她的提示下,徐衍眼睛一亮,"那个时候灿星正在搞一个智能耳机的项目,因为众筹的反映还不错,市场上都很关注,为了表示谢意,他们用这款耳机做了奖品。我作为平台方的代表,也收到了一份,到手之后试用了一下,觉得效果还不错,就送给了当时的女朋友……"

他絮絮叨叨地说了一阵,终于在秦朗接连几个眼色的提示下意识到了有什么,于是赶紧住了嘴,轻声询问道:"虞总,你怎么了?怎么对这件事这么感兴趣?"

"没什么……"虞卿深深吸了一口气,勉强调整好脸上的表情,"我就是听你们聊起,随口问问而已。谢谢徐总,我知道了……"

半个小时之后,饭局散场。

虽然尚未尽兴,但毕竟第二天还各自有事要忙,站在饭店的门口依依惜别了好一阵后,徐衍才招手打了一辆车。

目送出租开远后,秦朗回身走到虞卿身边,满是歉意地道:"实在不好意思,原本是想好好请你吃顿饭的,结果没想到遇到了老徐,后半局就变成了他的主场。"

"没事,老朋友相见本来就难得,而且听你们聊那些事,也挺长见识的。"

虞卿善解人意地点了点头,欲言又止了一番后,终究还是开口:"秦总,我能不能麻烦你件事？"

"什么？"

"关于今晚徐总聊起的有关风盈网和Hurricane那件事，你能不能……"

"能不能什么？你是担心我去查这件事？"秦朗饶有兴味地看着她，"看你这么紧张，那就是我猜测得没错了？"

"秦总猜到了什么？"

"你说呢？"秦朗挑了挑眉，脸上的表情有些复杂，"陆聿入职前，我在网上查了查，他那个CTF的个人冠军，是代表T大参赛拿下的。这么好的技术水平最后却忽然退学，连T大的毕业证也没拿到，我还一直在想究竟是为什么，老徐今儿这么一说，再把时间线对一对，原因也就不难猜了……"

眼见虞卿并不反驳，他继续道："虞卿，我们共事以来，打的交道并不多，因为一些传闻，我对你也有过一些误会。但我还是想说明一下，我不是一个喜欢干涉别人私事的人，对同事的评价和态度也只在于工作能力和人品。陆聿能够入职，虽然有你帮忙的成分在，但是经过这段时间的相处，无论是业务能力还是专业素养，我都是挺认可的。所以无论他过去发生过什么，犯过什么错，只要工作上不出问题，我是不会抓着过去的事不放，去刨根问底的……"

这段长长的剖白实在不太符合秦朗一直以来惜字如金的严肃风格，但虞卿那颗忐忑的心却就此放了下来。

她长长地吁了口气后，感激地冲对方笑了笑："多谢秦总……虽然这件事，我也不能完全确定，但无论如何，谢谢你对他的信任，也谢谢你愿意保守这个秘密。"

"为什么是你来谢我？这么看来，你还真是替你这位小师弟操碎了心。"

秦朗感叹一声，随即宽慰似的冲她点了点头："你今晚好好休息吧，和老徐聊起的这些事，除了你我，不会再有人知道。"

当晚回家之后，虞卿并没有像秦朗说的那样早早上床入睡。

简单地洗了把脸之后,她就坐在了电脑前,把有关风盈网和Hurricane的种种信息,一条条地检索了出来。

因为时隔太久,曾经轰动一时的新闻大部分已经淹没在了时光的洪流中。能被检索出来的部分,也因为夹杂了太多网友们情绪化的议论和揣测,而显得真假难辨。

最终,某则来自官方的通报佐证了她的猜想,'犯罪嫌疑人陆某'几个字明晃晃地挂在电脑显示器上,让她原本就不平静的心情,更加激荡难平。

关于陆聿退学的原因,她曾经有过千万种的猜想,但没有哪一种,会让她像如今这样倍觉揪心。

当天夜里,虞卿彻底失眠了。沉沉的夜色里,她只要一闭上眼,脑海里挥之不去的,全是与陆聿初遇时,对方自信满满、意气风发的模样。

那个时候,他所憧憬的明天,有着夺目的光彩和无限的可能,最大的困扰也只是情感上的不如意。

可是到了如今,在重重地跌落谷底之后,那些憧景都在重击之下被碾压进了尘埃,就连曾经让他最奋不顾身的爱情,也成为不愿再触碰的禁区。

可是这一切究竟是怎么发生的?对于当时的陆聿而言,会莽撞地迈出这一步,触犯到法律红线,究竟是为了证明自己,获得名利上的满足,还是如大部分人所揣测的一样,只是为了钱?

回想起陆聿在入狱之前,曾经在支付宝上给她转账了十万块,虞卿的心骤然一紧。某个模糊的念头在她一层层的猜想和分析后变得越发清晰。

情绪沸腾之下,她猛地翻身坐起,拿起了手机想要给对方打个电话。

但最终,在一遍遍地自我警告中,她还是咬了咬牙,把手机远远抛到了一边,浑身无力地躺了回去。

接下来的几个星期,为了迎接即将到来的中秋节,优选集佳的办公室里被紧张的工作氛围充满。虞卿也把精力放在了新出炉的运营方案上,全身心地和部门同事们一起加班备战。

不知是被她的斗志所感染，还是因自己在处理简洁一事上和稀泥的态度感觉心虚，备战过程中，季明忽然召集所辖部门主管级以上的员工开了个会，宣布简洁因为身体原因需要暂作休息，在此期间媒介部的工作暂时由虞卿代为管理。

这个消息来得不可谓不突然，不仅其他员工们备感惊异，就连虞卿事先也没听到半点儿风声。只是碍于季明的面子，会议现场她礼节性地表示了沉默，直至会议结束后，才找了机会去对方面前一问究竟。

对于她的质疑，季明笑得一脸神秘，先是打了一堆官腔，然后才压低了声音解释道："简洁工作上的失误我已经知道了，她自己也觉得不好意思，所以来和我提过辞职。只是我想着吧……再怎么说她也是老员工了，到了这把年纪，要出去找一个差不多的职位也不是短时间就能搞定的事，所以我就让她在家好好反省反省，以后工作上的事，也多向你请教……"

虞卿听着觉得有点不对劲："之前的事不是已经解决了吗？方案有问题调整就是了，怎么忽然闹到要辞职？"

季明还是笑："简洁心眼小，不就是担心你把事情捅到吴总那儿去吗？我都跟她说了你不是那样的人，但她就是担心，才会想东想西的。"

话说到这里，虞卿也算是明白了。

虽然她有防人之心，没打算要把简洁逼入绝境，但对方亏心事做多了，又认定了她抱着夺权上位的心思，因此一有了铁证，立马想要通过退让的方式息事宁人。

毕竟那份资料一旦捅到了高层那里，未必就只是"工作失职"那么简单了，她和流量贩子内外勾结获取灰色利益的行为一旦查实，真的追究起责任来，被扔进牢狱蹲个几年也不是没可能。

见她不吭声，季明试探性地追问："不过看你和秦朗平时不怎么打交道，没想到私下里关系还挺好啊。听说那份资料，是秦朗给你的？"

虞卿心头一紧，担心他给秦朗找麻烦，当即解释道："季总你误会了，我和秦总就是普通的同事关系，那份资料也不是他给我的。"

"你就别瞒我了，这事已经有人告诉我了。你和简洁闹不愉快之后没几天，秦朗就特地去敲了你办公室的门，第二天你就带着资料去找简洁了。不过嘛……你和秦朗私交再好，这事也不能这么处理。以后再遇到类似的情况你可以先来找我，我作为分管领导直接协调，不比其他人方便吗？"

找你也要你真的愿意解决问题才行啊！

虞卿内心翻了一个白眼，不冷不热地表示："既然如此，那我就先谢谢季总了。"

秦朗去虞卿办公室送资料，继而逼退简洁的消息却不胫而走，成为所有优选集佳员工茶余饭后的最新八卦。

大家在诧异于秦朗这个平日里公事公办，不参与办公室斗争的领导怎么会忽然选择站队，介入虞卿和简洁之间的争斗的同时，也纷纷感叹虞卿果然是魅力无限，居然又神不知鬼不觉地多出了一名裙下之臣。

这样的风言风语，虞卿多多少少有所耳闻。担心会给秦朗带来困扰，之后的工作来往，她越发小心谨慎了些。

然而不知是几番接触下来，解开了之前的诸多误会后真的开始有心结交，还是完全没把那些传闻当回事，秦朗不但跑她办公室的频次日渐增多，就连部门聚会也会特意邀约，看那样子完全没有要避嫌的意思。

时至中秋，公司行政部采购了一些水果给员工当福利。热热闹闹的节日氛围中，虞卿特地打电话定了两盒阳澄湖大闸蟹外加两盒美心月饼放在了办公室。快下班时，她趁着陆聿起身的时候，把对方堵在了茶水间门口："陆聿，你一会儿下班有事吗？"

陆聿有些意外："没什么事，怎么了？"

"既然没什么要紧事，能不能请你帮个忙？"虞卿微笑着，让自己的语气听上去尽量自然，"公司发的水果和那些供应商送的礼盒一直在我办公室里堆着，都快变杂货铺了，我想把它们带回家，但是实在太沉了，能不能请你帮个忙?"

见陆聿不说话,她担心对方起疑,于是赶紧补充:"你知道的,我们部门女孩子多,也不好意思让她们干体力活,至于姚迟,听说他今天下班以后约了女朋友吃饭……"

"行啊。"像是觉得她急于解释的样子有点好笑,陆聿弯了弯嘴角,"下班以后我等你消息,你什么时候走,通知我一声就行。"

下班后,虞卿特意多等了四十分钟,直到办公室里的人都走得差不多了,才给陆聿发了条微信。

等到对方上下跑了几趟,把一箱箱的水果和礼盒搬到她车子的后备厢后,虞卿递了瓶水过去,顺手替他拉开了副驾驶的门。

陆聿微怔,很快意识到对方把车开回小区车库后,还得把这些东西搬回家,因此也没再多问什么,很快上了车。

车子开出停车场,一路向着城北方向而去。眼见着四下的景物越发熟悉,陆聿终于察觉到了有什么不对,当即扭头问:"你这是要去哪儿?"

虞卿弯着嘴角,有点小得意的样子:"回家啊!"

"你回家怎么会走这个方向?"

"先把你送回去,顺便给伯父伯母送点儿中秋贺礼。"

陆聿有点儿无奈:"虞总,其实你不用那么客气,我家里没几个人,你送这么多东西,我们也吃不完的。"

"既然不用客气,你也不用在下班时间还一口一个虞总的叫我吧?"虞卿目视前方,语气不容置疑,"你之前帮了我那么大一个忙,我一直都想说声谢谢,只是考虑到公司里风言风语不少,我也不想给你惹麻烦,所以才拖到现在,趁着过节的机会表示一下谢意。"

"帮忙?什么忙?"

"关于流量来源的那份资料……"

虞卿扭头看了他一眼:"秦朗已经告诉我了,你也不用再否认了。"

陆聿怔了怔，有些不自然地避开了她的注视："其实那只是我的分内工作，说不上帮忙，你大可不必放在心上。"

"我知道。"虞卿没打算和他在这个问题上继续纠缠下去，"无论是作为校友，还是同事，上门探望长辈都是合情合理的事，你也别放在心上，一会儿我放下东西就走，不会让你为难的。"

话说到这份上，陆聿只能低低说了声"谢谢"，任由她继续朝着自己家的方向开去。

十几分钟后，车子在一栋灰扑扑的民宅前停下。

虞卿将后备厢打开，帮着陆聿把东西一箱箱往外搬。

刚把东西搬下车，还没来得及往里送，眼前的大门忽然被"吱"的拉开，紧接着，江雪萍在保姆的搀扶下脚步蹒跚地走了出来："阿聿，你回来了？这是在干吗呢？"

陆聿赶紧扭身："妈，这是我公司的领导虞卿，说是中秋马上要到了，特地送了点水果过来。怎么，你这是要出门吗？"

"也不是，就是听到门口有动静，想着是你回来了，就出来看看。"

江雪萍解释完，扭头看向了虞卿："小虞，不好意思，麻烦你特意跑这么一趟。你应该还没吃饭吧，要不进来坐坐，吃点儿东西再走？"

虞卿冲她笑了笑，看向一旁的陆聿。

那小心翼翼的样子，像是要得到对方的首肯才敢点头似的。

陆聿抬眼，看了看已经昏黄的天色，略微犹豫了一下，才轻声开口："我看时间也不早了，要不就一起吃个饭？不过我家里晚餐向来吃得简单，希望你别介意。"

"怎么会？"虞卿赶紧用力点了点头，"既然这样，我就打扰了。"

或许是家里已经很久没有来过亲戚以外的客人，对于虞卿的到访，江雪萍显得有些激动。

尤其在闲聊时了解到,这个气质干练、样貌出众的女孩正是陆聿曾经提过的,那个帮他免去入职前的背调麻烦,又在工作中给了他诸多照顾的同校师姐后,江雪萍感谢之余更多了几分亲切。

趁着陆聿进厨房的间隙,江雪萍拉起了虞卿的手,问道:"小虞你之前在T大念书,现在又在T城工作,那家里人也都在这边吗?"

"没有。"虞卿很温和地笑着解释,"我老家在B城,父母也都在那边,一般也就是逢年过节才会过来住上一阵。"

"父母不在这边,可要好好照顾自己啊。"江雪萍满是怜惜地看着她,"那小虞你现在结婚了没有?"

"还没……"

"那有男朋友了吗?"

"也没有……"

"你说你们这些孩子啊,也不知道是怎么了,一个个的看着都挺精神,说起谈恋爱的事却总是拖拖拉拉的……"

话说到这里,江雪萍像是想起什么一样,朝着厨房的方向看了一眼,刻意压低了声音:"对了小虞,我听陆聿说,你们那是个大公司,一起工作的同事还挺多的。那能不能麻烦你留意下有没有合适的女孩子,有机会的话帮着拉拉线什么的……"

这个要求听在耳朵里,让她觉得心里五味杂陈。

片刻犹豫之后,虞卿勉强笑了笑:"陆聿的事应该不用我帮忙吧……我记得他读书的时候就挺受欢迎的。"

"那个时候是没想过要为他操心啦,可现在不是不一样了吗?"江雪萍重重地叹了一口气,"他那个时候年纪轻,性格也张扬,是挺受女孩子欢迎的,进大学没多久就和一个女孩子走得挺近,每次回家就一脸傻笑地抱着手机和人发信息,搞得神神秘秘的……就是后来出了事,他整个人就变了,平时也不见和什么人来往,更别说交女朋友了……"

老太太含糊其辞地说起"出了事",虞卿满心苦涩,也只是轻轻点了点头,没有追根究底。

隔了半晌,她试探着问:"那陆聿这么些年来,也没有什么走得近一些的女性朋友吗?我之前路过您家的时候,见过他和一个女孩在一起,两个人看着似乎还挺亲近的。"

"你说阮霖啊?"江雪萍一声苦笑,"那姑娘人是挺不错的,虽然看着大大咧咧没心没肺的,但我看得出来,她是挺喜欢陆聿的。只是陆聿也不知道究竟怎么想的,这么多年了也没什么再进一步的意思。我旁敲侧击了不知道多少次,他都没个反应,也不知道他是没打算交女朋友呢,还是心里一直有人……"

聊到这里,陆聿和保姆一前一后地把菜端了出来。

江雪萍当即朝虞卿使了个眼色,就此打住了这个话题。

虽然事先提醒过"晚饭很简单",食材也的确大多是以素菜为主,但主人家显然花了不少心思,每道菜都烹饪得鲜美可口。

独居T城又工作繁忙的情况下,虞卿平日里的晚餐大多都是用外卖或者泡面应付,即使偶尔和友人或者工作伙伴去高级餐厅,也往往是为了喝酒聊天谈业务,而不是正儿八经地吃饭。

因此,眼前这顿烟火气十足的家常菜让她胃口大开,添足了满满一碗饭后又喝了一碗汤,才终于心满意足地放了筷子。

见她胃口好,江雪萍既高兴又心疼,于是主动开口问:"小虞,我看你们平时经常加班,那公司提供加班餐吗?"

"一般不提供加班餐,都是自己叫外卖,不过费用可以报销。"

"老吃外卖怎么行啊!既不营养又不干净……"江雪萍想了想,"对了,过几天就是中秋节了,小虞你要是没什么事的话,就来家里吃饭呗。你看你送了这么些东西过来,家里又只有我们几个人,根本吃不完,你来的话,多个人说话,气氛也热闹些。"

在她热切的注视下,虞卿只觉得脸颊有些发热,刚想点头表示谢意,陆聿忽然有些生硬地开口:"妈,虞总挺忙的,而且中秋那天,她已经有约了。"

"有约了啊?"江雪萍闻言有些遗憾,"那就改天好了。不过小虞你可别客气,就把这里当自己家一样,以后如果想吃家常菜了,就提前说一声,我让马姐去给你准备好。"

"谢谢阿姨,我知道了。"

虞卿嘴里道着谢,眼睛却垂了下去。对于陆聿口中那个连她自己都不知道的"中秋约会"也没有做出反驳。

晚饭结束后,虞卿礼貌地起身告辞。江雪萍不放心她独自一人走夜路,让陆聿送她去巷子外面的停车场。

行至停车场,虞卿站在车前静静地点了一支烟,看上去没有立马要走的意思。陆聿在那儿等了一阵,终究还是上前一步,将她手里的烟拿了下来:"你什么时候学会抽烟的?这样对身体不好。"

"从联系不上你的时候开始的吧……"虞卿笑了笑,"不过后来也就是工作压力大或者心情不好的时候偶尔抽两支,一个月一包都不到,你也不用太担心。"

"心情不好?"陆聿愣了愣,"你怎么了?是刚才我妈和你说了什么,惹你不高兴了吗?"

"那倒没有,能和阿姨聊聊天,我其实挺开心的。而且她也没说别的,就说了下让我帮你找女朋友的事。"

"不好意思啊。"陆聿的脸色变得有些尴尬,"我妈年纪大了,总喜欢唠叨些有的没的,你别放在心上。"

虞卿不置可否地笑了笑,望向远处:"陆聿,我在你家吃饭这件事,是不是让你为难了。"

"怎么会?"

"既然不会,你又何必在你妈面前编造一个我中秋有约的借口呢?"

"你误会了……"陆聿咬了咬牙,尽量让自己的声音听上去平静如昔,"秦总前几天特地来找过我,问了我一些你读书时的兴趣爱好之类的事。好像是他朋友送了他两张中秋节那天的音乐剧票,他想约你一起去看……"

"原来如此。"虞卿抬眼看向他,一字一顿,"那你希望我去吗?"

陆聿猛地一惊:"什么?"

"我的意思是,如果秦朗真的约我中秋那天去看音乐剧,你希望我去吗?"

"我希不希望,其实也不重要吧……"陆聿有点儿自嘲般地笑了笑,"不过说实话,我觉得秦总他人不错,虽然平时严肃了点,但对人挺真诚的。而且听说他是S大毕业,后来也出去留过学,和你应该挺有共同语言的,所以……"

"所以你觉得对我而言,这么个约会对象还算不错是吗?"虞卿一边语速飞快地打断了他,一边拉开了驾驶室的门,虽然还是语带笑意,眼神里的失望却浓得藏也藏不住,"好,谢谢你的建议。你的意思,我知道了。"

中秋节当天早上,秦朗果然捏着个信封,神神秘秘地敲开了虞卿办公室的大门。中途路过自己部门的办公区时,面对同事们投来的好奇目光,居然还羞涩地露了个笑。

自从他往虞卿手里递资料的事被传开后,两人之间的绯闻就没少过。因此他一进门,各种名目的八卦群就一个个迅速热闹起来,大家都在猜中秋之夜,秦朗会为了约会安排什么特别节目。

陆聿安静地坐在电脑前,眼睛紧盯着工作页面,对于叮咚作响的各种群信息视若无睹。但事实上,他的心情并不比那些兴奋八卦着的同事们平静多少。

一墙之隔的独立办公室里,两个人究竟在聊些什么,谁都听不清楚。

但那偶尔泄露出的些许笑声,还是被他捕捉到了。

其实这样的发展并没有什么不好。虞卿如果能和一个事业有成、性格沉稳的对象有所发展,自然是比和他这样的一个人在一起,要靠谱得多。

秦朗虽然个性刻板了一点,但业务能力过硬,性格也踏实稳重。

这样的人谈起恋爱,想必会把对方照顾得很周到。

陆聿心绪难平,这一整天都过得有些恍惚。

好不容易到了下班时间,他正准备关电脑,邻坐的同事忽然凑到他身旁,满脸为难地开口:"陆聿,你下班以后有事吗?"

"嗯?怎么了?"

"虞总他们部门不是针对中秋节做了一些线上活动吗?虽然这些活动都挺简单的,应该不会出什么问题,秦总也把我们需要配合的工作都安排好了,但毕竟是公司情人节事故之后的第一次节庆活动,他还是挺谨慎的,前两天就安排我和小宋今天加班,在公司帮忙盯着点……"

"这我知道。所以你现在是需要我帮什么忙吗?"

"刚才我女朋友忽然打电话过来,说是她爸妈今天安排了家宴,想让我一起过去聚聚。你也知道,我和我女朋友爸妈那边关系挺紧张的,他们总觉得我家境不好,配不上他们家女儿。我女朋友费了不少心才说动了他们让我登门,所以我就想着……"

"行,你去吧。"陆聿笑了笑,重新坐了回去,"这里我看着,不会有问题的。"

第十二章 心意

同事离开后,陆聿给江雪萍打了个电话,表示临时要加班,要晚点儿才能回家。

虽然有些失望,但江雪萍对于儿子这份来之不易的工作格外看重,在仔细叮嘱了几句之后,就挂了电话。

夜色渐深,原本热热闹闹的办公室很快冷清了下来,除了运营部那边尚且处于集体加班状态外,其他区域都已经没有多少人了。

一切都很平静,一时半会儿也没有什么事需要他操心,陆聿在电脑前坐了一阵,正准备叫个外卖,姚迟忽然走了过来:"陆聿你怎么也还没走啊?被你们老秦留下来加班?"

"嗯,怕今天的活动出问题,所以留下来盯着。"

"嗨!今天搞的都是小活动,就是为后面的圣诞大促销试试水,顺便锻炼一下团队的协同能力,能出什么事啊!你没看到连虞总那么谨慎的人,都放心大胆地下班就走了吗?"

"虞总……那是因为有重要的事吧。"

"重要的事?什么事?你说和老秦一起去看音乐剧那事?"

"你知道?"

"这不废话吗?你们老秦那点儿小心思,能瞒得住谁啊?"

姚迟说到兴奋处,干脆往他的桌子上一坐:"不过也不止你们老秦紧张,我看我们虞总也挺上心的。中午那会儿季总来找她,她还特意提了一句呢。我看季明的脸色当时就绿了……说来也好笑,前几天他就来约过虞总好几次了,听说还自作多情地在隔壁酒店的旋转餐厅订了位置,结果忽然杀了个秦总出来,所有的心思都白费了,想想也是有点儿惨呢……"

陆聿听他叽叽咕咕地说了一大堆,只是垂着眼睛笑:"秦总看上去是比季总要靠谱很多。如果他们能发展顺利的话,也挺不错。"

"你拿老秦和季明比,这标准是不是低了点儿?就季明那德行,别说虞总看不上了,就连我都觉得没眼看……"

姚迟像是八卦上了瘾,表情越发神秘:"刚来的时候我看季明老来找虞总,觉得他虽然看着油腻,做事也喜欢和稀泥,但多少也算个成功人士,又是个副总,还想着虞总老拒绝他,是不是太不给面子了。后来听老同事们八卦才知道,季明那人啊,看到漂亮女人就跟狗皮膏药似的,总想占点儿便宜。之前他身边有个刚毕业没多久的助理秘书,就曾经被他欺负过,好像最后还流产了。不过那妹子是小地方出来的,家里无权无势,闹了一阵之后季明赔了点儿钱她就离职了,也不知道后面怎么样了……"

陆聿眼皮一跳:"他做这些事,公司都不管的吗?"

"嗨,这种事说白了也是私事,公司要怎么管嘛?而且他再怎么不作为,也是公司的老员工了,又在副总裁的位子上坐着,捏着大把的资源和公司机密,上面也不好拿他怎么样。所以就算真出了什么事,也只能睁一只眼闭一只眼喽……"

话说到这里,他忽然想起什么似的,把声音压低了些:"对了,我听说简洁之所以30多岁了还没结婚,好像也是因为和他有些不清不楚的关系。所以老秦一出手,帮着虞总把她那些破事给坐实了,季明心里说不定多恨呢!再加上现在这一出横刀夺爱,他以后怕是少不了要找老秦麻烦!"

陆聿被他一桩接一桩的八卦说得有些头晕，忍不住轻轻推了他一把："这些事情你就别瞎猜了。我还没吃饭，可没精神陪你瞎聊。"

姚迟闻言一惊，赶紧从桌子上跳下来，正准备回自己的工位上给他找点儿零食先垫垫肚子，不远处半掩着的玻璃门忽然被"咚咚"的敲了两下，紧接着，一个头发染成夸张的紫灰色，手里拎着几个打包袋的女孩冲着他们的方向懒洋洋地挥了挥手："嗨！能进来吗？"

晚上九点的办公室里忽然有非外卖小哥的陌生脸孔出现，大家都感觉有些惊奇。尤其是那女孩看上去与上班族们格格不入，就更吸引眼球了。

一时间，听到动静的员工都暂停了手里的工作，在心底猜测着这个女孩的来历。

陆聿愣了愣，赶紧起身把门打开，一脸诧异："阮霖，你怎么来了？"

"来给你送爱心晚餐啊！怎么，不欢迎吗？"

阮霖似笑非笑地扬了扬嘴角，把打包袋朝他手里一塞："我都这么辛苦了，你就没打算让我进去坐坐？"

虽然公司有规定，上班时间闲杂人等不允许在办公区内出入，但眼下毕竟已经是下班时间，一个女孩子大老远的跑过来送饭，就这么把她堵在门外也实在是太不近人情了。

陆聿尚在犹豫，一直跟在他身后偷瞄的姚迟已经把人放了进来："陆聿你干吗呀，人家都到门口了，就赶紧带进来休息一下啊！要不你们先聊着，我去给美女倒杯茶！"

看他笑得一脸暧昧的模样，想来是误会了他们之间的关系。

陆聿也不便解释，只能歉意的冲着同事们笑了笑，把她带到了自己的工位上。

阮霖第一次进入这种高级写字楼的办公区，眼睛里充满了好奇。四下打量了好久，才长长叹了一口气："我说你怎么这么喜欢加班呢，原来这地方还挺高级的。就是人太装，刚才在电梯里看到好几个女的，打扮得都跟要去参加选美似的……"

陆聿知道她向来口无遮拦,也没理会她话语里的那微妙情绪,只是接过她手里的打包袋,仔细看了看。

袋子做工精美,上面都印着"海市"两个大字,标志鲜明地表明这堆食物来自本城最高级的餐厅之一。

袋子打开,盒里都是诸如海鲜之类的精致菜式,香气四溢,引得姚迟都抽起了鼻子:"哇塞!陆聿,你的晚餐这么丰盛的啊!还有人专门送过来,真是好命!"

见他捧场,阮霖一挥手:"喜欢的话你也一起吃点儿呗!反正东西多,估计他一个人也吃不完。"

"算了算了,这不是爱心晚餐吗,我哪里好意思?"

姚迟笑嘻嘻地挤了挤眼,放下茶水后,迅速回了自己的位子。

陆聿对着眼前的食盒看了一阵,却始终没有动筷子。

虽然平日里在外社交的时间并不多,但"海市"餐厅那节庆日里一位难求的盛况,和人均接近四位数的消费水平,他还是听说过的。

"你怎么想到去买这些?这些东西应该不便宜吧,干吗浪费钱?"

"不都说了是爱心晚餐了?平时承蒙你的照顾,大中秋的你在这儿加班,我多少也得表示表示不是?"

阮霖笑了一阵,见他没有接话的意思,态度才正经了点:"钱的事你也不必操心了,反正有冤大头买单,不宰白不宰,就当便宜尔了!"

陆聿闻言一怔:"冤大头?什么冤大头?"

阮霖一脸的漫不经心:"前段时间认识的一个朋友,和你差不多的年纪,不过还挺有钱,估计是想泡我,一有空就给我送这送那的。今天非要约我吃饭,我想着反正也没事就答应了。既然他愿意花钱,那自然不能便宜他了!"

听起来她显然是遇到了一个颇为痴心,经济能力还不俗的追求者。

不过她这态度,也不知道是真没看上对方,还是只是口是心非。

陆聿觉得有点儿好笑，忍不住劝道："既然人家对你不错，又是送东西又是请吃饭的，你也别太过分了。不喜欢的话就早点儿说清楚，别欺负人家老实。"

"老实？"阮霖嗤声一笑，像听到什么天大的笑话似的，"你要是知道他是干什么的，估计就不会这么说了。就他干的那些事，和老实有半毛钱关系！"

"他干的哪些事？"

"你说呢？"阮霖瞥了他一眼，"就我平时的生活圈子，还能认识什么人？"

陆聿脸色一变，下意识地皱了皱眉。

阮霖见状，深深叹了口气："你看吧……这些事我原本也不想告诉你，就知道你听了会不舒服，你偏偏要问。算了算了，你就当我什么都没说，赶紧把东西吃了，别让我白忙活！"

陆聿不忍辜负她的好意，轻轻"嗯"了一声后，慢慢打开了一个盒子。

还没来得及动筷，他忽然想到了什么，抬头问道："阮霖，你刚才和我妈通过电话了吗？"

"没有啊。"

"那你怎么知道我今天要加班？"

"我猜的啊，不然你以为呢？我事先收到内幕消息，知道你们这破网站要被攻击，所以你会留下来加班？"

阮霖随意吐槽了两句，见陆聿没什么反应，显然并不相信她的说辞，她也有点儿急了，忍不住一把抓住他的手腕，急忙解释："你什么意思啊？我真的就是猜的，你们这破公司之前元气大伤，这段时间一直半死不活的，就算想搞也搞不出多少东西，人家根本不会把心思放你们这里。我就是吃饭前从楼下路过，看你们办公室的灯还亮着，才上来碰运气的！"

"行吧……"

在她一番解释后，陆聿松了口气："阮霖，我还是那句话，互联网并非法外之地，你不能因为至今没出事，就一直抱着侥幸心理。那些不该碰的事就别碰了，有机会的话，好好找个正经工作，那些不该来往的人，也最好把联系断了。"

"听你这意思,是不希望我跟今天约我那哥们儿再见面?怎么,你这算是吃醋吗?"阮霖嗤声一笑,眼睛向一旁斜了斜,"还有啊,你说让我找个正经的工作,那究竟是要怎么个正经法?需要像这位美女一样,每天都打扮得这么精致隆重吗?"

陆聿一惊,顺着她的目光扭过了头。

靠近大门口的地方,原本正和秦朗享受二人世界的虞卿,不知什么时候站在了那里,此刻正目光平静地注视着阮霖拉着他胳膊的那只手。

听到阮霖略带挑衅的言辞后,她也只是微微笑了笑,随即转过身去,一言不发地走进了自己的办公室。

次日清晨一上班,优选集佳大大小小的微信群里,都热烈地八卦着两件事。

首先是让全公司的女性同胞猜测许久的陆聿的正牌女友,终于在中秋之夜带着价格不菲的爱心晚餐正式露了面。

即使这个忽然杀出来正牌女友风格有些诡异,不修边幅的造型和略带江湖气的举动,更是和她们之前想象过的温柔甜美的白富美形象大相径庭,但有姚迟拍胸脯为她的美貌做保,再不甘心,女孩们也只能酸溜溜地开上几句玩笑后就此认命。

比起这则突如其来的消息,虞卿和秦朗之间那扑朔迷离的约会,才是众人八卦的焦点。

毕竟明明是两个人约好去看音乐剧,最后虞卿却独自一人回了办公室,难免让人浮想联翩。

面对同事们的旁敲侧击,虞卿坦坦荡荡地表示,因为中秋之战是公司重新起跑后的第一次节庆活动,即使规模不大,事先也准备周全,但部门同事都在齐齐加班的情况下,她作为部门负责人怎么样也得亲临督战。但仅仅一天之后,一条来自前台妹子的八卦,又让本已消停的议论声再度沸腾起来。

"你们知道吗?昨天晚上我男朋友带我去一家西餐厅,刚进门就看到秦总和一个女的特别亲热地坐在那儿吃饭。两个人有说有笑的,一看关系就不一般!饭快吃完的时候,秦总好像还送了对方一条手链!"

"不是吧?老秦不是在追虞卿吗?前两天刚一起看了音乐剧,这就换人了?"

"别瞎说,秦总就一钢铁理工男,不像有那么多花花肠子的样子。那女的说不定是他亲戚呢?"

"秦总可是专门从外省来这边拼事业的,平时进进出出都是一个人,逢年过节的都宅在家里看电影,哪有什么亲戚在这边?"

"如果是真的话,虞总可就惨了。被老季骚扰了那么久,终于遇到个靠谱的,结果刚开始约会,就出了这么个事……也不知道她心里会怎么想。"

"谁知道呢?以虞总的性格,如果老秦真的吃着碗里的看着锅里的,脚踏两只船,只怕接下来就有好戏看了!"

大家议论得热火朝天,虞卿却像是完全没听到任何风声一样,看不出任何异常,和秦朗也依旧保持着友好的工作往来。

但因为那些暧昧的调侃,陆聿每次面对虞卿时,却总免不了有些心虚。

有好几次,在同事们起哄过后,他都想找个机会和虞卿解释一下,他和阮霖之间的关系,并不像别人议论的那样。

但每每回想起那个晚上虞卿看向他们的眼神,又忍不住犹豫起来。

如果因为这样的误会,虞卿能彻底忘掉昔日情分,和过去告别,其实也没什么不好。

只是即便他们之间真的走到了那一步,对于虞卿未来的另一半究竟是个什么样子,能不能一心一意地将她照顾好,他也无法做到漠然视之,毫不关心。

就在这样纠结的情绪里,时间悄无声息地来到了周五。

早上刚到公司没多久,姚迟就一脸兴奋地过来邀请他晚上参加自己的生日聚会。

陆聿当时也没多想,只当是朋友之间的聚会,直到下班之后赶到聚会地点,才骤然发现一个包房里坐着的，几乎都是公司里的熟面孔。

见他出现，女孩子们都表现得很兴奋，起哄着要他唱歌、喝酒。

好不容易把他们应付完，陆聿才找了个机会把姚迟拉到一边。

"你不是过生日吗，怎么来了这么多同事？"

"过生日顺便团建嘛！"姚迟一脸理所当然的样子，"老大说我们这段时间辛苦了，准备请大家吃饭、唱歌放松放松，刚好我今天过生日，就一起解决了。"

陆聿只觉得无奈："那你怎么不早说？你们部门的团建我掺和什么？"

"这有什么？咱们是好哥们，你和我们老大又那么熟，一起来玩玩怎么了？何况又不是只有你，秦总一会儿也要来的！"

话刚说到这里，包房的门被推开。

秦朗拎着个大蛋糕，满脸笑容地走了进来。

"不好意思啊！下班前临时开了个会，仓促之间也没准备什么礼物，就买了个蛋糕，你别介意！"

"介意什么啊！秦总你能来，我就已经万分荣幸了！"

姚迟赶紧接过蛋糕，顺便探头探脑地朝房门口看了一阵："虞总没和你一起来啊！"

"季总好像找她还有点儿事，估计要晚一点儿。不过她刚才特意交代了，今晚她买单，你们放开了玩，不用替她省钱！"

听他这么一说，原本就热闹的房间内更是气氛高涨。

秦朗兴致勃勃地唱了一会歌，又和相熟的同事们喝了几杯酒，留意到坐在一旁的陆聿后，主动朝他身边凑了凑："你也来了好一阵了，怎么不去唱歌？"

"我不擅长这个，坐着听听就好。"

"不是吧，我怎么听说你唱歌还挺好听的？"秦朗哈哈一笑，朝他挤了挤眼，"怎么了？看你一直精神恍惚的，也不和他们喝酒，是不是惦记女朋友了？反正今天都是熟人，要不就叫她一起过来，大家认识认识？"

陆聿闻言一惊，赶紧摇头否认："秦总，你别误会，我没有女朋友！"

"你就别否认了，我都听说了。"秦朗还是一脸了然的模样，对他的否认置若罔闻，"而且你这个年纪谈个恋爱很正常，也没什么好害羞的。"

陆聿还待解释，一阵铃声忽然响起。

秦朗拿出手机看了看，很快神色紧张地戴上了耳机。

"不好意思啊，同事过生日，聚在一起唱歌，所以声音有点儿吵。你现在是准备登机了吗？一会儿我算着时间去接你……没什么麻烦的，能早点儿见到你我就很开心了，你出差这几天我一直都很想你……好，那一会儿见……"

念念不舍的道别之后，秦朗终于挂了电话。

刚把耳机摘下来，就发现坐在一旁的陆聿脸色有些变了。

在下属面前柔情蜜意地秀了一阵恩爱，秦朗自己也觉得有点儿不好意思，于是欲盖弥彰地解释道："我一个朋友，晚上的飞机，所以一会儿我还得先走一步，去机场接她……"

陆聿神色微凛，没有要配合他活跃气氛的意思，口气听上去有些生硬："一个朋友？什么朋友？"

秦朗觉得越发尴尬："你小子问那么多干吗？平时也没见你这么爱管闲事啊？"

话音还没落，手腕猛地一紧，陆聿沉着一张脸说："你跟我出来一下。"

"怎么了？"

秦朗没想到他会忽然间变得这么严肃，只能好声好气地说："这不快切蛋糕了吗？切完蛋糕我就得走了，你有什么事在这儿说不行，还得出去？"

陆聿更用力地捏紧了他的手腕："我有话问你，在这儿说不方便！"

"好吧……"

在他的坚持下，秦朗有些无奈地站了起来。

出了包房大门，陆聿很快松了手。

秦朗揉着有些发疼的手腕，刚想开口抱怨，陆聿忽然一个转身，把他重重地摁在了墙上："秦朗，你到底什么意思？"

"什么叫什么意思？"

秦朗被他狠狠地压制着，一时半会儿也没反应过来，愣了好一阵才怒斥出声："陆聿，你究竟想干什么？"

"不干什么。我就想知道刚才和你通话的那个人和你究竟什么关系。"

"女朋友！怎么了？"

"女朋友？"陆聿紧紧咬着牙，眼中有火焰在燃烧，"既然你已经有了女朋友，又去招惹虞卿干什么？"

"什么？"

"你处心积虑的到处打探她的喜好，送票的事情又闹得全公司皆知，结果约会当天抛下她，让她一个人回了办公室，现在又忽然冒出个女朋友？秦朗，你觉得这样有意思吗？"

秦朗目瞪口呆地愣了半天，忍不住爆了一句粗口，脸上的表情却不知是愤怒还是好笑："你就是为了这个把我叫出来？看样子这准备和我动手咯？"

"我没准备和你动手。"陆聿压着嗓子问，"我就想知道，这件事你准备怎么和虞卿解释？"

"我怎么解释是我的私事吧，不需要向你交代……"

秦朗拿腔拿调的，带着一点挑衅的味道："再说了，你和虞卿什么关系，这件事需要你替她出头？"

陆聿被他这不咸不淡的态度彻底激怒了，拽着他衣领的手不由自主地加大了力气。正准备再说点什么，秦朗冲着他身后的方向挑了挑下巴："而且人虞卿都没说什么呢，你怎么倒先和我急上了？"

陆聿心下一紧，下意识地松手扭头。

距离他们不远处的电梯口，虞卿正静静地站在那儿。想来刚刚发生的一切，都已经落在了她的眼中。

见她出现，秦朗像是松了一口气，一边整理着被陆聿扯皱的外套，一边瞪了瞪眼："我还有点儿事，进去和姚迟打个招呼就先走了。你俩慢慢聊！"

虞卿点了点头，低声说了句"不好意思"，随即看了陆聿一眼："我有点儿渴了，你陪我去下面的便利店买杯饮料吧？"

光从她的脸色看，也不知道自己这种多管闲事的行为，究竟有没有把她惹恼。

陆聿只能忐忑地点了点头，一声不吭地跟在她身后进了电梯。

出了 KTV 大门，虞卿在隔壁便利店里买了些冰啤酒，给陆聿递了几罐，自己也慢慢喝了起来。

十几分钟后，几瓶啤酒陆续见了底。

虞卿把罐子朝垃圾桶里一扔，抬头笑了笑："你就没什么想和我说的吗？"

陆聿垂着眼睛，默默地摇了摇头。

"既然你不说，那就我说好了。"

大概是借了一点儿酒劲，虞卿声音微醺，却带着显而易见的笑意："秦朗那天会来约我看音乐剧，是因为他有一个很喜欢的女孩，是这部剧的表演者之一。他很喜欢对方，却担心自己个性无趣，讨不了对方欢心。后来机缘巧合下知道我在这方面有所涉猎，就特地约我一起去了现场，想要我帮忙参谋一下，从什么角度切入话题，用什么方式去夸对方，女孩子才会觉得开心……"

她娓娓道来，陆聿却只觉得窘迫，最后苦笑着开口："看秦总现在这状态，你的帮忙应该挺有效果。"

"那倒没有……"虞卿摇了摇头，"我没教他什么技巧，也没和他讨论音乐剧。我只是告诉他，愿意花这么多心思去了解那个女孩子的喜好，本身就是最好的付出。真诚的心意不用遮遮掩掩，直接表达出来就好，在对方还没有给出答案之前就自我否定，才是最糟糕的事。"

"原来如此……"陆聿自嘲地笑了笑，"这样说来，我得去给秦总道个歉。刚才我听他打电话，还以为他欺负你了。"

"你是该给他道个歉，不过我倒是要谢谢他来着。"

"谢他？为什么？"

"因为我原本以为自己已经没机会了,但是今天因为他,我知道自己还在你心里。陆聿,你知不知道我现在有多高兴……"

因为酒精的作用,落在陆聿耳边的声音越来越低,最后消失在了夜风里。

但那些抑制不住的喜悦却和眼泪一起从虞卿的眼睛里滴落,一颗颗地砸进了陆聿的心里。

生日派对上,虞卿一直表现得心情甚好。

不仅对同事们的敬酒来者不拒,还主动拉着几个闹腾得最凶的小年轻合唱了好几首歌。

等到派对结束,一众人东倒西歪地各自打车回去,几乎已是半清醒状态的姚迟左顾右盼了一阵,把唯一还保持着清醒的陆聿拉到了身边:"兄弟,现在时间太晚了,虞总她今晚没少喝酒,独自打车回家我不放心。等她买完单,你帮个忙给送送怎么样?"

"放心,我知道。"

陆聿点头,帮他拦了辆车。目送车辆远走之后,才重新回到了KTV的大门口。

几分钟后,虞卿脚步虚浮地走了出来。

见到他还在,她笑了起来:"你还没走啊,是在等我吗?"

"嗯……"

对于这样的试探,陆聿并未否认:"其他人都喝得有点儿多,所以把送你回家的任务交给我了。"

"这样啊……可之前你不是觉得不方便吗,这次怎么改主意了?"

"可能是白吃白喝了一晚上,觉得过意不去吧。"

或许是被一整晚的快乐气氛所感染,又或许是酒精的刺激让一直压抑着的情绪变得放松,陆聿歪了歪头,有点淘气的样子:"所以我就勉为其难地送送你好了。"

虞卿咯咯笑了起来,像是从来没有这么开心过似的。

直到陆聿把车拦下,帮她开了门,才勉强收敛笑意上了车。

发动机发出的轻微的轰鸣声中，车辆一路向南而去。

眼见虞卿上车后就双眼微阖，歪向一边的头随着车体的晃动不时撞向玻璃窗，陆聿略微犹豫后，轻轻拍了拍她的手背："你怎么了？是不是酒喝多了不太舒服？"

"那倒没有。"虞卿闭着眼睛笑，"就是有点儿晕而已，闭闭眼就好了。"

话音刚落，一只温暖而干燥的手掌小心翼翼地扶住她的后脑勺，压向了他的肩膀。虞卿有点儿惊讶地睁了睁眼，随即又很快闭上了。

这种和对方亲昵相依的感觉，她原本以为已经不会再有。

如果这只是一个一期一会的梦境，她不想那么快就醒来。

午夜电台的缠绵情歌里，车子不知究竟开了多久。

直到感觉肩膀被人轻轻拍了拍，虞卿才从恍惚的梦境中醒来。

"到了？"

"嗯……到了。"

陆聿推开车门，看着眼前的小区，声音微哑："需要我送你上楼吗？如果你没问题的话，我就直接回去了……"

"要！"

像是怕他反悔似的，虞卿赶紧点头，连稍微矜持一下的意思都没有。

在出租司机似笑非笑的打量下，脸却不自觉地红了。

陆聿有些无奈地笑了笑，很快下了车。

两人一路并肩而行，漆黑的夜色里，谁也没有开口。

行至家门口，虞卿开了门锁，转身问道："你要不要进来坐坐？"

"不用了，时间太晚了，也不太方便。"

为了让自己的拒绝不那么生硬，陆聿很快补充："而且我妈习惯了等我到家以后才休息，所以……"

"嗯，我知道。"虞卿笑了笑，然后试探性着道，"本来我还在想，你是不是担心女朋友介意来着……"

"女朋友？你说阮霖吗？她不是我女朋友。"

在虞卿似笑非笑地注视下，陆聿有些窘迫地咳了咳，继而认真解释道："我爸去世以后，我妈身体一直不太好，但是因为一些不得已的原因，我没办法在她身边照顾。有一次她出门办事，忽然晕倒了，是阮霖正好路过把她送进了医院，才保住了性命。因为这件事，我妈和我对她都很感激，知道她一个人在T城生活后，就经常叫到家里来吃饭，关系也就熟了起来。因为这些年她一直帮忙照顾我妈，我也一直把她当成自己的亲妹妹……"

重逢这么久以来，这是陆聿第一次谈及自己的私人生活。

虽然很多事情，他依旧是含糊地一带而过，但对于虞卿而言，已经是莫大的惊喜。

因为这代表着他开始尝试着鼓起勇气，面对她和过去的自己。

"除了这些，你还有什么想要和我说的吗？"

短暂的沉默后，她热切地开口，声音里满是期待："陆聿，你知道的，无论你有什么事情想告诉我，我都会是你最好的听众！"

"有些事……晚点儿再说吧……"

陆聿犹豫了一会儿，随即笑了笑："你最近也挺忙的，好好休息。等到合适的机会，我会慢慢告诉你的。"

姚迟的生日派对过去没多久，秦朗朋友圈里出现了一张甜份超标的牵手照。

照片里的女孩眉目温雅，小鸟依人地依偎在秦朗身旁。

对于这份恋情的忽然官宣，围观群众在纷纷点赞表示祝福的同时，也在暗中揣测着，作为秦朗曾经的绯闻对象，虞卿会有什么样的反应。

一个小时后，虞卿的祝福闪亮登场："看来音乐剧观后感高分通过了，可喜可贺！"

秦朗谦虚道："都是虞老师指导得好！"

虞卿："光说没用，秦总就没点儿表示？比如龙虾套餐什么的？"

秦朗："请客没问题，但我怕被打……要不给你发个红包你自己去？"

虞卿："这个提议非常优秀，建议立刻执行！"

犹如地下党接头般的对话，让围观群众一时间有些摸不着头脑，但从两人积极互动的表现来看，显然不像是心有芥蒂。

因此，在热热闹闹的一通祝福之后，虞卿和秦朗之间的绯闻就此收了场，两个部门正常地工作协同，鲜少再传出什么风言风语。

一片和谐的气氛中，圣诞大促销的计划被正式推上了日程。

基于中秋活动的良好表现，外加风控部门的强势护航，对于即将到来的圣诞活动，所有人都表现出了前所未有的信心。

与此同时，很长一段时间里一直处于"休假"状态的简洁也态度低调地回到人事部门重新报到。只是回归之后，她并没有继续管理媒介部，而是以"副总裁助理"的身份，成为了季明的左右手。

"副总裁助理"虽然在级别上和部门总监一样，又是常年跟在高管身边，能够掌握更多的核心信息，但却没多少实权。

因此，众人都以为，简洁之前的工作的确是出了严重纰漏，这次的岗位调整，大抵也是因为季明的力保，给了她一个继续待在公司的机会。

对于这种变化，虞卿表现得十分平静，和简洁的日常工作来往，也都是不卑不亢，应对得体。

和她自然大方的态度相比，简洁的表现就明显小心谨慎了很多，不仅没有了之前那种趾高气昂的气势，甚至还带着一点儿讨好的意思。

对于她的这种小心翼翼的态度，虞卿只觉得别扭。为了避免双方的尴尬，她私下里找了季明，希望他能从中协调。

对于她的顾虑，季明却表现得不以为然："简洁之前做错了事，虽然你没想和她计较，但风声多少还是传到了领导们的耳朵里，这次能回来，她也知道其中的不容易，低调点儿也是应该的。不过你的顾虑我也明白。这样吧，反正圣诞大促销的政策已经定了，咱们也要找个机会和商家们做沟通，到时候这部分的工作我安排简洁配合你，来往多了，关系自然也就融洽了。"

周五早上，虞卿正在为即将召开的政策分享会做准备，办公室的门忽然被轻轻敲响。

见到来人是陆聿后，她笑了起来："这都还没上班呢，怎么这么早？是有什么事要找我吗？"

"嗯……"陆聿点了点头，看上去有些局促。

虞卿只当他是工作上遇到了麻烦，又不方便直接去找秦朗，于是赶紧站了起来："没关系，有什么事你尽管说。能帮忙的地方，我会尽量帮忙的。"

"其实也不是什么重要的事情……"

陆聿轻轻舒了一口气，像是终于下定了决心："就是昨天下班以后，秦总把我叫去了他的办公室，说是最新一期的部门内部考评，我的分数拿了第一。我之前的工作他也挺满意，所以会打个报告上去，申请给我调级，顺带加薪什么的……"

虽然通过特殊通道进了公司，但是因为学历问题，陆聿的薪水和级别都被定在了一个相对较低的位置。即使以他的能力而言，这样的待遇并不匹配，但出于对公司和秦朗的尊重，虞卿也没有再多做争取。

如今他因为自身的出色表现，在入职后短短几个月的时间里就获得了同事和直属领导的认可，虞卿又欣喜又激动："这是好事！秦朗可是特别严格的人，他能主动找你提升职加薪，那必定是你的表现真的很出色！既然如此，你怎么还这么为难的样子？是对奖励方案有什么不满意吗？'

"那倒没有。就是我想着能有机会在这里工作，都是因为你的帮忙，所以想要趁这个机会，表示下谢意……"

欲盖弥彰地把借口说完，他终于从口袋里拿了两张票出来："昨天和秦总聊完，他拿了两张音乐剧票给我，说是她女朋友给的。我反正就一个人，我妈又不爱看这些，就想着如果你明晚有时间的话，要不要和我一起去？"

话还没说，虞卿已经迅速打断了他："不要！"

陆聿一愣，拿着票的手不由自主地握紧了起来："哦……那就算了……"

虞卿笑嘻嘻地看了他一阵，这才慢条斯理地继续补充："我的意思是，如果只是为了表示感谢的话，我就不去了。毕竟我和秦朗的绯闻刚消停，我可不想惹麻烦。不过如果是约会邀请的话，我倒是可以考虑。"

陆聿眉头拧了好一阵，才满是无奈地开口："虞卿，你以后说话能不能不要大喘气？"

虞卿哈哈笑了起来，好一阵，才笑着补充："明天下午公司这边有场活动，季总要求我得在场，怕是得到晚饭时间才能结束。到时候我尽量早点儿走，然后打电话给你。"

"行！"陆聿笑着点头，"那就这么说定了，明天晚上我等你的消息。"

第十三章

陷阱

第二天，虞卿仔仔细细地整理好妆容后，提前半小时到达了活动现场。

季明原本正在入口的地方和相熟的媒体聊着什么，见她出现，呼吸骤然一窒，眼睛就此粘在了她的身上。

虞卿被他那直勾勾的眼神看得有些心烦，和媒体打完招呼后主动表示："季总，这里没什么事的话，我就先进去把需要宣讲的方案再过一遍，免得一会儿出现问题。"

"你也不用这么紧张嘛，你做事我向来放心的。"季明一边接着腔，一边狗皮膏药似的紧跟在她身后，"对了虞卿，今天怎么穿得这么漂亮啊？你知不知道你刚才出现的时候，我身边那几个记者眼睛都直了！"

对于他浮夸的赞美，虞卿只觉得反胃："季总过奖了。我就是为了表示对今天会议的尊重，简单收拾了一下，没你说得那么夸张。"

"简单收拾一下都这么漂亮，认真打扮打扮，可不得直接被星探挖走啊！"

像是没觉察到她敷衍又嫌恶的态度，季明依旧语气夸张地感叹着，眼见虞卿并不回应，又凑了过去："对了，一会儿活动结束了你有事吗？我知道有部新上的电影还不错，如果你感兴趣的话……"

"谢谢您啊！只是我今天有事，活动结束了就得走。"

没等他把话说完，虞卿就把他的邀请打断。

进入内场后，虞卿很快找到了相关工作人员，把需要投影宣讲的文件仔仔细细地又检查了一遍。

季明在她身边站了一阵，见她始终把注意力集中在工作上，丝毫没有搭理自己的意思，一时间也觉得无趣，只能无奈地坐回了自己的位子。

刚坐下去没几分钟，简洁也跟了过来，见他一脸兴致缺缺，却不时偷瞄着虞卿的方向，忍不住酸溜溜地笑："虞总果然永远不会让人失望啊！无论什么场合，都这么夺人眼球。"

听她语气带酸，显然心里甚是不忿，季明眼睛一瞪："你这又是怎么了？不是都和你说过了吗，你有把柄落在她手里，以后就消停点儿，真把她惹急了，连我都保不了你。"

"您的意思我明白，也就随便说说而已。反正她如今风头正盛，我也不能怎么样不是？"

简洁自嘲地笑了笑，却还是有点儿不甘心："我的事倒是无所谓，反正现在工作清闲，工资也没见少，还挺知足的。倒是您啊……一直对她这么关心提携，人家却好像不怎么领情哦？"

眼见季明脸色渐黑，显然这几句话正中他的痛处，简洁继续挑拨："对了，她和秦朗的事，您听说了吗？"

"她和秦朗能有什么事？不都是谣言吗？"季明有些烦躁地挥了挥，"再说了，秦朗都有女朋友了，那些事还不都是大家瞎起哄吗？"

"那可不一定哦！"简洁一脸笃定，"媒介部的那份数据报告是谁递到虞卿手里的，您不是不知道。就秦朗那种性格的人，如果两人不是真的有那层暧昧关系在，他至于多管闲事吗？虽然后来两人没在一起，但也不影响虞卿从他那儿拿好处不是？大家都是女人，又都在职场上混，她究竟是什么心思，谁还不知道呢？"

季明脸色一沉："你什么意思？"

简洁笑了笑："季总，我没什么意思，只是想提醒你，想搞定虞卿这样的女人，光靠默默付出可是不行的。你不主动踏出那一步，她可是能一直和你打太极呢……话我就说到这儿了，您自己好好斟酌！"

话音刚落，随着主持人的登场，所有人的注意力顿时都集中在了舞台上。

在场的商家虽说大都和优选集佳保持着长期的合作关系，但自从企业经受动荡，中高层大换血之后，还是第一次这样大规模地会集在一起，就未来的合作战略进行面对面的交流。

因此，当虞卿作为企业方的代表登台，就网站未来的发展战略和即将到来的圣诞大促销的相关政策做讲解时，每个人都集中精神，表现出了极大的重视和关心。

一个小时后，在一阵热烈的掌声中，虞卿结束了发言，对着台下的商家鞠躬致谢后，姿态优雅地退下了舞台。但商家们的议论，却没有因为她的退场而就此平息。

"老季，刚才这位美女就是你们公司新挖来的秘密武器吗？感觉挺厉害的嘛！不仅长得漂亮，肚子里也挺有料的，看来这钱没白花啊！"

"本来我以为你们优选集佳这次的活动也就是和老朋友们联络联络感情，没想到还真的搞出了不少新玩意。一会儿的酒会上介绍我们认识认识？有些东西我还想和她请教请教呢！"

"如果这次圣诞大促销真的能顺利进行，感觉优选集佳能重回电商的第一阵营了。到那个时候，怕是圈内同行得处心积虑地把人挖走，老季你可得未雨绸缪，对这名爱将多上点儿心……"

面对种种的调侃，季明一边打着哈哈，一边也有点儿心跳加速。

来自各个合作伙伴的赞誉和追捧，让他那颗对于虞卿原本就蠢蠢欲动的心，更加迫切地跳动了起来。

等所有环节全部结束，已经接近晚间六点。

在和一些态度热情的商家简单寒暄后，虞卿走到季明身旁，轻声开口："季总,今天的活动挺顺利的,各大商家对我们的圣诞方案都表现出了强烈的兴趣。我还有点儿私事,接下来的酒会就不参加了,至于后续的工作,我会安排同事做好对接的……"

"虞卿你别着急走嘛!"季明堵在她身前,并没有就此放行的意思,"你也知道,自从情人节事件以后,商家们对咱们公司一直抱着观望态度。今天的活动能来这么多人,公司上上下下都做了大量的工作。刚才好几个品牌方的老总都和我说,要在酒会的时候好好和你聊聊,你就这么走了,那不是很失礼吗?"

虽然从级别和职能上看,这样的场合应该是季明的主场,但一起工作了这么久,虞卿也知道对方也就是个夸夸其谈的主,在酒桌上搞搞关系还行,真要涉及到实际的工作内容,只怕也是一问三不知,只有帮添乱的份儿。

况且正如他所说,如今电商行业竞争激烈,优选集佳遭受重创之后,能把这么多知名的品牌请到活动现场,的确也是费了很大一番工夫。如果不能就此趁热打铁,把圣诞大促销时的合作意向敲定,只怕未来还会横生枝节。

思及此处,虞卿只能妥协:"行吧季总,那我先留下来,再和那些有疑虑的品牌方聊聊,等到七点再走。一个小时的时间做沟通,你看够吗?"

"够了够了,说白了很多客户也就是想和你认识认识,以后工作起来方便些,说不定都用不了那么久。"

见她同意留下,季明心中大喜,像是怕她改变主意一样,很快扬起了手:"杜总,你刚才不是让我把虞总介绍给你认识一下吗?赶紧过来喝一杯,咱们好好聊聊!"

接下来的一个小时,季明不断招呼着各方人马。而每个前来换名片的人,都会在他的怂恿下和虞卿干上几杯。虞卿虽然酒量不错,但这样喝下来,也感觉有些支撑不住,几次想要就此打住,都被季明不依不饶地纠缠着。

毕竟是商务场合,厚此薄彼的做法难免会让被拒者失了面子,等到虞卿终于意识到自己已经不知不觉地被季明架了起来,不得不应对所有品牌方时,已经被灌得头重脚轻意识模糊。

好不容易找了个借口躲开了众人的纠缠，虞卿脚步虚浮，正想着去洗手间里洗把脸清醒清醒，简洁不知什么时候跟了上来，很是关切地扶住了她。

"你怎么样了？感觉还好吧？"

"还行，洗把脸应该就没事了……"虽然简洁这突如其来的亲热让她有些意外，但虞卿还是礼貌地表示了谢意，"谢谢简总关心。"

"嗨！你就别和我客气了，这种场合上女人有多难，我是知道的。"

简洁一脸的善解人意，很快从包里拿了个小瓶子出来："看这架势，你一时半会儿也走不了，要不要先吃一颗解酒药？吃完就不会这么难受了。"

虞卿把瓶子接在手里，仔细看了看。

棕色的塑料瓶子上没有任何标签，也看不出到底是用来干什么的。

像是看出了她的疑虑，简洁很快解释："之前我带媒介部的时候，经常会遇到类似的情况。我酒量不太好，为了让自己舒服点儿，就请人从国外弄了点儿这种解酒药，效果还挺好的。本来想着今天有活动，免不了要喝酒，就带了点儿在身上，没想到自己还没用到呢，倒是先在你这里派上用场了。"

"多谢你了啊！"对方一片热情，语气又满是真挚，虽然对于这所谓的"解酒药"效用究竟如何心下存疑，但虞卿也不希望在两人关系刚有缓和的情况下再生间隙。于是很快拿了杯水，将药吞下，随即重重喘了口气。

去卫生间洗完脸后，虞卿感觉身上的热气散去了一些。本想打个电话给陆聿，然而简洁一直跟在身后唠唠叨叨地说个没完，实在是找不到合适的机会。

闲聊了一阵后，感觉时间也差不多了，她正准备跟季明打个招呼就离开，谁料刚一起身，一阵强烈的眩晕感让她瞬间又跌坐了回去。

简洁似乎也被吓到了，赶紧伸手扶住她："虞卿你怎么了？是不是哪里不舒服？"

虞卿摇了摇头，自己也不知道那种浑身无力的绵软感为何忽然会那么强烈，为了不让对方担心，只能咬牙安慰："没事，可能是酒的后劲有点儿大，感觉有点儿头晕。"

"你这样可不行,现场还有这么多品牌方的人在,真要是在这里醉倒了,那就太难看了……"

简洁的声音里满是焦虑,更加用力地扶紧了她的身体:"这样吧,这附近刚好有几家酒店,我扶你过去开个房休息一下,有什么事晚点儿再说。"

虽然这样下去,很可能会耽误和陆聿的约会,但事到如今,好像也没有其他办法了。眩晕之中,虞卿只能有些抱歉地冲她点了点头:"那就麻烦简总了。不过走之前还得麻烦你和季总说一下,请他帮忙处理一下后面的事……"

"行,这个你放心!"

简洁迅速起身,步履匆匆地走到季明身旁,小声交代了几句,随即小跑回来,搀扶着她一步步地走出了活动现场。

离开之前,虞卿无意间抬了抬头。

迷离的灯光下,她似乎看到季明远远地站在那儿,冲着她和简洁的方向轻轻笑了笑。虽然意识已经很模糊,但那个意味不明的笑容还是让她心里不自觉地紧了紧。

只是在这样绵软无力的状态下,她已经无力再深究了。

出了活动现场,简洁很快打了一辆车,扶着虞卿坐上去后,悄声报了个地址。虞卿原本以为只是在附近找个酒店休息,没料到还要在出租车里颠簸上一阵。想要仔细问问,又实在是没那个力气,于是只能一言不发地紧闭着眼睛靠在后座上,任由车辆向着未知的目的地前行。

十多分钟后,车子终于在一家酒店的大门前停下。

简洁将她扶下车,很快走进了大堂。

虽然浑身发软,脑子里也已经混沌一片,但基本意识还在。

感觉简洁进了大堂后没去前台那边办手续,而是直接拉着她走向了电梯厅,虞卿忍不住问道:"简总,我们不需要先办入住吗?"

像是没想到她状态如此混沌的情况下还有心情关心这些,简洁一时间也有点儿发愣,隔了好一阵,才勉强解释道:"事情是这样的,这间酒店的房间呢,本来是季总为他自己准备的……毕竟今天搞活动嘛,这么多品牌方到场,难免会多喝几杯,季总担心活动结束以后还有老朋友想续摊,闹得太晚醉醺醺的回家也不方便,所以提前让我帮他在这儿开了间房。没想到他那边没什么事,你倒是先用上了。"

听到"季总"两个字,虞卿本能地开始抗拒:"既然是季总定的,那就不方便用了。简总你看要不就麻烦再帮我开一间,不然我坐大堂沙发上休息休息也行。"

"那哪儿行啊!大堂这么冷,醉酒的人最怕吹风了,怎么着你也得躺一下啊!"

简洁看上去有点儿着急,劝了两句之后很快表示:"既然你介意,我就重新去给你开一间。我既然答应季总好好照顾你了,人都送到这儿了,哪有坐着不上去的道理?"

虞卿实在没精力多和她多争辩,身体又实在难受,听她愿意妥协,就点了点头,任由她走向前台去处理相应事宜。

几分钟后,简洁拿了一张房卡,将她送到了酒店顶楼的某个房间。

简单地叮嘱了两句后,她接了个电话,继而表示自己还有点儿工作需要回一趟活动现场,随即匆匆离去。

虞卿昏昏沉沉地倒在床上,倦意阵阵袭来。

然而惦记着和陆聿的约会,她又舍不得就此闭上眼睛。

躺了十分钟后,虞卿挣扎着去卫生间洗了一把脸。

身上的酒精味散去了不少,可是那种软绵无力,浑身都使不上劲儿的状况,却并没有因为冷水的刺激而消减,反而愈加强烈。

事到如今,虞卿意识到有什么不对劲了。她不是没有过醉酒的经验——通常情况下,只要不是彻底失去意识,喝上两口浓茶,洗把脸,再安静地躺上一阵,不适的状态就会逐渐减轻,而不会像现在这样浑身绵软,热烈奔涌着的血液却像是要挣脱血管的束缚一般,让她身体一阵阵地燥热。

回想起酒会开始后季明不断找着各种理由给她灌酒，以及那颗可疑的"解酒药"，虞卿越发觉得不安，勉强平复了一下呼吸后，她把手机拿了出来，刚想给陆聿拨个电话，手机就先一步响了起来。

"喂，虞卿，你那边的活动结束了吗？"话筒里的声音听上去格外温柔，让她燥热的心也跟着平静了不少，"想着你忙，就一直没打扰你。不过现在音乐剧都快开场了，所以就问问你那边怎么样了？"

"活动应该差不多结束了，不过我没在现场……"

虞卿轻声回应着，尽量让自己的声音听上去没那么虚弱："酒会上我被逼着喝了点儿酒，现在不太舒服，所以简总找了个酒店，让我先休息一下。"

"你在哪家酒店，要不我这就过来找你？"

"哪家酒店？你等我看看啊……"虞卿一边说着，一边挣扎着四下看了看，正想找个带酒店标志的酒水单辨别一下自己究竟身处何地，随着"滴"的一声响，房间门忽然被人刷开，紧接着，有人悄无声息地走了进来。

万万没想到居然会有人在不曾敲门的情况下闯入酒店房间，虞卿大惊，立马疾声问道："谁？服务员吗？房间现在不需要清扫，请你马上出去！"

来人置若罔闻，很快将门关上。

紧接着，随着一阵重重的脚步声，季明半眯着眼睛站在了床尾。

虞卿只觉得浑身寒毛倒竖，下意识地捏紧了手机，口气里满是严厉："季明，你怎么会进来的？"

"我为什么不能进来啊？这可是我定的房！"季明哼声笑着，似乎觉得她的质问很有趣，"倒是我要问问你啊……你为什么会在我的房间里，还躺在我的床上？"

虞卿脑内乱成一团，一时间也无法判断这究竟是简洁情急之下闹出的乌龙，还是两人联手设下的套。

眼下季明一脸醉意，直勾勾地看着她，虞卿也实在无心和他多啰嗦，当即跌跌撞撞地起身，低声说了句"抱歉"，拿起外套就想往外走。

刚走到玄关，她的胳膊忽然被人牢牢扯住，紧接着，季明将她拉进了怀里，嘴里不清不楚地嘟囔着："你既然来了，就别着急走嘛，平时我约你你总说忙，要不就趁今天晚上，我们好好聊聊？"

被一个满身酒气又高大强壮的男人用力压制着的感觉是如此可怕，虞卿奋力挣扎着，却始终挣脱不开，情急之下，她举起手机，狠狠砸向了对方的脑袋。

一声闷哼后，季明后退了半步，继而像是被彻底激怒了一般，劈手抢过她的手机，狠狠摔到了角落。原本处于通话状态的手机里隐约还有焦急的询问声，然而随着那重重一摔，那点儿声音也很快消失了。

"虞卿你究竟什么意思！平时我对你还不够好吗？你想要资源，我跑上跑下地在吴总那里帮你争取，你看简洁不顺眼，我二话不说就让你取而代之。现在你主动进我房间了，却在这里推三阻四假正经，你耍我玩是不是？"

虞卿被他狠狠拽住，已经彻底没有了逃跑的机会，继续争执下去，也只能让对方更激动，于是她很快强迫自己冷静下来，尽力解释道："季总，我没有要耍你的意思。你是领导，我向来对你很敬重，但从来没有过任何其他想法。至于今天……这间房间是简总带我过来的，我的确不知道这是你的房间，如果给你带来任何困扰，我向你道歉，但是也请你冷静一点儿，不要因为误会，闹得大家不愉快……"

"你这是在威胁我？"季明嗤笑一声，满脸都是不屑，"且不说这到底是不是误会，就算我不冷静了，你又能拿我怎么样？还有……别在我面前假惺惺地做出这副清高的样子，为了让秦朗帮你办事，你就能和他不清不楚，我季明难道还比不过他？"

"季总，你误会了……"虞卿还待再说，季明却已经彻底失去了耐心，抓着她肩膀的手猛的一使劲，将她推倒在了床上。

场面已然彻底失控。任凭虞卿再是能言善辩、心思机巧，面对这样一个完全失去理智的男人，也是彻底慌了神。

季明扯下领带扑上来之前，她拼着最后的一点儿力气滚下床去，一边抓着床头柜上的电话狠狠扔向对方,一边跌跌撞撞地冲进了洗手间,迅速藏了进去。

刚刚把门关上,手指颤抖想要将锁拧紧,一阵重重的撞击让她身体狠狠一抖,顺势跌坐在地上。

门外的季明在酒精和欲望的刺激下不管不顾地一下下撞着门,像是即使把门撞烂,也要把她拉进地狱似的。

一下,两下,三下……

虽然已经拼尽了全部力气死死抵抗,那扇薄薄的木门还是很快被撞开。季明已然在这场激烈的追捕游戏中失去了耐性,刚把身子挤进去,就一把抓住了她的衣领,一边捂着她的嘴,一边动作粗鲁地将她向外拖。

虞卿死死地咬着牙,在力气尽失的情况下依旧坚持着最后的反抗。纠缠了好一阵后,她的手腕被领带绑住,重新被扔上了床。

在对方欺身向前的同时,虞卿极力压制着声音里的颤抖,最后尝试着警告他:"季明,你可要想清楚,我再怎么无足轻重,也是长风集团推荐,吴总亲自面试后进公司的。你今天如果一定要强迫我,我是无法反抗。可是一旦我走出这个房间,你知道结果会是什么!你在职场上打拼到现在也不容易,有钱有地位也不缺女人,你真的打算为了一时冲动,让这些东西都付之东流吗?"

一个古怪的笑容浮现在了季明的脸上:"你这是在威胁我吗?还是说你以为凭你就能把我怎么样?虞卿,我不怕告诉你,这种事我遇得多了。就凭今天这个房间是我定的,你莫名其妙地住了进来,谁会不怀疑你是为了勾引我主动投怀送抱呢?到时候真查起来,你猜简洁她会怎么说?"

简洁?虞卿先是一惊,随即被巨大的愤怒所盈满。

没等她再多想,季明已经轻佻地勾住了她的下巴。

"虞卿你知道我最喜欢你什么吗?就是这股什么时候都不服输的劲儿。不过你放心,过了今晚,无论你有什么要求,都可以尽管提。但如果你想要打官司或者去公司闹一闹找我麻烦的话,我也一定会奉陪到底……"

话音未落,房门忽然被急促地敲响。紧接着,就是重重的撞击声。

虞卿眼睛一亮，奋力抬起身体，想要借机呼救求援，却被季明先一步用枕巾捂住了嘴。意识到如果不去开门，服务员也会被闹出的动静引上来后，季明瞪了瞪眼，骂骂咧咧地走到门边："这谁啊？大半夜的怎么没完没了的……"

话还没说完，随着房门被拉开，忽然一声惨叫传来。

紧接着，季明的身体腾空而起，被人狠狠地踹倒在了地板上。

拳头砸中肉体的声音很快响了起来，听上去让人胆战心惊。

愤怒的喘息和惨烈的呻吟声里，渐渐浮上了一股刺鼻的血腥气。

等到呻吟声彻底停止，季明一摊烂泥似的瘫软在地，已不知是死是活。

房间里就此安静了下来。

陆聿迅速走到床边，将塞在虞卿嘴里的枕巾扯开后，他小心翼翼地碰了碰她被暴力对待后满是指痕的脸，声音里带着哽咽："虞卿，你还好吗？"

虞卿看着他，许久没有说话。

在经历了这场惊心动魄的风暴之后，她需要多花一点儿时间去分辨眼前的人究竟是真实存在，还是仅仅是幻觉。许久之后，她费力地抬起了手，像个饱受委屈的小孩一样，做出了一个索要拥抱的姿势。

"陆聿，我不想待在这里……你带我回家。"

回程的路上，虞卿蜷缩在陆聿的怀里，身体一直在轻微地颤抖，脸也在夜风的吹拂下，越发滚烫潮红。

虽然满心焦虑，但陆聿也不方便多问什么，只能不断轻拍着她的脊背，一边轻声安抚，一边催促着司机开快一点。

好不容易到了小区门口，虞卿连下车的力气都没有了，只能任由陆聿将她背在背上，一步步地走向家门。

进门之后，陆聿连鞋都顾不上换，很快把她抱进了卧室，随即去洗手间里拧了一块湿毛巾，将她裸露在外的脸颊、脖颈、手臂细细地擦拭干净后，才轻声问："你现在感觉怎么样？需要去医院吗？"

虞卿双手紧抓着被角，呼吸依旧急促，努力平息了许久，才勉强笑了笑："还行……比之前要好些了,看样子药效应该是快过去了。"

陆聿一怔:"药效?你吃了什么药?"

"具体我也不太清楚。不过在我去酒店之前,简洁打着送解酒药的名义,特意拿着一瓶药在我面前献殷勤,我猜那药应该是有问题的。"

今晚的事看上去像是早有预谋。

陆聿呼吸一窒,咬了咬牙,脸上却依旧保持着平静:"既然感觉好些了,你就赶紧睡一会儿,其他的事,等休息好了再说。"

"那你呢?是不是我睡了以后,你就要走了?"

"不是。"

见她目不转睛地看着自己,陆聿赶紧安抚:"我就在外面客厅,你有什么事随时叫我就行。"

"可是你也折腾这么久了,要是没法好好休息,我过意不去。"

"我没事,困了睡沙发就行。"

"可我家里没有多余的被子。"

这个借口听上去实在太牵强了,可在她直愣愣目光的注视下,陆聿一时竟也没有办法继续反驳下去。

沉默半晌,他脱掉了外套,安静地在虞卿身旁躺了下来。

房间里的灯很快被关上。

沉沉的夜色里,耳畔的呼吸逐渐变得绵长。就在陆聿以为虞卿已经彻底熟睡时,一只手慢慢伸了过来,试探性地碰了碰他的手背。

陆聿怔了怔,反手握了回去,将她的手紧紧握在了自己的手心里。

"你怎么还没睡?是有哪里不舒服吗?"

"不是……只是你在我身边,我舍不得这么早睡……"虞卿轻声解释着,慢慢把身体侧了过来,"陆聿,我记得和你通电话的时候,还没来得及说地址季明就闯进来了,你是怎么找到我的?"

陆聿犹豫了一下,还是坦白交代道:"当时我听到你在电话里呵斥季明,就觉得事情不太对劲，发现没办法再联系上你以后，我想着简洁和你们一起去的活动现场，就给她打了个电话想问问情况。结果她一直顾左右而言它，不停地问我找你和季明有什么事，我觉得她态度可疑，就没再理她，直接追踪了你的电话定位……"

"追踪我的电话定位？"虞卿一时间没反应过来，"可是我的系统密码你是怎么知道的？"

"好吧……"虞卿笑了起来，"这个问题，我问得挺傻的。反正只要你愿意，我在互联网上的一切数据，对你来说都不是秘密。"

"你是不是生气了？"陆聿紧张起来，也把身体侧了过去，"我知道这样做侵犯了你的隐私，但是当时的确也想不到更好的办法……"

"我知道你是好心，不会那么矫情，这种时候还要生气。"虞卿说着把头埋进了他的怀里，"陆聿，你能不能告诉我，类似的事情，之前是不是也发生过？"

"什么？"虽然隔着衣服的布料，但是虞卿身上的温度还是让他心跳如鼓，一时间，就连呼吸也乱了起来。

"我的意思是，我从T大离开以后，你有没有像今天这样，因为什么不得已的原因，做过类似的事情？"

这句话里试探的意味实在太明显了。那一瞬，陆聿几乎可以肯定，虞卿已经觉察到了那些年他失联的原因。

只是眼下，虽然生活已经重新走上了正轨，他却并没有完全做好在虞卿面前坦白过去的准备。此时此刻，也并不是一个坦白的好时机。

考虑了一阵后，陆聿轻声开口："关于我的事，我知道你一直在担心。不过今天太晚了，又发生了这么多事，你还是先好好休息。找机会我再慢慢告诉你，好不好？"

"好！"虽然并没有听到想要的答案，但这么久以来，陆聿第一次表露出了愿意交流的意愿，已经十分不易。聊了一阵，虞卿也的确累了，轻声说了句"晚安"之后，很快闭上了眼睛。

眼睛重新睁开时，窗外已然天色大亮。虞卿刚想起身看看时间，却发现自己正蜷缩在陆聿怀里，紧抱着对方的手臂。

像是感觉到她的动作，轻柔的声音很快在耳畔响了起来："你醒了？感觉好点儿了吗？"

"已经没事了，谢谢……"虽然只是字面意义上的同床共枕，并没有发生任何实质性的亲密举动，但如此近距离的情况下被对方温柔以待，虞卿的脸还是迅速涨红了起来，说话也变得有点儿磕磕巴巴，"你是不是早就醒了？怎么不叫我？"

"我想让你多睡一会儿，怕吵到你，所以就没敢动。"陆聿一边说着话，一边迅速下了床，背对着她，动作有些僵硬地将外套穿好，低头进了洗手间。

等他洗漱完毕，虞卿也已经穿戴整齐，目光怔怔地坐在客厅里，像是在认真思考着什么。见他出现，她迅速收拾好脸上的表情："从昨晚把你耽误到现在，实在是不好意思。不过也快到中午了，你是现在就走，还是先点个外卖，吃完午饭再回去？"

陆聿有些意外："你的意思是……让我现在就走？"

"不然呢？"虞卿笑了笑，"你在外留宿一晚没回家，阿姨想必该着急了。"

"这你不用担心，昨天回来的车上，我已经跟我妈交代过了。只是……"

他犹豫了一下，还是直接问了出来："虞卿，昨天的事，你不准备报警吗？如果你觉得不方便，我可以陪你一起……"

"不用了。报警的事，我还想考虑考虑。"

"为什么？"

"因为这件事真的要追究起来，可能没那么简单……"

虞卿微微叹了口气，显然已经仔细考虑过这个问题了："昨天发生的事，显然并非临时起意，季明既然提前做了准备，必定会和简洁串通，准备好相应的说辞。而且因为你及时出现，我其实也没有受到什么实质性的伤害，到时候在警方那里争辩起来，一时半会儿很难说清，很可能还会为了取证调查，闹到公司，到时候会有什么影响，就很难说了。更重要的是……"

"是什么？"

"算了，没什么。"虞卿看着他，像是急于要结束这个话题，"反正今天也不上班，你就让我好好想想，如果最后决定要报警的话，我会请你帮忙的……"

"虞卿！"陆聿有些突兀地打断了她，"如果你是出于保护自己的名誉不想惹麻烦，或者是因为不希望这种风波影响公司的正常运营，我都可以理解，并且支持你的决定。但如果你犹豫的原因是我……那其实大可不必。季明伤害了你，就应该受到相应的惩罚，就算他运气不好，真的被我打残了，警方那边该怎么办就怎么办，我也没什么后悔的。"

虞卿张了张嘴，想说点什么，却终究没有开口。

事发突然，陆聿情急之下出手没个轻重，季明被他揍得半死不活，如今究竟是个什么情况，他们都没有把握。

一旦他们选择报警，无论结果如何，以季明的为人，必定会把陆聿一起拖下水。虽说事出有因，对于陆聿急于救人而产生的暴力行为警方会酌情处理，可一旦追究起来，就极有可能会翻出他曾经服刑的案底。

无论陆聿是否已经做好了准备，但如果因此而打破了他眼下的平静生活，这并不是虞卿想要看到的。所以最后，她依旧只是笑了笑："好，你的意思我明白了。关于报警这件事，我会认真考虑的。"

第十四章　故人

接下来的一个星期,季明都没有在公司里出现。

也不知道是被痛打之后伤势太重进了医院,还是冷静下来之后自觉龌龊,没脸回公司见人。

他一消失,简洁也没了在办公室里独自面对虞卿的勇气,于是再次以"身体不适"为由躲回了家里。

反正平日里季明这个副总裁正儿八经地在公司待着办公的时间也不多,简洁丢掉了媒介部总监的身份后,在日常业务的推进上,也变得可有可无,两人齐齐消失,并没有引起同事们太多的关注。此外,虞卿那边也有条不紊地保持着正常的工作节奏,没有就酒会当天发生的事惊动任何人。

虽然她表现得一派平静,但秦朗多少还是收到了一点儿风声,趁着某天的午饭时间,他特地找了个机会试探:"上周五你和季明去参加的那个活动上,是不是出了什么事?"

虞卿一时间摸不清他的用意,也不想将事情宣扬开,她不动声色地接道:"你怎么这么问?"

秦朗解释道:"季明这不是一直没来上班吗?我又有事急着找他,所以给他打过几个电话,顺便问候了一下,但他态度支支吾吾的,也不知道究竟在干吗,我就觉得有点不对劲。今天早上我去吴总那里汇报工作，中途随口聊起，才知道他好像是因为什么事进医院了。"

"人吃五谷杂粮，进个医院倒也不稀罕。"

虞卿闻言满是嘲讽地笑了笑："就是不知道季总进个医院而已，有什么好支支吾吾的？"

"这事说起来是挺奇怪，依照季明平时的作风，伤风感冒都恨不得让公关部出一个因公成疾的新闻通稿，现在真的进医院了却瞒得这么紧，除了吴总那边谁都没告诉……"

"看不出秦朗你还挺关心他的嘛，怎么，想去详细了解一下病情？"

"我了解他的病情干吗？"秦朗有些无奈地瞪她一眼，"不过我也给你透个底，季明没来的这几天，找了人事部门调陆聿的档案和考评资料。"

"什么？"这个消息的确出乎意料，虞卿一时间也有点儿惊愕，"他调陆聿的档案和资料干什么？"

"这谁知道呢？而且这件事他瞒得挺紧的，直接把电话打到了分管人事的总监谭卓那里，让他私下调取的。也就老谭平时和我有些来往，觉得我是陆聿的直属上司，这事得知会我一下，我才收到了这个消息……"

他顿了顿，观察了一下虞卿的脸色，才继续说道："季明上周五都好好的，周六和你去参加了那个活动，立马就病了。而且周六那天晚上的那场音乐剧，我知道陆聿约的人是你。但是我听女朋友说，给你俩留的特等席，一整个晚上都空着，所以我才特地过来问问你，是不是出什么事了。"

作为一个思维缜密的理科生，秦朗这一套推理逻辑严谨。

虞卿也不准备再否认，于是很快点了点头："是。季明之所以进医院，是被陆聿给打了。"

"什么？"

秦朗大吃一惊："陆聿平时性格挺低调的，怎么会忽然动手？季明究竟怎么惹到他了？"

"季明没惹他，陆聿会动手是因为我。"

"因为你？"

"嗯……"

见她没有要继续解释下去的意思，秦朗也知情识趣地没再追问："既然你不方便说，我就不再问了，只是就季明现在的举动来看，他必然不会轻易放过陆聿。不过他既然被打成那样也没选择报警，大概也是知道自己理亏，有些投鼠忌器，所以你也不用太担心。"

虞卿想了想："秦总，你能不能帮我去老谭那里探探，季明他究竟要陆聿的资料干什么？"

"行，这事就交给我。陆聿进公司以后的表现一直不错，无论是转正评估还是月度考核，都是我亲自做的。有我这个直属上司担保，季明就算想找他茬，只怕也没那么容易。"

"行，那就谢谢你了。"

虞卿一边道谢，一边笑了笑。

但不知为何，即使有了秦朗的保证，她心里却始终隐隐有些担忧。

周末结束之后，季明终于出现在了公司。

只是和平日里见到谁都笑嘻嘻打招呼，平易近人又风度翩翩的模样不同，经历了医院七日游的季明看上去脸色铁青，目光里一片杀气腾腾。

原本想要嘘寒问暖问候一番的同事们眼见如此，都识趣地闭了嘴，一个个低头伏案认真工作，没有人敢去他面前自讨没趣。

只有陆聿在听到他出现时，拳头紧了紧，目光落到他的身上时，发出了一声冷嗤。

季明先去人力资源总监谭卓的办公室里待了半个小时，谈话结束后，就拉着对方一起，敲开了CEO（首席执行官）吴行办公室的大门。

虞卿暗中观察了一阵，也不知道他究竟在搞什么鬼，于是特意通知了部门秘书，一旦吴行那边有什么动静，立马就来通知她。

交代一番后，虞卿还是有些不放心，前思后想了好一阵后，部门秘书忽然来敲门："虞总，好像有点儿不对劲，人事部门的同事刚刚来找了陆聿，好像说是要把人直接清退了。"

虞卿一下站了起来："清退？为什么？"

"这个还不清楚。不过秦总听到这个消息好像也挺生气的，和人事那边的同事争执了几句，现在和陆聿一起去了吴总的办公室。"

陆聿站在CEO办公室的正中央，眼睛微垂着没说话。

身边的秦朗却是从冲进办公室的第一瞬起，就直接冲着谭卓开始质问："谭总，你说的清退是什么意思？陆聿在我的部门里干得好好的，我正准备提报告给他升职加薪呢，你忽然招呼也不打一个，直接派人过来赶人，究竟搞的是哪一出？是不是也该给大家一个解释？"

"秦总你别急嘛，我没有不尊重你的意思……"

谭卓显然也有些尴尬，一边赔笑脸，一边偷瞄着身旁的季明："我这也是接到了季总的投诉，经过仔细评估之后，发现陆聿的确是有严重的违规行为，所以才按照公司的规章办事的。"

"违规行为？什么违规行为？"秦朗很快打断了他，"作为陆聿的直属上司，他的工作情况我很清楚，不知道是哪里违规，严重到必要的流程都不走，就立马要清退？"

"什么违规行为？他难道心里不清楚？"

这一次，没等谭卓开口，季明满是不耐地一拍桌子站了起来："他为了泄私愤，对公司领导动手，直接把我打进了医院，导致我这一个星期的工作都被耽误，这还不算严重违规？现在只是清退他而已，没报警把他抓起来已经很客气了，他还有什么不清楚的？"

"泄私愤？"秦朗一声冷笑，转头看向陆聿，"你究竟是泄什么私愤，要对季总动手，趁着几位领导都在，把话说清楚。"

等在一旁的谭卓也正因为这么个没头没脑的指令而头疼，听到秦朗发问，赶紧点头："是啊！陆聿你究竟为了什么要对季总动手，赶紧把话说清楚。如果中间有什么误会，就好解释解释。"

陆聿咬着牙，却始终没说话。

事情已经过去了一个星期，虞卿的态度却一直暧昧不明，既没有报警，也没有要找季明麻烦的意思。

虽然不知道究竟是为了什么，但被人骗进酒店意图施暴，毕竟不是什么光彩的事。真要传扬出去，以季明的无赖，再加上简洁的推波助澜，必定会让传闻多出无数个版本。

虞卿会遭受多少恶意的揣测和诋毁并不难想象。

季明大概正是吃准了这一点，才会这么肆无忌惮地来找他的麻烦。

"陆聿，你说话呀！"

看他半天不吭声，秦朗也有点急了："之前虞卿告诉我，你之所以会动手，是因为……"

"我会动手，是因为看他不顺眼。"

没等秦朗说完，陆聿迅速打断了他："公司该怎么处理，就怎么处理吧。"

"既然这样，那谭总你就按照老季的意思办吧……"

为了这么个事闹了一个早上，吴行早就已经头晕脑涨。作为公司的执行总裁，虽然他也明白陆聿那句"看他不顺眼"大抵只是个借口，背后一定藏着什么不为人知的原因，但季明如今被打是事实，他亟待找人出气泄愤的心情他自然也明白。

相较之下，陆聿不过就是一个最普通的基层员工，来公司的时间也不长，虽然因为几次的突出的考评成绩，在他心里留下了点儿印象，但显然不能和季明这个在公司根基深厚的副总裁相提并论。

如今对方不吵不闹，对于开除清退这个处理结果也没什么异议，吴行也算是松了口气。对谭卓交代完后，他正想对秦朗再加以安抚，办公室的门忽然敲响，紧接着，虞卿走了进来。

目光相触的那一瞬，季明像是被什么东西烫到一样，下意识地扭过了头。在意识到了自己不能就此示弱后，又把头恶狠狠地转了回来。

虞卿懒得理他，直接冲着吴行点了点头："吴总您好，听说陆聿的事闹到了您这里，作为他入职时的推荐人和曾经的校友，我过来了解一下情况，不知道现在怎么样了？"

对于虞卿，吴行向来很是欣赏，听她发问，很快表示："虞卿，陆聿他动粗，对季总造成了人身伤害的同时也影响到公司的正常运作。所以大家讨论之后决定给予开除处理。"

"那打人的原因您知道了吗？"

"这个陆聿倒也没具体说，不过同事之间无论有什么矛盾，也应该沟通解决，动手打人这种事，再怎么说都是不对的，你说是吧？"

"哦？既然陆聿不说，那就我来说吧……"

虞卿笑了笑，在季明难以置信的注视下，朗声开口："上周六我和季总去参加了一个活动，活动快结束时，季总和简总设计将我灌醉，并在我不知情的情况下，将我送到了他事先定好的酒店房间里，意图不轨。因为收到了我的求助，陆聿才会在情急之下和季总动手。如果他要被开除的话，那季总的行为又该怎么算呢？"

虽然事先有所猜测，但如今虞卿毫不遮掩地说出来，还是让秦朗目瞪口呆地愣在了那里，随即低声爆了句粗口。

坐在沙发上的几位高管面面相觑，脸上的表情也都尴尬了起来。

"你少在这儿胡说八道。"

季明原本以为这一周时间虞卿都没什么动静，必然是碍于自己的权势投鼠忌器，不想把事情闹大，却没想到此时此刻居然会当着这么多高管和同事的面揭了他的底。惊怒交加之下，他跳了起来，厉声辩解道："吴总，今天这事我原本不想闹成这样，但是被人这么栽赃我也不得不多说两句。活动那天，我是定了间房，原本准备在活动结束以后，和虞卿、简洁他们一起去喝酒庆祝的。结果简洁临时有事先走了，就剩虞卿一个人先去了房间。我也不知道哪里得罪了她，她忽然就翻脸了，不仅莫名其妙地和我发生了冲突，还把陆聿给叫来，不问青红皂白就动了手……"

"季明你还能要点脸吗？"

虞卿没想到事到如今他居然还能编出这么一番"庆功"的说辞，差点儿都被气笑了："我和你喝酒庆祝？你想得还挺美。"

来不及理会她的嘲讽，季明依旧看着吴行："吴总，你也知道我平时和虞卿关系不错，在一起喝酒吃饭都是常事。而且简洁可以作证，当天的房卡就是她帮我拿给虞卿的。她要是不愿意的话，大可不必进去，既然进去了，现在又来说这些，这不是栽赃是什么？"

"季明你混蛋！"虞卿完全没想到对方身为一个副总裁，居然能这么颠倒是非，满口谎言，当即怒声呵斥，"当晚我让简洁帮我开了另外一间房，是你们处心积虑设计，才把我带进了你的房间。知道情况之后，我立马表示要走，是被你纠缠强行留在那儿的。简洁根本就是你的帮凶，现在居然还想把她摆出来当证人？"

"虞卿你究竟闹够了没有！"事到如今，季明已然骑虎难下，为保颜面，只能无赖到底，"我知道你对简洁一直有心结，但也不能为了报复我，就把她也给牵连进去。你说简洁和我勾结设计你，你有什么证据？"

"证据"两个字一喊，虞卿顿时哑然。

细细想来，无论是当时简洁递给她的那颗可疑的"解酒药"，还是阳奉阴违将她送进季明房间的行为，在没有第三者见证的情况下，似乎都找不出什么"铁证"。但自己出现在季明的房间里，却是实打实的。

如此一来，对于吴行这样不明就里的旁听者而言，整件事的确变成了一桩各说各话的罗生门事件，自己究竟是受害者，还是恶意栽赃，在不同人的眼里，大概各有可能。

见她忽然哑声，季明暗暗松了口气，正待坐下，陆聿忽然踏步上前："你要证据是吧？我可以作证。"

季明一惊："什么？"

陆聿口气平静："我是说，无论是人证还是物证，只要你想要，我都可以给你。"

季明重重地喘着气，在他坦然平静的注视下，一时间也有点儿心虚。

片刻之后，他像想起了什么一样，瞬间暴起："你作证？你凭什么作证？陆聿你别以为别人不知道你的底细，你一个蹲过监狱的犯罪分子，通过虞卿的关系才进了公司，都不知道私下里做了些什么偷鸡摸狗损害公司利益的事，居然还好意思在这里说作证？"

在他一声比一声高亢的咆哮声里，陆聿的面色瞬间变得惨白，下意识地向后倒退了一步。

一片诡异的沉默里，虞卿也终于明白过来，在季明住院期间，一直向人力资源部门讨要陆聿的档案，究竟是要干什么了。

自掌舵优选集佳以来，吴行从来没有因为人事的事情这么头疼过。

和季明共事这么多年，对方究竟是个什么德行，他不是不清楚。尤其是在男女关系和私生活方面，季明惹出来的麻烦也不是第一次闹到他面前。

只是毕竟念着共同创业的旧情，对方又在公司根基深厚，真要下了重手加以惩戒，必定会让好不容易喘过气来的公司再次伤筋动骨。

尤其是在长风集团介入之后，企业的人才结构和人员稳定性也是对方的重要考核标准，如果在这个时候出了什么岔子，后续的合作怕也是困难重重。

事情闹到现在，背后的真相究竟如何，他其实已经有了判断。

只是权衡利弊之后，迅速转移掉事情的矛盾，不让季明处于风口浪尖，才能让事情有缓冲的余地。

主意打定后，吴行没再犹豫，很快站起身来，眼睛直视着陆聿："小陆，关于你入职公司的事，之前覃总报到我这里走过特批，所以虽然平时的工作上我们交集不多,但对你我还是有印象的。只是公司虽然看重人才,对于在某一方面有所专长的员工可以忽略学历上的要求,但在品行方面,我们还是很严格的……刚才季总提到的那些情况,我记得在你的简历里并没有提及,所以现在你是不是可以解释一下,究竟是你刻意隐瞒了这部分经历,还是中间有什么误会呢?"

没等陆聿接话,虞卿冷声一笑:"吴总,我们正在讨论的难道不是关于季明设计试图侵犯我的事吗?这和陆聿经历过什么,简历上写着什么究竟有什么关系?"

"当然有关系!"

眼见风向掉转,季明一声怪笑:"他撒谎隐瞒自己坐过牢的事,违背了公司的招聘原则。优选集佳怎么说也是行业内有头有脸的公司,怎么可能录用一个有污点的人。虞卿,你作为他的推荐人,这些事究竟是不知情还是帮着刻意隐瞒,我也很怀疑。如果不是我拿到了他的简历档案,托关系细细地查证了一下,还不知道公司里藏着这么颗毒瘤……"

"你闭嘴!"眼见他煽风点火,越说越过分,虞卿也跟着愤怒了起来,"好!就算陆聿之前有过什么不好的经历,可他在公司的表现是有目共睹的。你这样一再污蔑他,处心积虑地想把他开除,究竟是想干什么?"

"那就要问问虞总你了!"季明越发得意,挑眉看着她,"我之前也一直很奇怪,虞总你一个运营部的总监,为什么要费那么大的劲儿往风控部门塞人。后来我才想明白,有了这么一个得力的帮手,公司里里外外的信息数据,哪一个不被你尽在掌握?之前你拉拢秦朗对付简洁,成功接手了媒介部门,现在又杜撰出这么一出莫须有的事,想利用他来找我麻烦,是不是我这个副总裁被排挤走了以后,你就有机会往上爬了?"

这几句话实在是太诛心,别说秦朗脸色铁青,就连一直在旁边没吭声的谭卓都忍不住皱了皱眉头。

虞卿更是被气得冷笑连连:"我怎么想不重要,倒是季总你,你直管的媒介部门之前和流量贩子勾结，侵害了公司多少利益，你又知不知道？现在还觉得委屈了？"

"行了！"争执之中，公司内的丑闻被一桩桩一件件地抛到眼前，吴行的脸上也有点挂不住，眼见季明还要说话，赶紧摆了摆手，"事情闹到现在，你们各执一词，就算要处理，我也得认真消化消化。现在差不多也到午饭时间了，大家先休息，具体处理结果如何，等晚一点儿再说！"

虞卿知道这件事波及面太大，要让吴行当场表态也不现实。更重要的是，陆聿的往事在这样的情形下猝不及防被曝光，必定也亟待安抚，因此听吴行叫停，她也没再反对。

正值午饭时间，大办公区里来来往往的到处都是人，虞卿一时间也没找到合适的机会和陆聿私聊，只能先一步回了自己的办公室。

等了十几分钟，感觉外面的动静声渐小，她正想给陆聿打个电话，秦朗却先一步冲了进来。

"你怎么样？看这架势，你是打算和季明彻底撕破脸了？"

"和他撕破脸是迟早的事，之前我也就是碍于陆聿，才没找他麻烦。"

虞卿深深叹了一口气："不过我没想过季明这么能耐，居然在短短一个星期里，就把陆聿之前的事给翻出来了。"

提起这个，秦朗的脸色也变得有点难看："这件事知道的人并不多，也不知道是从哪里被他挖到了线索。不过既然被季明抓住了把柄，只怕不把陆聿弄走不算完……你接下来有什么打算？"

虞卿皱着眉："首先，陆聿打人是事出有因，真要追究起来，也是季明有问题在先。其次，就算陆聿之前犯过事吧，可自从进公司以后一直表现良好。而且公司的招聘章程上，并没有规定有过案底的人不能录用，我想不到公司能用什么理由把他开除。"

"虞卿你别太天真了，优选集佳再怎么说也就一私企，要开个普通员工，还不就是高层一句话的事？这事闹到现在，摆明了就是季明恼羞成怒，要从陆聿身上找补,就算吴总心知肚明是怎么回事,为了公司的稳定还是会偏向季明的……"

他顿了顿,继续补充:"而且陆聿对他过去的事一直严防死守,想来是介意得很,如今被季明这么一抖出来,只怕就算你有心留他,他自己都不肯再待了……"

因为激愤,虞卿之前把心思都放在了如何驳斥季明那些谎话连篇的荒唐论调上,并没有仔细琢磨陆聿的心情。经秦朗这么一提醒,禁不住心下一乱:"他和你说什么了吗?"

"那倒还没有。不过我看他脸色不太好,本来说找他聊聊,结果去了老谭儿那一趟,回来就没见他人了。"

"行,谢谢你了。晚点我会好好劝劝他的。"

秦朗走了没多久,虞卿拨通了陆聿的电话,铃声响了很久,却始终无人接听。心惊之下,虞卿忍不住去他的工位转了转,直到发现他的钱包和钥匙都还在桌上,并没有就此一走了之,这才略略放下心来。

到了下午上班时间,虞卿斟酌良久之后,拨出了一个她原本从未打算要拨打的号码。

在这通电话聊完以后,微信上属于陆聿的那个头像闪了闪,紧接着,一条带着链接的信息被推送了过来。

虞卿来不及去点开那个链接,迅速把语音电话拨了过去:"陆聿你在哪儿?"

"公司附近,一家咖啡厅。"

"需要我去找你吗?"

"找我干什么?"

听筒里传来轻轻一声笑:"我事情做完了,现在准备回来了。"

"哦……"

虞卿顿时松了一口气,这才有心情关心其他事:"你去咖啡厅干吗?还有,你刚才给我的链接是什么?"

"周六活动现场和酒店监控录像，我刚去后台各自调取了一份，上传网盘以后发给了你，接下来就算我的证词不被信任，这些东西，应该也可以当作证据……"

还没等虞卿接话，他很快轻笑着补充："我知道你想说什么，未经允许私自侵入对方后台调取资料的行为是不合法的。季明大概也就是吃准了这一点，才有恃无恐地往你身上泼脏水。可是事情反正都这样了，你也就别再多想了，该承担的结果，我会自己承担的。"

"你是打定主意要走了吗？"虞卿打断了他，"陆聿，你听我说，这件事目前为止还没有定论，吴总那边也未必就一定会保季玥。至于其他的事……我们可以事后再聊的。"

"嗯，我知道。"

陆聿像是认真想了一会儿："在季明和简洁正式向你道歉之前，我是不会就这么一走了之的！"

下午临近下班时，大部分员工都还在微信小群里热火朝天地议论着早上的"清退事件"，行政部门的同事忽然如临大敌一般，紧急通知员工整理着装和桌面用品，以最饱满的精神状态，迎接即将到达的客人。

互联网企业大多比较随性，为了工作舒适，员工们穿着T恤、拖鞋来上班是常事，遇到加班频繁的时候，工位上堆着泡面盒子，走道上放着行军床的情况也屡见不鲜。这通知一下达，大部分人一边收拾，一边低声抱怨了起来。

姚迟平日里不拘小节惯了，加上近段时间高强度的加班，工位上俨然成了垃圾场，眼下对着那一堆大大小小的盒子，忍不住苦着一张脸，对着相熟的行政部门同事悄声问："今儿这是怎么了，人事那边发神经，你们也跟着抽风？究竟是什么了不起的大人物要大驾光临啊，让大家放着活儿不干，尽搞五讲四美去了！"

"你就别嚷嚷了，赶紧收拾吧！"对方先是翻了个白眼，随即小声警告道，"刚才我听我们老大和吴总打电话，好像是长风集团的高管们一会儿就要过来了！"

长风集团自年初注资优选集佳以来,一直表现得格外低调,对于相关的业务工作,也很少直接插手,如今忽然没有提前打招呼就直接登门,的确是不太符合他们一贯的作风。

虽然还是满心疑虑,但无论如何,金主爸爸登门毕竟不是一件小事。姚迟再是不情愿,还是点头赶紧收拾了起来。

一个小时之后,在吴行和几位副总裁的热情簇拥下,长风集团的董事长顾长风神色肃穆地踏进了早已经收拾得井然有序的优选集佳的大会议室。

作为商界的传奇人物,早在好几年前,顾长风就把主要精力放在了互联网生态圈的建设和公益事业上,很少再过问具体的工作业务。就连和优选集佳的合作,也都是公司的执行总裁在台前主导。

因此,对于他这次的突然到访,吴行紧张之余,也禁不住满心都是问号。

落座之后,一行人例行寒暄了一会儿,眼见顾长风始终没有切入正题的意思,吴行终于还是忍不住主动问:"不知道顾董这次来T城,除了指导工作之外,还有其他安排吗?如果有什么需要的话,我这边可以提前帮您准备准备。"

顾长风漫不经心地摇了摇头:"吴总不用费心了,我这次过来除了一点私事外,其实是因为听闻优选集佳有一名员工由于和季总起了冲突导致要被清退,所以就想了解一下,这件事究竟是个什么情况,最后是怎么一个处理结果?"

没料到顾长风此次前来,一不了解公司业绩,二不关注发展计划,而是把重点放在了一名名不见经传的小员工身上,吴行一时间也有点愣神。

偏偏这档子事又不是那么简单,涉及自家公司副总裁的丑闻,犹豫了半天后,吴行才勉强赔了个笑脸:"因为这么点小事惊动了顾董,实在是太不好意思了。因为这件事我也是早上才知道,现在也还在调查中……"

"既然吴总已经开始调查,那我也顺便旁听一下好了。"

仿佛没听懂他言语中的为难,顾长风左右看了看,随后大手一挥:"我看季总已经在这儿了,既然如此,那这件事还涉及什么人,也一并叫来,咱们当场问清楚！长风集团当年会选择和优选集佳合作，除了业务潜力之外，看中的主要是团队，现在发生了这种事，一旦传出去，大家脸上都不光彩！"

听他这么一说，吴行心知是没办法再息事宁人了，当即冲着秘书低声交代了一番，随即心情复杂地等在了那儿。

几分钟后，收到消息的虞卿、秦朗，连同简洁和陆聿等人，被秘书带进了大会议室。

没想到事情闹出这么大的阵仗，直接惊动了投资方的董事长亲自过问，众人难免都有些吃惊，在简单地做完自我介绍后，虞卿随即把事情原原本本地复述了一遍。

会议室中的几个副总裁还是第一次完整得知事件的全貌，面面相觑，脸上都觉得有些挂不住。

眼见顾长风眉头微蹙，显然有些恼怒，吴行赶紧打圆场："顾董，虞卿她受了委屈，说起话来难免激动了些。反正季总也在这里，不然您也听听他怎么解释？"

从顾长风走进会议室，表示要介入陆聿的事情开始，季明惊诧之余，就一直在琢磨应对之策。到了现在，他知道有些事实已经无法抵赖，于是只能紧紧抓着自己和虞卿之间的关系做文章："顾董，因为我的私事惊动到了您，实在不好意思。事实上，我和虞卿是男女朋友，因为最近一直在吵架，她心里不舒服，才会把事情闹到这个地步，让大家见笑了。"

见他为了洗脱自己，居然无耻到一口一个"男女朋友"，秦朗实在是气不过，刚想开口驳斥，虞卿就一把扯住了他的袖子，微微摇了摇头。

顾长风"嗯"了一声，不置可否地低头喝了口茶，才缓缓开口："季总的意思是，虞卿和你是男女朋友，因为吵架闹了不愉快，才会就此反目？事实上，你们之间的冲突只是情侣之间闹别扭的结果，并不是你处心积虑意图施暴？"

"是……"

虽然顾长风的用词听上去相当刺耳，季明还是只能点头："您如果不信，可以问简洁。我们之间交往的事，虽然因为工作的关系没有对外公开，但是她是知道的……"

"简洁？"

顾长风饶有兴致地斜眼看了看站在角落里眉目低垂的女人："简总的事，我倒是也听说过一些，不过这些可以晚一点儿再聊。现在我就是想了解一下，按说季总你也四十多了，听说之前还离过婚，虞卿她年轻漂亮又能干，据说追求者也不少，倒不知道两位是怎么走到一起的？"

这两句话里嘲讽的意味太明显，季明再是脸皮厚，也不禁有点脸红。

只是事以至此，再怎么尴尬，也只能继续挺下去。

略微沉默后，他开口道："这事说来惭愧，其实自虞卿进公司以来，就不止一次在我这里表达过她想要进一步向上发展的想法。我这个人惜才，看她态度积极，也挺有能力，就一直在力所能及的范围内帮助她。可能这个过程中我们彼此有了好感，所以很多事情，也就心照不宣了……"

"好一个心照不宣！"顾长风哼声一笑，"季总用词不用这么委婉，如果我没理解错的话，你的意思是，虞卿是为了往上爬，才会逮着你这么个可以给她机会和资源的副总裁谈恋爱？"

眼见季明垂着眼睛没吭声，看样子像是默认了，顾长风将杯子往桌上重重一放，厉声呵斥道："不过我还是不明白，我顾长风的女儿就算再没出息，想要求发展的话门路也多得是，她是有多想不通，才会去和季总你纠缠不清？"

话音还没落，季明已经目瞪口呆地愣在了那里。

偌大的会议室里也是一片震惊。

吴行双眼圆瞪，隔了许久才挤出声音来："顾董，虞小姐是令千金这件事，您怎么也不提前交代一声？您要是事先说一声的话，我怎么会让她受了这么大的委屈？"

见他一脸的诚惶诚恐，顾长风声音放缓了些："吴总不必客气。虞卿她之前在国外工作，对国内的环境不熟悉，回来以后是得好好历练一下，谈不上什么委屈。只是这件事太过荒唐，作为父亲，我不得不过问一下。现在双方的说辞你都听见了，我手里刚好也有几份监控视频，或许可以给你参考参考，接下来的事，也得麻烦吴总你仔细查清楚才行！"

"当然！当然！这件事顾董您放心，我一定尽快处理，给您和贵千金一个交代！"

吴行一边应声，一边赔笑："顾董，接下去的事情您放心交给我，您也累了这么久了，下飞机以后也没休息，要不就让秘书在附近给您安排个酒店，方便您和贵千金好好聊聊？"

"这些事就不麻烦吴总了。为了虞卿的事耽误了你这么久，我也挺不好意思的。您要不先忙，等一会空了，咱们再一起吃个饭。"

顾长风一边随口应付着，一边站起身，将那个一直站在虞卿身边，此刻正准备随着人流退出会议室的青年拦了下来。

"陆聿是吧？你现在有空吗？如果没什么事就先别走，我还有事想和你聊聊。"

虞卿觉得眼前的场景实在是有些诡异。

原本她以为，在听完事情的来龙去脉后，顾长风特地将陆聿留下，是为了表示谢意。

她甚至还设想着有了这样一个开始，陆聿会在严厉的父亲心里留下一个不错的印象，等他们真正开始交往之后，顾长风或许就不会因为陆聿过往的污点而对他心存芥蒂。

但眼前的情形却和她最初设想的大相径庭。

所有人离开之后，顾长风一直满脸严肃地坐在那里，安静地喝着茶，虽然说是要和陆聿聊聊，却一直没什么动静。

陆聿也像是被施了定身术，从被留下的那一刻起，就一直垂着眼睛纹丝不动地站在那里，除了紧绷的脊背和用力握紧的手隐约泄露着内心的激荡外，整个人没有任何反应。

又过了好一阵,气氛凝滞到虞卿忍不住要开口说话时,顾长风终于把茶杯一放,眼睛抬了起来:"中午虞卿给我打电话的时候说,她出事的时候多亏大学时的小师弟帮忙,才逃脱一劫。她说的那个师弟就是你?"

没等陆聿回答,他像是想起什么似的,再次开口:"说来也是,我记得你之前就是在T大念书的……"

虞卿一惊,还没来得及反应,陆聿已经猛地抬起头来:"您把我留下来,就是想聊这个?"

顾长风看着他,意味深长地摇了摇头:"不完全是。把你留下来,主要是想谢谢你。这次如果不是因为你,虞卿怕是要吃大亏,所以于情于理,我这个做父亲的,都是要表示一下谢意的。"

陆聿像是有些意外,满是戒备的神色也略微柔和了下来:"您不用谢我,别说虞卿是我师姐,现在又是同事,就算是个普通人遇到这样的事,我能帮忙也是要帮的。"

顾长风不置可否地哼了一声,随即问道:"我登机之前,虞卿给我传了两个视频,说是事发当天在酒店大堂和活动现场的监控,足以证明季明和简洁两个人都处心积虑。当时我还在想,这种内部监控调取起来很麻烦,若非警方出面,未必能顺利拿到,现在看来,大概都是你的杰作?"

这几句问话听上去漫不经心,陆聿却像是被鞭子抽中了一样,身体一抖,下意识地后退了半步。

虞卿再也忍不住了,赶紧上前扯了扯顾长风的袖子:"爸,你问他这些做什么?当时那种情况,季明一心要栽赃,陆聿也是为了我,才会这么做的!"

"算了……这件事我就不问了。"

在她担忧的注视下,顾长风摆了摆手,看向陆聿的眼神也柔和了些:"这么些年了,你妈还好吗?"

陆聿咬着牙,像是费了很大力气,才把声音从嗓子里挤出来:"不劳您费心,她很好。"

"那就好。"

顾长风长长叹了口气,像是还想问点儿什么,却还是忍了下来:"既然你现在来了优选集佳,又和虞卿做了同事,那以后就好好工作,这也算对你父母最好的安慰了……"

陆聿没说话,看向他的目光里却满是恨意。

四目相对,顾长风有些无奈地挥了挥手:"现在时间也不早了,没什么事的话,你就早点儿回去,你妈身体不好,你好好陪陪她……明天记得准时来上班,不要迟到。"

话音还没落,陆聿已经迅速转身离去。

姿态之匆忙,像是一秒都不想在他面前多待似的。

陆聿这一走,原本还剑拔弩张的会议室里瞬间安静了下来。

虞卿已经觉察到不对,忍不住追问道:"爸,你和陆聿之前认识吗?"

顾长风轻声叹了叹:"嗯,认识。"

"你还认识他的父母?"

"见过而已,不算很熟。"

"可你们是怎么认识的,我怎么完全不知道?"

"因为我和他们认识的时候,你在留学。"

"什么?"

一问一答之间,某种不好的预感逐渐浮上心头,虞卿联想到陆聿在面对顾长风时,那掺杂着紧张和愤怒的复杂情绪,她心头一紧,下意识地抓紧了顾长风的手:"爸……究竟是怎么回事?我出国的那几年,你究竟是怎么和他认识的?"

顾长风闭了闭眼,许久之后,才轻声解释道:"你刚出国那阵,集团旗下的风盈网遭受了一次很严重的入侵,大量的用户资料被盗取后,流到了黑市上。因为那次危机,风盈网的安全性受到了前所未有的质疑,公司濒临倒闭。后来在警方的协助下,才终于查出了那名将数据盗取的入侵者,就是你这个叫陆聿的小师弟……"

感觉到虞卿的手越抓越紧,他低声叹了叹:"因为拿到资料后,知道了他还是一名在校大学生,在如何处理他的事情上,公司内部也有不少的争议,尤其是警方反馈,他入侵风盈网主要是为了提交安全漏洞报告,主观上并没有以此牟利的打算,很多人都来找过我,说是考虑到他的前途,是不是可以从轻处理。但是这些说情的话,都被我拒绝了……"

虞卿听到这里,禁不住倒吸了一口凉气,声音也跟着颤抖了起来:"所以说……最后是您把他送进监狱的?"

"算是吧……"

顾长风抬眼看着她:"因为知道他和你一样出身T大,所以庭审的那天,我也有去。当时我看到他站在那里,年纪比你还小,眼睛里却没了光彩,人生也将与你大相径庭,我心里不是不难受的。但是虞卿,有些事错了就是错了,无论是一时冲动也好,少不经事也罢,人都需要为自己做过的错事付出代价。这个道理,我希望你能明白。"

"是的,我明白。"

虞卿点了点头,心里的疑惑和不安却没有因为真相的出现而就此消除:"可是你和他的父母,又是怎么认识的呢?因为陆聿的事,双方起过冲突吗?"

这一次,顾长风拿了一根烟出来,重重地吸了两口后,才低声解释:"案子还没判之前,陆聿的父亲不知道从哪里打听到了消息,知道我是风盈网的大股东,又在积极推动这件事,所以就托了很多关系找到了我。当时我正因为公司四面楚歌的情形很是恼怒,面对他父亲的哀求,拒绝的态度也有些强硬。结果陆聿的父亲当天从公司离开后,可能因为太过失望而心神不宁,出了车祸,送至医院抢救无效,就此再也没有醒来……

"遭遇了这个打击之后,陆聿母亲的身体也变得很不好,有一次出门在外时忽然中风,还好被人及时救起送到了医院,才捡回了一条命。有关他家里发生的这些事,我是后来无意中从警方那里知道的,当时也想着看看能帮点儿什么,但听说他们为了避免骚扰,在陆聿正式下监之后很快就搬了家,我想着可能他们也不想再被人打扰,也就没有再过问了……"

耳边的话语声还在继续,虞卿却只觉得耳朵里一片嗡嗡作响。

原本她以为关于陆聿失联期间所发生的一切,她已经了解得差不多了,也做了足够多的心理准备,可是当事情的全貌全然展现在眼前时,还是让她感觉震惊。

难怪再次重逢之后,对方再也没有像大学时代一样,满脸骄傲地提过自己的父亲,也难怪她上次登门拜访,接待她的只有一个身体虚弱的江雪萍。

虽然通过种种迹象,她已经猜到在陆聿经受牢狱之灾的那段时间里,或许还经受了丧父之痛,但却从来没有想到过,这段悲剧的发生,竟然与自己的父亲有着千丝万缕的关系。

可即便再伤心难过,这事又能怪谁?

陆聿已经因为自己做过的错事,付出了最惨烈的代价,而站在顾长风的角度,也不过做了一个企业家应该做的选择。

虞卿至今还记得,即使那个时候她已经不在国内,她还是能从母亲的来电里了解到,因为工作上的问题,向来稳重镇定的父亲一直忧心忡忡,接连好几个月都在经受着失眠的折磨。

只是那个时候,她的注意力都集中在了忽然失联的陆聿身上,自己又是个对于父亲的事业帮不上太多忙的在校学生,只能给出语言上的安慰,因此对于这场风波本身,并没有投以太多的关注。

万万没有料到,从那个时候,很多人就已经卷进了命运的洪流。

思绪纷扰之间,会议室的门被人轻轻敲响。紧接着,吴行身边的秘书小姐客客气气地走了进来:"顾董,吴总让我问问您,现在是不是方便。如果事情处理完了的话,他在隔壁的酒楼里定了包间,想请您赏脸一起吃个饭。"

顾长风点头说了句稍等,随即拍了拍虞卿的肩膀,低声叮嘱着:"虞卿,我知道你向来重情义,陆聿作为你的同校师弟,又尽心尽力地帮过你,听到这样的事，你一定很伤心。但是过去的都已经过去了，他现在能在这里，好好做人，好好工作，就是对他父母最大的慰藉。所以其他的事，你也就别再多想了，现在跟我一起去和吴总吃个饭，关于季明和简洁走了以后，相关的工作该怎么调整，我想你也有必要一起听听……"

"不好意思爸，我还有点儿重要的事要处理，今晚就先不陪您吃饭了。"

"重要的事？什么事？爸爸大老远地飞过来，你就不想陪爸爸说说话？"

"改天吧……"

虞卿满是歉意地笑了笑，最终勇敢地抬起头："虽然您为了我的事，特地大老远地飞过来，我是该好好陪您吃个饭，但是现在我更担心陆聿，所以想去看看他。"

虽然只是简单的一句解释，但从她复杂的神色里，顾长风还是看懂了一些什么。

在短暂的愕然后，他点了点头："行吧。天要下雨了，你记得拿把伞。如果有机会的话，代我问候他的母亲。"

第十五章 相悦

陆津站在卧室的窗户前，看着窗外突如其来的大雨。

雨水倾盆而下，间或夹杂着让人心悸的电闪雷鸣。天地之间仿佛只剩下了一片混沌，犹如他此刻的心情。

进入优选集佳工作前的很多年，他大部分的生活就框定在这样一间小小的屋子里，与电脑为伴。

三年多牢狱生活所带来的自卑、不安，以及父亲去世所带来的深切痛苦和自责，让他在很长一段时间里，甚至不敢面对阳光和人群。

为了安慰一直忧心忡忡的江雪萍，他不是没有鼓起勇气，尝试着向一些公司投递过简历，然而每次在面对学历和过往经历的相关调查时，来自面试者的质疑和追问，他又会将好不容易踏出去的脚步狼狈不堪地缩回去。

直至这个春天来临时，姚迟热情地将他拉去了优选集佳的面试现场，随后又在虞卿的帮助下拿到了 Offer，他自出狱之后一直阴暗苦涩的生活，才开始变得和普通人一样逐渐有了光。

太久没有面对那种平静明亮的生活，刚刚入职的那段时间里，他难免有些忐忑。尤其是虞卿看向他时，那包含着千言万语的灼热目光，更是让他无所适从。

他曾经尝试着在两人之间立起一道墙，将两人泾渭分明地隔离开，但炙热的情感终于还是越过了自卑和理智,逐渐占了上风。

再怎么强装淡漠,这么多年一直压抑在心底的爱慕与渴求就像雨后春笋一样,藏也藏不住。

与此同时,来自领导和同事们的鼓励和认可,让他渐感心安。

当最初对他颇有成见的秦朗一次次地对他表示出赞赏,逐渐将许多重要的工作交到他的手中,甚至主动提出要给他升职加薪的时候,陆聿想,或许一切真的已经重新开始了。

在经历了那么多的不堪回首的往事之后,他依旧还有站在虞卿身边的可能。

虽然他不是没有犹豫过,向虞卿坦白曾经"失联"的原因,对方或许不会真的毫无芥蒂,但是在意识到虞卿对自己一直怀抱着期待后,他还是决定鼓起勇气,找个机会和对方聊聊。

然而就在今天,因为顾长风的出现,他猝不及防地从一步步爬行的希望的阶梯上重重跌落。

他经受的痛楚、失望和震惊,甚至比他之前预想过的,还要糟糕得多。

那个曾经毫不留情地亲手把他送进牢狱的男人,在时隔多年再次见到他之后,会对自己的亲生女儿说些什么?

从自己父亲口中了解到自己当初"失联"的真相后,虞卿又会作何感想?

即使她出于同情,或者昔日的情义,不会追问,可是自己又该怎么去面对她呢?

如果说,曾经的自己还能因为过去的那些"付出"而患得患失地抱着一点儿希望,如今虞卿身上"顾长风女儿"这个标签,就让他那些奋不顾身的"牺牲"和"保护",都变得像个笑话似的。

她已经那么优秀了,还有那么强大的后盾在为她保驾护航,未来只会走得更高更远,拥有更好的人生。

而自己这样一个人,即使留在她身边,除了那份难以言说的"爱"之外,还能做些什么呢?

思绪纷扰之际，敲门声一阵阵地响起。

陆聿低头看了看表，时间已经接近晚上十点了。

走进客厅时，听见动静的江雪萍刚好也颤巍巍地走了出来，见他准备去开门，神色不由得有些紧张："阿聿，这么晚了，会是谁啊？"

陆聿摇了摇头，想要说几句安抚的话，却因心烦意乱而没有开口。

把门打开，门口那个湿漉漉的人影让他不由得倒抽了一口凉气，赶紧把人拉进了屋子，问道："虞卿？怎么是你？这么着急来找我，是有什么事吗？"

虞卿浑身颤抖着站在那里，刚被拉进门，就嘴唇颤抖着想要说点什么。

当她的目光落到满脸疑惑的江雪萍身上时，终究还是忍耐了下来，先低声打了个招呼："江阿姨好，不好意思，打扰您休息了。"

"我说是谁呢，原来是小虞啊？"

眼见来者是熟人，江雪萍松了口气，随即叮嘱道："阿聿，你别在那儿傻站着啊，赶紧去拿条干毛巾！"

陆聿应了一声，刚想进浴室，手腕忽然被虞卿紧紧抓住了："陆聿，你先别忙了，我有点儿事想和你聊聊，你现在有空吗？"

觉察到了两人之间那不同寻常的气氛，江雪萍愣了愣，低声交代了一句"我先睡了，你们慢慢聊"，就很快回了自己房间。

陆聿被她紧抓着手腕，发现对方抖得一阵比一阵厉害，似乎有满腔的话想要说。他只能无奈地继续站在原地，轻声问道："我有空的，你想聊什么？要不先坐下再说？"

虞卿摇了摇头，眼睛紧盯着他："陆聿，进你房间说可以吗？"

陆聿一怔，却也不想在这些细枝末节上过多纠结，当即点了点头，轻轻握住了她的手，将她带进了自己的房间。

刚一进门，随着"啪"的一声，屋子里的顶灯开关已经被关掉了。

紧接着，一个颤抖着的吻，迅速堵上了他的嘴唇。

陆聿只觉得脑子里"嗡"的一声响，下意识地抱紧了她。

湿漉漉的身体在他不断加重的力度里很快变得滚烫了起来，就连彼此交错的呼吸声，也带着无法抑制的灼热。

不知过了多久，随着一声惊人的炸雷声在耳边响起，陆聿的手猛地顿住了。他像是忽然意识到什么一样，有些狼狈地从对方的热情中挣脱出来，紧紧握住了她的肩膀，声音颤抖着问道："虞卿，你怎么了？"

虞卿剧烈地喘息着，脸颊因为羞赧而滚烫，借着黑暗的遮掩，她依旧紧贴着他的身体，视线与他紧紧胶着在一起，没有半点要退缩的意思。

"陆聿，你今天走得那么着急，我很怕像之前一样，你这一走，从此就消失了。所以，虽然时间很晚了，我不该在这时候打扰你，可还是过来了……我想和你说，无论之前发生过什么，无论你经历过什么。在我心里，你就是你，不会因为这些事情有任何改变……"

随着她低哑地解释，陆聿的脊背下意识地绷紧。

女孩明艳的五官在朦胧的夜色里看不太真切，可她眼里的真挚和急切，却让他的心也跟着绞痛起来。

许久之后，他微微将头转开，狼狈地开口："虞卿，你知不知道，我之前坐过牢？"

"我知道……"

"当年庭审的时候，你的父亲也在场，他对我的印象，一定很糟糕……"

"我知道！"

"现在的我，什么都不是，就连找个稳定的工作，都需要别人的帮忙和照顾。之前和你说过的那些话，或许我都没办法兑现了……"

"我知道，这些我都知道！可那又怎么样呢？"

虞卿打断了他的话："陆聿，我不知道你是不是还爱我，也不知道你是不是还在恨我父亲。事到如今，我甚至不知道用怎么样的方式来表达自己的心意……"

话刚说到这里，陆聿的嘴唇重新吻了上来，将她还没来得及说完的话，统统堵了回去。虞卿倒在那张算不上柔软的单人床上，汹涌而来的炙热气息，让她很快闭上了眼睛。

第二天醒来时，雨势已收。

晨曦微现，窗帘的缝隙里隐隐透出些许天光。

虞卿凝了凝神，眼前陌生的一切让她好半天才意识到自己身在何处。

发现房间里除了她并没有第二个人存在后，她心下一紧，抓着被角坐了起来，随即拿起一件宽大的男式T恤往身上一套，连鞋也顾不上穿，赤着脚冲进了客厅。

与此同时，大门处传来了一声轻响，陆聿拎着几个袋子，推门走了进来。四目交会的那一瞬，两个人的目光都有些躲闪。沉默了片刻之后，陆聿才轻声问她："你怎么起来了？不再睡会儿吗？"

虞卿只觉得脸颊滚烫，却还是低声问道："我已经休息好了，你刚才去哪儿了？"

"怕你醒来会饿，所以去买了点儿早餐。"

陆聿将早餐袋子放下，语带调笑："怎么？看你这样子，是怕我就这么跑了吗？"

鉴于对方有过失联多年的前科，在她初初醒来却发现身边没人时，第一时间冒出的的确是这样的念头。只是完全清醒之后，她也觉得自己这个想法实在是太过荒唐了。

为了逃避尴尬，虞卿装作没听见一样，刻意换了个话题："我的衣服呢？你放哪儿去了？"

"洗了。"

"洗了？"

"昨天雨太大，你的衣服都湿透了，我想着就算你起来了也不能穿，早上就顺手给洗了。"

见她不说话，脸却涨得通红，陆聿很快意识到了什么，神态也变得有点儿窘迫，过了好一阵，才轻声解释道："内衣的话……我刚刚买早餐的时候也顺便帮你买了新的，要是尺码不合适的话，一会儿我再去帮你换……"

话音还没落，虞卿已经一把抓起他放在桌上的袋子，脚步匆匆地进了洗手间。等她换上了新买的内衣，洗漱干净，磨磨蹭蹭地出了洗手间，陆聿已经把碗筷摆好，安静地等在了那里。

见她重新出现，他拍了拍椅子，示意她坐下："我家附近都是些卖包子油条之类的早餐店，东西都有些油腻，不过我妈早上起来熬了一些小米粥，你看你要不要先喝一点？"

虞卿闻言，犹犹豫豫地开口问："阿姨她平时都起这么早给你做早餐的吗？"

"那倒没有。她年纪大了，晚上经常会失眠，所以平时如果没什么事，我都会让她多睡一会儿。"

"那今天……"

"你说呢？"陆聿嘴角微微勾起来，"她是担心我照顾不好你，所以一大早就起来忙了。"

所以说……江雪萍知道她在陆聿的房间里过了一夜吗？

陆家这套房子面积原本就不大，陆聿和江雪萍的卧室又只有一墙之隔，昨天夜里他们情绪激动之下不管不顾地闹出了那么大的动静，江雪萍就算是个聋子，大概也猜到发生什么了。

更不要提此刻正晃晃悠悠晾晒在阳台上的那套女式裙装了。

见她表情僵硬，像是窘迫得不知道如何反应，陆聿拍了拍她的手："你别担心，我妈人很好的。她怕你早上起来撞见她会尴尬，熬完粥以后就去隔壁邻居家串门了，短时间内不会回来的。"

虽然还是满心羞赧，但被陆聿这么一安抚，紧张的情绪就缓解了不少。低头喝了两口粥后，虞卿终于哼了个声音出来："陆聿，昨天晚上……"

"昨天晚上怎么了？"见她一脸犹豫，陆聿也跟着紧张了起来，"你是有什么不舒服吗？是不是我弄痛你了？"

"不是……"虞卿摇了摇头,"昨天晚上,我发现你身上有很多伤疤,都是怎么弄的?"

"哦,你问这个……"陆聿的眼神暗淡了一下,却还是继续说了下去,"那些伤是在牢里和人打架弄的。虽然都是犯人,但老人抱团欺负新人是常有的事。我进去的时候年纪小,也不愿意和他们多说话,所以就一直被他们变着各种花样找茬。后来我忍无可忍地和他们打了几架,也就消停了。"

他述说的口气很平静,但隐藏在这份平静背后的压抑、惨烈和屈辱都和那些无法褪去的伤疤一样,深深地刻入了他的血肉和人生里。

虞卿只觉得难过,赶紧握住了他的手:"陆聿,我知道很多事你不想再提,但是无论如何,我还是想弄清楚,你入侵网站挖掘风险漏洞,甚至数据读取我都能理解,可是为什么后来会造成数据泄露?这中间究竟发生了什么?"

随着这些问题的抛出,陆聿的眼睛垂了下去。那些早已经掩埋在记忆深处,却在心里反复咀嚼过千万遍的场景,再次浮现在他的眼前。

半个小时以后,随着讲述的结束,陆聿起身去洗手间里洗了一把脸。

等到他重新回到客厅时,就发现虞卿已经收拾好了桌子,正拿着洗碗巾在水槽边。陆聿慢慢走过去,接过她手里的洗碗巾:"这个不用你来弄,你去旁边休息就行。"

"那怎么行?"虞卿说,"早餐是你买的,碗当然应该我来洗。这有什么问题吗?"

"没什么问题……"陆聿闷声笑了起来,"我就是想着,我爸还没走的时候,和我妈也是这样的。"

虞卿心下一惊,自己也觉得这么快就开始进行"家庭分工",实在是有点儿羞耻。但是如果这能让陆聿感觉开心一点儿,她又觉得其实也没什么不好的。

等到两个人相互帮忙着把碗洗完,感觉到陆聿的情绪也恢复得差不多了,虞卿试探着问道:"这些年以来,你找过 Shark 吗?"

"找他干什么?"

"你就不想知道,他当初为什么要那样对你吗?"

"不想了……"陆聿有些怅然地摇了摇头,"在监狱里待着的时候,我是恨不得一出来就立马找到他的,可是随着时间一天天过去,就渐渐觉得就算找到他又能怎么样呢?牢我已经坐了,我爸爸也因为这件事走了,就算他能说出一万种理由,已经失去的东西,也已经回不来了。"

虞卿满是怜惜地看着他,只觉得五味杂陈。

然后很快地,她主动走到他身边,许诺一样低声安慰道:"没关系,就算很多重要的东西你都失去了,至少你还有我。"

陆聿神情有些复杂:"虞卿,你是知道的,因为之前的事,你爸爸对我的印象可能不太好。让他对我改观,可能需要多给我一点儿时间……"

"这个我知道。"虞卿点了点头,"你别看我爸这么严肃的样子,其实他是个挺开明的人,年轻的时候,也做过不少在别人看来离经叛道的事。不然他也不会在我读书的时候,就放手让我去兼职打工……"

陆聿静静地听着,心里却有些恍惚。

当年如果不是因为虞卿频繁的打工行为让他误会她在国外求学时生活窘迫,或许他也不会为了急于赚钱,而陷入 Shark 设下的圈套。

而今看来,所有的一切,都像是命运和他开了一个巨大的玩笑。唯一值得庆幸的,或许只有兜兜转转了这么一大圈后,虞卿依旧还在他怀中。

"你怎么了?"觉察到了他短暂的失神,虞卿主动伸手抱住了他,"是还在担心我爸的事吗?"

"不是……"陆聿回过神,"对了,你怎么不和你爸一个姓?"

"因为我爷爷那边有些重男轻女,我妈生了我以后,他有些不太高兴,不仅给了我妈不少脸色看,还因为我妈没办法再生孩子,怂恿过我爸离婚再娶。我爸一直很爱我妈,见她被轻慢,一怒之下干脆让我跟了我妈姓虞,也是表明了自己对我妈一心一意,不会因为她生男生女而有任何改变。"

"原来如此……不过既然你爸对你和你妈都不错,你又为什么会离开他们身边，大老远地跑到T城来优选集佳工作？"

"这个说起来也算是巧合吧……我刚回国那阵，长风集团那边的董事会因为优选集佳被羊毛党掏空的事，准备注资。我之前已经在很成熟的企业里累积了一些工作经验，更需要在比较极端的环境里历练一下，所以和我爸商量之后，就请他帮我投了个简历。而另一方面，我其实也是想碰碰运气，毕竟你家就在T城，我想着运气好的话，或许能在某天遇见你呢？"

虞卿在说这番话的时候，眉目弯弯带着笑意。说到"运气"两个字的时候，似乎还因为心愿达成，而流露出了一点雀跃又庆幸的神情。

陆聿却知道，在这个所谓的"运气"背后，她经历了多少失望、伤心和孤注一掷，他甚至不敢想象在自己毫无音信的那些年，虞卿是怎么抱着那点儿微弱的希望一步步地走到今天的。

略加犹豫之后，他揉了揉对方的头："你现在着急走吗？如果不着急的话，我想送你一样东西。"

虞卿一愣："今天周末，公司没什么事，我晚上陪我爸吃顿饭就行。你打算送我什么？"

陆聿笑了笑，很快进了卧室。几分钟后，他拿着一个厚厚的本子走了出来，郑重地放在虞卿手里："这个送给你。"

"这是什么？"

"你给我写过的那些邮件……还有我的回信。"

随着翻阅的动作，一封封被打印出来精心装帧在一起的邮件展现在眼前。虞卿还记得她是在怎样的心境中写下那一段段文字，此刻再次读起，禁不住又是感慨，又是心酸："所以说……这些邮件你之前都看过？"

"嗯。"陆聿认真点头，"出狱没多久，我就发现你一直在给我写信。每一封信我也都认认真真地读过。可是当我把想说的话都写下来后，却始终没有勇气发送。为了给自己留个念想，我把这些邮件都打了出来，装订好，每次想你的时候，都会拿出来看看……"

"那现在你为什么要把它送给我?"

"因为我已经不需要了。"陆聿一边说着,一边把她拥进了自己的怀里,嘴唇紧贴着她的耳垂,声音轻轻的,像是在起誓一般。他郑重道,"虞卿,自从出事以后,我一直都在逃避,既不敢面对你,也没有勇气面对未来。可是你一直都那么勇敢,即使知道我做过的那些错事,也没有想过要放弃我。所以从现在开始,为了不辜负你为我所做的一切,我会勇敢地站在你身边,认真面对你,也认真面对生活。"

看着她迅速泛红的眼眶,陆聿低低地呻吟了一下,随即低下头去,吻住了她的嘴唇。

比起昨天那个心情激荡之下热切又凌乱的吻,这一次的吻要温柔缠绵了许多。唇齿交缠之际,周边的一切像是消失了。

许久之后,直到听见大门被推开的"咯吱"声响,虞卿才骤然惊醒,下意识地将陆聿推开。

紧接着,在他们尚未平复的喘息声里,女孩似笑非笑的声音响了起来:"看来我过来的不是时候……不好意思,打扰二位了!"

江雪萍从邻居家回来时,已经到了中午十二点。为了不让虞卿觉得尴尬,她甚至已经打算好了以身体不适为借口,把午饭端进自己的房间吃。

没料到回来以后看到的情形,却和她想象的不一样。

房间里的气氛安静得有些诡异,阮霖和陆聿一个坐在客厅的沙发上心不在焉地择着手里的菜,另一个站在阳台上晾晒着刚洗的衣服。

见她出现,阮霖抬头叫了一声"江阿姨好",很快又把头低了下去。

虽然目光接触的时间只有几秒钟,但江雪萍还是很敏锐地发现,女孩不仅声音低哑,眼睛也有些泛红。

简单寒暄了几句后,江雪萍找了个借口把陆聿叫进卧室,低声问到:"小虞呢?怎么没留下来一起吃饭?"

"她家人从外地过来了,所以就先走了。"

"她家人从外地过来,你不帮忙去接一下吗?"

"不用,她家人昨天下午就已经到了。"

"昨天就到了?那她那么晚还来找你,是有什么事吗?"

"也没什么特别的事,她就是过来看看我。"

眼见陆聿一边说着话,一边情不自禁地弯起了嘴角,心中的柔情蜜意藏也藏不住,再联想到昨天夜里那些不同寻常的动静,江雪萍朝着客厅瞄了一眼,继续悄声问:"小虞走的时候,霖霖来了吗?"

"来了。"

"那霖霖她有和你说什么吗?"

"没有,怎么了?"

在她小心翼翼地试探下,陆聿终于回过神:"妈,你想说什么?别和我绕弯子,直接说就是了。"

"嗨,你这孩子……"江雪萍叹了口气,声音压得更低了些,"阮霖对你的心思,不用妈多说你也是知道的。只是这些年,妈一直以为你没心思谈恋爱,所以也没逼过你。现在你和小虞发展到了这一步,又已经被阮霖知道了,你是不是应该找个时间和她解释解释,也安慰她一下?"

陆聿想了想:"如果我不安慰她的话,会怎么样?"

江雪萍一愣:"倒也不会怎么样,但她一定会很难过。刚才我进门的时候,看到她眼睛都红了……"

"既然不会怎么样,我又何必去招惹她呢。无论我再怎么安慰她,也给不了她想要的,还不如就像现在这样顺其自然。她觉得我冷漠也好,残忍也罢,恨上几天,大概也就过去了。"

话听起来是很无情,但仔细想来,比起体贴安慰,快刀斩乱麻大概才是最好的选择。

见他态度坚定,江雪萍长长叹了一口气,也就没再多说什么了。

等到午饭结束,江雪萍回了卧室午睡,陆聿正准备把厨房收拾一下,阮霖忽然开口:"陆聿,我准备走了,你要不要送送我?"

见他有些犹豫,阮霖继续补充道:"还有,我家厨房的水龙头坏了,你方便的话,能不能帮我修修?"

作为一个单身女孩,阮霖虽然向来表现得十分独立,但换灯泡、修水管之类的生活琐事的确也难于应付。听她这么一说,陆聿很快点头说了句"好",随即放下手里的活儿,和她一起出了门。

去往阮霖家的路上,两人都默契地没怎么说话,直到走进那间脏得几乎看不出本来面目的小房子,陆聿看到眼前依旧排列得整整齐齐的卡盒,才下意识的皱了皱眉,低声问道:"你是哪个水龙头坏了?我先看看。"

阮霖眼睛紧盯着他:"陆聿,今早我看到的那个女的,和你是一个公司的吧?"

陆聿一怔:"是,怎么了?"

"你们昨晚睡了吗?看来我没猜错啊。"

阮霖哼笑一声,依旧是那副玩世不恭的表情:"说说呗,你俩谁主动的?不过看她很有钱的样子,愿意跑到你家和你睡,应该是主动送上门的吧?"

"阮霖!"陆聿脸色变了变,似乎想呵斥几句,忍了忍还是咽了回去,"如果你叫我过来就是为了说这些,那我就先走了。"

"等一等!"在他转身的时候忽然被人从背后牢牢抱紧,紧接着,阮霖颤声开口,"陆聿,我知道她有钱有地位,人也长得好看,你想和她在一起,我根本就阻止不了。我也知道你一直都看不起我,从来没有把我放在心里过……可是你能不能也留一个位置给我,在她不在的时候,偶尔过来看看我,陪陪我?你放心,我不会介意你和她之间的关系,也不会在她面前多说什么……"

"可是我介意。"哀求的声音很快被打断,陆聿抓住了她的手,转身认真看着她,"阮霖,我没有看不起你,一直劝你放弃现在的事好好找份工作,也是不希望你走上歧途。事实上,这些年来你对我妈、对我的关心和照顾,我一直很感激。你这么善良的姑娘是值得一个人全心全意好好对待的。"

"但那个人不会是你对吗?"阮霖咬着嘴唇后退了半步,脸上写满了绝望,"好,那我不会再打扰你了。"

周一上班没多久,优选集佳所有人都收到了一封人力资源部发出的邮件通知,因"工作失职""行为不端"等原因,公司对副总裁季明及副总裁助理简洁进行了解聘处理。

虽说自公司成立以来,副总裁级别的高管因种种原因与公司分道扬镳并不是第一次发生,但闹到动静这么大,处境这么难堪的,却还是头一遭。一时之间,大大小小员工的微信群里都在热火朝天地讨论着这件事。

同时,因为虞卿和顾长风的关系曝光,众人再与她打照面时,态度也多了几分恭敬与小心。

虞卿感受到了同事们对她态度的变化,却没有要借势飞升的意思,待人接物依旧如常,该主动的主动,该配合的配合。就连吴行试探性地问她是否考虑代管原本由季明负责的那部分工作,都被她以"工作经验尚浅,还需要在现有岗位上多加历练"的理由,真诚地拒绝了。

经历了这么一场令人不愉快的风波之后,因为顾长风的介入,优选集佳的业务很快又重新走上正轨,看上去和以往没有什么不同,但虞卿身上发生的某些微妙变化,却还是让人捕捉到了。

某天管理层的例会结束后,秦朗跟着虞卿去了她的办公室,聊了几句正事后,看着她笑意盈盈的模样,忍不住调侃:"你们这两天是遇到什么好事了?说出来让我也开心开心呗?"

虞卿把笑意勉强收敛了一下:"什么叫你们?你在说谁呢?"

"还能有谁啊?你是没看陆聿今天看你时那春心荡漾的劲儿,恋爱的酸臭味藏也藏不住啊……"

秦朗哈哈笑了一阵,又正色道:"不过我可得先给你打个预防针啊,我知道你俩走到这一步不容易，需要多点儿时间约会，不过圣诞大促销马上就要来了，风控部门做了一些新的战略部署，大家的工作压力都比较大，到时候加起班来，你可别怪我不放人。"

"看你这话说的，好像我不用加班一样。"虞卿瞪了他一眼，也很快切入了正题，"说到这个，我之前听陆聿说，你们内部划分出了红蓝军，准备做一些突袭式的攻防演习，是在为圣诞大促销的风险防控做准备吗？"

"嗯，没错。"秦朗点了点头，"你也清楚，每次电商大促销，都是黑产分子最活跃的时候。哪怕他们进攻失败了九十九次，只要有一次成功，就可以获取暴利，但是对于网站和商家而言，这样的结果则可能是灾难性的。更重要的是，如今黑产分子技术越来越高明，破坏性越来越大，只依照过往的经验预防，只怕是会捉襟见肘，所以我就想从内部的攻防演习开始做起，反正咱们还有个曾经的黑客大佬不是？"

"喂，你说话注意点！"这句话明显意有所指，虞卿忍不住翻了个白眼，继而提醒道，"既然知道陆聿厉害，你就不怕你的团队挡不住，真的把系统给搞崩了？"

"搞崩了就证明我们还有改进的余地和长进的空间，现在还可以试错，真到了和黑产分子们正面硬碰硬的时候才发现扛不住，那才要命呢！"

秦朗一边说着，一边掰了掰手指："不过说实话，你家小朋友到底有多少能耐，我还真想见识见识。之前一直框着他，让他老老实实地在那儿跑数据、写代码，估计他也憋坏了吧？"

"看看你这都什么作风？把下属当什么了，升级打怪的工具人吗？"

虞卿想起陆聿面试那天，短短几分钟就远程关闭了公司的服务器，让秦朗呆立当场的情形，忍不住笑了起来："不过难得秦总这么有兴致，我就等着看你们内部攻防战的实践成果了。"

接下去的几个星期，优选集佳的风控部门集体陷入了苦战。模拟圣诞大促销流量洪峰时刻的全链路压测一次次袭来，在应付爆发式流量洪峰的同时，还有各种意想不到的突袭随时可能发生，风控部门每一个员工的神经都紧绷到了极点。就连没有直接参与其中的其他部门的员工，也被这种紧张的气氛感染，收起了平时轻松随意的神色。

作为和风控部门来往密切的运营部门的负责人，比起其他人，虞卿能更深刻地体会到这其中的紧张与压力。

测试期间，陆聿就算是在下班时间和她约会吃饭，只要手机同步的安全系统警报提示响起，他就会立即打开随身携带的笔记本电脑，甚至直接扔下碗筷跑回办公室。

次数一多，虞卿再怎么理解，也被他这犹如条件反射一般的举动，搞得有点儿哭笑不得。某天下午干脆趁着聊工作的机会，和秦朗半真半假吐槽了起来。

"你最近搞的这些演习测试强度是不是太大了点儿？我听说下面好几个小朋友因为24小时待命，被折磨到家庭关系都快破裂了！"

"那算什么？我当年在其他公司的时候，被折磨到直接给大老板写了投诉邮件呢！"秦朗哈哈大笑着解释，"当时我们公司负责风控和技术的老大手段比我更极端，逮着机会就给我们制造麻烦。大大小小的故障就不说了，切断对外链接，甚至直接把机房搞断网也是常有的事。那个时候我只是个小主管，手上戴了个报警手环，一听到报警就得处理问题。后来那个手环不用了，我还不习惯了好长一段时间呢！"

"好家伙！看不出你也被这么折磨过？"

"那不然呢！干我们这一行，容不得半点松懈。尤其是优选集佳之前已经吃过那么大的亏了，现在必须把防御工作做得更精细才行。跑个步都要热身，何况是系统？现在不把他们磨炼好，真要到了大促销那天再临阵磨枪，肯定会出问题！"

秦朗说到这里，抬眼看着她："怎么，陆聿在你面前告状了？"

"那倒没有，我看他累是累，倒还挺起劲的。想来是现在这份工作还挺对他的胃口。你这个老大，也很让他信服。"

虞卿说着对他眨了眨眼："不过秦总，今天晚上我能不能替他请个假，下班以后给他几个小时的时间喘口气？我爸来T城了，想约陆聿一起吃个饭。"

"哟！这么快就见家长了啊？这速度够快的嘛。"秦朗调侃一句，随即点头，"既然虞总开口，又是事关终身大事的重要饭局，那我就给他开个绿灯，今晚下班以后不吵他就是了。"

等到下班时间，秦朗主动走到陆聿的工位上替他关了电脑。

把人轰走之前，还特意递了一个"好好加油"的眼神。

对于和顾长风吃饭这件事，陆聿原本就有点儿紧张，如今被秦朗这么一鼓励，就更忐忑了。

虽然一路心绪起伏，但见面后，对方却表现得甚是亲和，只是聊聊社会新闻和生活琐事，并没有提起他的过往。

一顿饭吃完，陆聿原本悬着的一颗心总算是落了下来。眼见对方放下了碗筷开始喝茶，他正准备起身去买单，却被顾长风招手叫住："陆聿，今天你是客人，买单的事就别抢了，让虞卿去。你留下来，我有几句话想和你聊聊。"

看他这架势，显然是早有准备。陆聿犹豫了一下，见虞卿已经起身，只能重新坐下："顾董您想聊什么？"

"你也别一口一个顾董了，叫我伯伯就好。"顾长风做了个安抚的手势，"你别紧张，我没有要找你麻烦的意思。你和虞卿的事，我们做家长的都已经知道了。本来虞卿她成年以后一直不谈恋爱不交男朋友，我和你虞伯母还觉得有点儿奇怪，后来知道了你们之间的事，才知道其中还有这么多纠葛。"

他顿了顿，表情稍微严肃了些："虽然从为人父母的角度来看，虞卿应该有更好的选择，但是你们既然选择了彼此，我们也不会过多干涉。至于你，虽然之前走过一些弯路，但是人生在世，难免有犯糊涂的时候。知错能改，善莫大焉，你在优选集佳工作的这段时间的表现我也打听过了，总的来说，我个人是满意的。我只希望你能认真对待这份感情，不要辜负我们对你的期待，也不要辜负虞卿的用心。"

没想到顾长风竟会说出这么一番话，陆聿微微一愣，很快郑重点头："这个您放心，我会的。"

顾长风点了点头，还待说点什么，一阵手机铃声突兀地响了起来。

陆聿看着屏幕上的名字，低低说了声不好意思，随即摁下了接听键。

电话刚一接通，江雪萍焦灼的声音就传了过来："阿聿你现在在哪里啊？霖霖好像出事了，你要不赶紧去她家里看看？"

陆聿心下一紧："阮霖？她怎么了？"

"最近她心情一直不太好，你是知道的。今天下午她来看我，整个人脸色惨白，看着状态挺糟糕的。我问了一下，她说是有点儿感冒发烧，我就拿了点儿药给她吃。她回家以后我不太放心，就给她打了个电话，听她的声音醉醺醺的，就问她发生了什么事，她说是心情不好喝了点儿酒。挂了电话我才想起来，下午我给她吃的药是头孢！吃完头孢又喝酒，那可是会要命的！所以我就赶紧打电话给你，让你赶紧去瞧瞧。"

"行！妈我知道了，您别着急，我现在就去！"

挂了电话，陆聿抱歉地冲顾长风解释道："顾伯伯，不好意思，我一个朋友可能遇到了些麻烦，我得先走一步去看看是什么情况。"

买单结束的虞卿也已经走了过来："怎么了？谁遇到麻烦了？"

"是阮霖。我妈打电话给我，说她今天吃了头孢之后又喝了酒，怕是会出问题。"

"阮霖？"虞卿愣了愣，"如果是这样，那实在太危险了，严重的话估计得送医院。光你一个人怕是忙不过来，要不我和你一起去？"

"可是……"

"别可是了！"虞卿说着拿起了外套，"爸，我和陆聿先走一步，回头我再打电话给你。"

车子在阮霖家附近停下时，已经是二十分钟以后。

陆聿重重敲了一阵门，里头却始终都是静悄悄的。

情况紧急，他也没再耽搁，拿出阮霖放在花坛下的备用钥匙，直接开了门。

刚把房门推开，扑面而来的就是一股浓烈的酒气，紧接着看到的，就是倒在沙发双眼紧闭，一脸痛苦神色的女孩。

陆聿急步冲上前去，一边轻轻拍着她的脸，一边焦急地喊着她的名字。

好几分钟过去，阮霖完全没有要醒的意思，只发出几声无意识的低声呻吟。虞卿见状，也有点儿心惊："赶紧送医院吧，再耽误下去怕是得出事！"

陆聿赶紧将她抱起，正准备出门，阮霖随手扔在茶几上的电话却忽然响了起来。

虞卿挥了挥手，示意他别耽搁，先把人送上车，自己则把电话拿了起来："你好。"

电话那头似乎愣了愣："你谁啊？阮霖的电话怎么会在你手里？"

虽然对方口气不善，一副警惕性极高的样子，虞卿还是耐着性子，没和他计较："我是阮霖的朋友。她出了点儿事，我们正准备把她送去医院，所以她现在没办法接你电话。"

"什么？"对方一惊，声音扬了起来，"你说她出事了？出什么事了？情况严重吗？"

"她吃了头孢，然后又喝了酒，现在陷入了昏迷。至于情况是否严重，得医生看了才知道。"

"吃了头孢喝酒？她脑子是进水了吗？为什么要这么折腾自己？"

电话那头的人似乎有点儿气急败坏，骂骂咧咧了好一阵才问了个重点："你们把她送去哪个医院了？我现在就过来！"

"离她家最近的应该是省医院吧，你直接去那里就行了。"

两个人又聊了几句，相互交换了联系方式后，虞卿匆匆挂断电话上了车。

车子一路飞驰，将阮霖送进医院后，陆聿即刻按照院方的要求，跑上跑下地办起了相关手续。

虞卿满心忐忑地等在急救室门口，手机再次响起。

几分钟后,按照她报出的地点,一个头戴棒球帽,身材高挑的男青年脚步匆匆地出现在了她的面前。

"刚和我通话的人就是你吧?快告诉我,阮霖她现在怎么样了?"

没想到这人长得挺帅,却如此无礼。仿佛全世界除了阮霖之外,其他人都不值得他正眼看似的。

虞卿忍了忍,还是客气地回答:"她情况不算太好,不过医生们已经在治疗了,想来不会有太大危险。你先别着急,看看情况再说。"

眼见对方双拳紧握,脖子上青筋暴起,紧紧盯着急救室的方向,虞卿忍不住多问了一句:"对了,听说阮霖并没有亲属在T城,你和她的关系是?"

"我是她男朋友!"

"男朋友?"

这个答案实在是有点儿出乎意料,虞卿还没来得及细问,青年已经咬着牙补充:"就算她现在不承认,以后也总归会是的!"

搞了半天,这个"男朋友"的身份,只是对方的一厢情愿而已。

只是看他那焦急的表情,虞卿也不忍心打击,只能点了点头:"原来如此,知道你这么关心她,她一定会很安慰的。"

"谁知道,说不定她嫌我烦呢?"青年有些自嘲地笑了笑,"算了,先不说这些了。她这次检查住院什么的得花钱吧,账单在哪儿?我先去把钱交了再说。"

"交钱的事你别担心,我男朋友已经去处理了。"想着眼前这种情况他必然也没办法安心坐在这里,虞卿建议道,"阮霖如果要住院的话,可能还需要准备一些东西。要不你等我男朋友回来以后一起商量一下,看看还有什么要做的?"

"行吧……"青年长长叹了口气,像是急奔而来实在是有些热了,把棒球帽摘下来扇了一阵风。等了一阵后,他又站了起来,"我看你男朋友忙到现在还没回来,估计要办的手续比较多,要不你先帮我联系一下他,看看有什么能帮得上忙的？"

见他一副坐立难安的模样，是恨不得马上就能为阮霖做点什么，虞卿很快拨通了陆聿的电话，言简意赅地聊了几句后，冲着对方点了点头："我男朋友现在在一楼大厅的缴费处，交完钱以后，可能还有一些拿药之类的事情要跑。你如果现在就想帮忙的话，我把他的联系方式给你，你直接下楼找他就行了。"

青年不置可否地"嗯"了一声，脸色有些难看，一副神思恍惚的模样。沉默了好一阵，他才犹豫着开口："对了，我刚听你打电话，你男朋友叫陆聿？哪个陆，哪个聿？"

"陆地的陆，聿是法律的律字去掉双人旁……"

对于对方的问题，虞卿觉得有些莫名奇妙："怎么了，阮霖之前和你提过？"

"嗯……"青年点了点头，再次追问，"他是T城本地人吧？"

"是的。"

"哦……"青年勉强哼了个声音出来，很快转过身去，"那行吧，阮霖这边先麻烦你看着点儿，我就先下去了。"

十几分钟后，陆聿拿着一叠厚厚的单子和几个装药的塑料袋走了回来。

见他独自一人气喘吁吁的样子，虞卿左右看了看："小容呢？怎么没和你一起？"

陆聿一脸莫名奇妙："小容？哪个小容？"

"就是刚刚给阮霖打电话的那个男生，他自称是阮霖的男朋友，刚刚来医院了，说是想帮忙。我看他坐立难安的，就给了他你的联系方式，让他下楼以后给你电话。怎么，你们没联系上吗？"

"没人给我打电话啊！"陆聿拿出手机看了看，满脸都是诧异，"你确定他去找我了？"

"当然！"虞卿说着朝椅子上指了指，"你看，他刚才一心想要下去帮忙，连帽子都忘在这儿了。"

"这哥们怎么回事？性子急成这样？"陆聿一边吐槽，一边看向那顶棒球帽。紧接着,他的脸色忽然就变了。

一枚鲨鱼形状的金属徽章,带着斑斑锈迹,静静地扣在靠近帽檐的地方。

第十六章 危机

虽然被送进医院时的情形看上去有些吓人,然而在医生们的治疗下,阮霖还是很快地康复了起来。在被虞卿和陆聿守着打了一夜的点滴后,自觉精神恢复得差不多了,就态度强硬地表示要出院。

虞卿自知拗不过她,且就两人之间的微妙关系,又实在没有什么干涉的立场,正想找个借口把陆聿拉出去说说接下去怎么处理,陆聿已经点了头:"我刚问了下医生,你现在这种状况,若实在不想留院,回家静养也没问题。不过我和虞卿一会儿还得赶着去上班,你看看有没有人可以接你?"

也不知道他是为了避嫌还是出于什么其他原因,在对待阮霖的态度上,竟会表现得如此冷漠而不近人情。虞卿微愣正想表示"公司那边我可以先帮你请个假",阮霖已经脖子一梗,恨声回应道:"我知道耽误了你们一晚上已经让你很不爽了,你放心,接下来的事情我不会再麻烦你!"

"你知道就好!"仿佛没有觉察到她的愤怒和失望一般,陆聿冷声道,"阮霖,这个世界上,除了自己,没有人可以为你的人生负责。如果你自己都不爱惜你自己,别人也帮不了你。是,如果你真的出了什么事,无论是我妈还是我,包括你身边的很多朋友都会伤心难过,可那又怎么样呢?难道你生命的意义仅此而已?你所希望的就是以伤害自己为代价,让那些关心你的人一直活在痛苦中？"

鲜少见他如此声色俱厉的模样，阮霖微怔，眼睛迅速泛红。

陆聿叹了口气，声音终究还是软了下来："不管你自己怎么想，但是你身边还是有很多人在关心着你，希望你一切平安顺利。所以一会儿究竟有没有人可以接你回家？如果没有，我可以和公司请个假送你回去……"

"不用了……"阮霖低声抽泣了一阵，抬头看了看他因为通宵未眠而充斥着血丝的双眼，迅速抓起了身边的手机。

匆匆发出一段微信后，她将屏幕在他眼前一晃，低声解释道："我朋友已经答应来接我了，你可以放心了。"

陆聿盯着屏幕上那个标注着"冤大头"几个字的微信账号，脸上的表情变得有些复杂："这人是谁？靠得住吗？"

阮霖怯怯地点了点头："这人你知道的，就是之前老缠着我约我吃饭，送我礼物的那个。我知道你看不上他，不过他对我挺好的……"

陆聿不置可否地"嗯"了一声："之前一直没问过，你的这个朋友，是不是姓容？"

阮霖有些吃惊："你怎么知道？"

陆聿抿着嘴唇，一时间没有吭声。虞卿见状，很快把话题接了过去："你这位朋友昨天给你打过电话，知道你进医院以后也很快就赶过来了。"

阮霖依旧诧异："可是我没见他人啊！"

虞卿也不知该如何解释，只能安慰道："可能是临时有什么事吧，和我打了招呼以后他很快又走了。所以陆聿才会担心，他说要来接你，会不会临时又有什么变故？"

"不会的！"像是要证明什么一样，阮霖紧握着手机，口气十分笃定，"他问了我这边的情况，知道我就等着出院了。如果他敢晃点我的话，以后再也别来找我了！"

看她这把握十足的样子，想来在和那位姓容的小青年相处中占据了上风。

眼见如此，虞卿也就不再多言，略加叮嘱之后，很快和陆聿一起出了门。

去往停车场的路上，虞卿一边看表一边问："在医院守了一晚上，咱们得先洗个澡换身衣服。现在也快八点了，你看你是准备先回家一趟和你妈报个平安，还是直接去我那儿？"

陆聿"嗯"了一声，眉头微蹙，很明显是沉浸在某种思绪里，并没有听明白她在说什么。

虞卿见状干脆把脚步停了下来："陆聿，从昨天晚上把阮霖送进医院你就不太对劲，如果你实在担心她的话，无论是留下来照顾她还是把她送回家，我都没问题的。虽然我也知道，她心情不好乱喝酒，可能和我的交往多少有些关系，但是你们毕竟认识了这么久，来往又一直很紧密，我不会因为这些事乱吃醋的……"

"什么？"陆聿先是愣了愣，很快笑了起来，"你别乱想，我知道你不会因为这些事乱吃醋。不过既然你这么说，那我就先留下来，等阮霖的朋友到了以后再走。"

"可我怎么觉得，你一开始就没打算就这么走了呢？"

虞卿很敏锐地觉察到了他的异样："你是不是对阮霖的那位朋友不太放心，所以想等他过来，看看他究竟是什么人？"

"算是吧……"

"这个你倒是可以放心，虽然我只和他打了个照面，但他知道阮霖出事后的关心和急切是装不出来的。昨天大概真的是有什么急事才会临时走掉，今天既然已经答应过来接人，应该是不会再爽约了。"

陆聿安静地听到这儿，神色变得有些复杂："看来你对他印象还不错？"

"是不错啊，毕竟是个腰细腿长的帅哥嘛。"虞卿开了句玩笑，随即温柔地看着他，"其实你我对他怎么看都不重要，重要的是阮霖怎么想。如果对方真的人品不错，也能够好好照顾她陪伴她，这不是比什么都重要吗？你一个外人，替她把把关可以，但是不要越俎代庖，太过挑剔了。"

在她柔声的叮嘱里，陆聿不置可否地应一声，点了点头："好。"

虞卿离开没多久，一辆外形炫酷的玛莎拉蒂速度飞快地开进了医院停车场，紧接着，一个身穿黑色夹克的小青年从车上走了下来。

与车子招摇的模样不同，青年的样子看上去有些紧张，下车之后先是左右看了好一阵，才疾步朝着六楼的方向走去。

即将走出停车场时，他像是感知到了什么一样，下意识地朝着旁边斜了斜眼。紧接着，他像是被钉子钉住了一样，顿在了原地。

数米之外的梧桐树下，陆聿静静地站在那里，看向他的目光沉默而冰冷。

几分钟的僵持后，青年主动走了过去，冲他弯了弯嘴角："从昨天开始，我就一直在想，我们重新相见会是怎么样的情景，却没想到这一幕会来得这么快。陆聿，好久不见。"

"我也没想到。"陆聿冷声道，"本来我还以为知道我的存在后，你会立马跑得远远的，像之前几年那样，当个缩头乌龟躲着不出来。"

"怎么会？"青年笑了起来，"说起来，之前有段时间我一直在找你，只是你换了住址，又把所有的联系方式都换了，所以才会拖到现在。"

"你找我？Shark找我做什么？是想告诉我你金蝉脱壳跑到美国以后和你妈母子相认，过得有多开心吗？"

"当然不是！"Shark苦笑了一下，"事实上，我去了美国以后，连我妈的面都没见着……"

陆聿张了张嘴，似乎想问点什么，却又咽了回去。

Shark却像是觉察到了他的心思一样，继续说道：'当时我到了美国，立马就给我妈打了个电话，告诉她我现在有钱了，想要见见她。其实也就是见见而已，我并没有做什么，结果她惊慌失措地对我说，她现在在美国过得很平静，让我不要去打扰她的生活……听起来很傻是吧？我劳心费力地折腾了那么一大圈，居然是这么个结果。"

"你活该！"陆聿咬着牙，一字一顿，"你这种人，就不配有人对你好！"

"你说得没错！"Shark 耸了耸肩，一脸的无所谓，"所以从那以后，我就不再在这些无聊的事情上浪费时间了，只要安安心心赚钱就好！反正有了钱，什么样的日子没有呢？"

眼见陆聿脸色越来越青，他微微叹了一口气："算了，不说这些了，其实之前我找你，是想着没有你的话，我搞那些钱也不会那么顺利。我这人向来恩怨分明，知道你后来因为那件事坐了几年牢，情分我是记着的。只要你开口，我就会尽量补偿你……"

话音还没落，陆聿已经踏前一步，将他的领子狠狠揪住："补偿我？你拿什么补偿我？Shark 我警告你，当年侥幸让你逃脱，不代表我打算就这样放过你！以后你最好老老实实地待着，别再干那些见不得人的勾当，也别试图像当初利用我一样去利用阮霖！"

"见不得人的勾当？你说的是什么事啊？"Shark 嗤声一笑，满脸都是嘲讽，"陆聿你也不仔细想想，几年前警方都拿我没辙，难道到了现在还能把我怎么着不成？"

他顿了顿，语气温和了下来："至于阮霖嘛，你倒是不用操心。她是我见过的最可爱的姑娘，我不需要她为我做什么，相反的，只要她愿意，我可以为她做任何事，让她想要什么就给她什么！"

陆聿愣了愣，下意识地松了手。

自和 Shark 相识以来，对方好像也只在很多年前提及自己远在美国的母亲时，才流露过这种憧憬而温柔的神色。

趁他分神，Shark 后退了几步，朝他挥了挥手："我知道咱们之间的事不算完，不过既然见面了，以后打交道的机会还多得是。今天我得先去接霖霖回家，就不和你多聊了，总之你放心，我会再来找你的！"

半个小时以后，见阮霖跟着 Shark 上了车，陆聿并没有如之前和虞卿约定好的那样赶去公司，而是直接回了家。

江雪萍正在为阮霖的身体状况忧心，见陆聿回来，赶紧一通追问，在得知女孩已经安然无恙地回了家后，总算是松了一口气，随即又急匆匆地计划着要去菜市场，准备炖点鸡汤之类的，给她补补身体。

见她要出门，陆聿把人拦下："妈，问你个事，阮霖身边有个和她走得挺近的男的，姓容，你知道吗？"

"姓容的男的？你说容钦哦？"

江雪萍点了点头："霖霖她之前和我聊天的时候提起过，小伙子经常给她打电话，我感觉他是挺喜欢霖霖的。只是霖霖对他没那个意思，我劝了几次让她多接触接触，她都是一笑了之。怎么了？他们关系有进展了？"

"这个您就先别管了。您知道他们是怎么认识的吗？"

"大概知道一点儿。"见他一脸严肃，江雪萍努力回忆着，"我听霖霖说过，他们好像是因为共同的朋友认识的。刚认识那阵，容钦看上去很落魄，经常饭也不好好吃，就知道喝酒什么的。霖霖心善，以为他穷，就经常带着他去家里吃饭，中间容钦生了一场大病，也是霖霖一直在照顾他，这一来二去的，小伙子就动心了，开始对她穷追不舍。也是到了那个时候，霖霖才知道，容钦他其实不缺钱，甚至比一些在大公司里上班的高管还有钱……"

听江雪萍的口气，似乎对这个年纪轻轻就身家丰厚的年轻人颇有好感。

也不知道如果她知道对方拥有的这些财富，曾经让自己儿子付出了惨烈的代价，心里将会作何感想。

陆聿暗暗叹了一口气，继续问道："那阮霖有告诉过您，他具体是做什么的吗？"

"没有。我之前也问过几次，不过霖霖也没说明白。倒是你啊，怎么这么关心他？难道是想撮合他和霖霖吗？"

陆聿笑了笑，却没说话。

按照江雪萍的说法，Shark 会这样热情地对待阮霖，或许是因为从她那里得到了久违的温暖，把对感情的渴望全部投注到了她身上，并没有什么太多的利用之心，但他还是忧心忡忡。

接下来的几周，陆聿和虞卿但凡有空，都会上阮霖家里进行探望。

从她家里那些堆积着的各色营养品可以料到 Shark 应该也是上门频繁，但大家像是达成了某种默契一般，从未打过照面。

最开始，对于虞卿的来访，阮霖显得格外别扭，态度不冷不热，说话也是夹枪带棒火药味十足。

只是虞卿并不计较她的无理，也没跟她赌气。

相反的，对于这个脾气有些乖戾，对她又心怀敌意的女孩子，她就像对一个尚在叛逆期的妹妹一样，坦然又真诚地释放着自己的善意。

阮霖父母早逝，一直独来独往，除了江雪萍之外，身边来往的大多是和她一样游走在社会边缘，缺少家庭关爱，对前路满是茫然的年轻人。像虞卿这样家世优渥，浑身充满了正能量，性格又开朗有趣的女性，在她过往的生命中从未有机会接触过，因此，即使因为陆聿的关系对对方有些敌意，却终究忍不住被对方身上的阳光气息所吸引。

陆聿原本担心虞卿在阮霖大病之后，屡次三番陪自己上门探望，是不是带着一点儿委曲求全的意思，然而时间一久，当他意识到两个女孩之间来往渐密，甚至经常约着一起逛街吃饭，聊一些连他都不知道的小秘密时，也不禁诧异了起来。

某个周六，在虞卿带着阮霖出门逛了一个下午后，陆聿实在忍不住了，紧追问道："你们最近都在聊什么啊？怎么感觉神出鬼没的？是在密谋什么吗？"

"聊你读书时候的那些糗事啊！"虞卿笑嘻嘻的，"本来呢，人家小姑娘觉得你成熟稳重，还挺有好感的，结果听我揭完你的老底，立马表示自己眼睛瞎了。"

"怎么可能！"陆聿一脸忿忿，"那个时候我可是 T 大之光来着，不然有些人怎么会处心积虑地借着做新生访谈的机会来要我的联系方式？"

"我呸！少　瑟。"虞卿伸手在他额头上一敲，"你们最近不是很忙吗？我看风控部的其他同事都被秦朗折磨得没脾气了，怎么你还这么活蹦乱跳的？

难道是工作量不饱和?"

"你就饶了我吧!我这属于强颜欢笑。难得休息一天,求你别在我耳边再提秦朗两个字。"

陆聿笑了一阵,忍不住继续追问:"对了,你还没告诉我你和阮霖这段时间神神秘秘的究竟在干吗呢?是有什么秘密不能对我说吗?"

"那倒没有。"虞卿嘴角一勾,终于道出真相,"前段时间我看阮霖好像对直播还挺感兴趣,所以带她去看了几家MCN(Multi-Channel Network 多渠道网络服务)公司。"

"嗯?你带她去那儿干吗?"

"看看有没有她感兴趣的工作。"

"什么?"这下陆聿是真的有点吃惊了,"你要给她推荐工作?可是她愿意吗?"

"嗯。"虞卿点了点头,"这段时间,我也找机会和她聊过了,其实对于养卡这档子事,她自己也挺忧心的。一是觉得这事见不得光,一旦出问题很可能下半辈子就完了,二是除了上下游链条上的那些合作方,她也很难交到什么朋友。只是她一直觉得自己没读过什么书,也没有什么本事,所以对于找一份像样的工作,也不抱太大希望。"

"原来她顾虑的是这个。"陆聿叹了口气,难免也有些自责,"说起来之前我也劝过她很多次,见她态度一直挺抗拒,还以为她是觉得做这个来钱快,所以不愿意放手。倒是真没想到她顾忌的事情有这么多。"

"她对你有好感,自然不愿意在你面前表现出自卑脆弱的一面,可以理解。从她当年不求回报地救下江可姨,还细心照顾这么多年来看,就知道她绝对不是一个贪慕虚荣的女孩子,不太可能会因为钱的原因,去做那些违法乱纪的事。"

"你说得对。"陆聿笑了起来,"那你想推荐什么工作给她?难不成想培养她做个带货网红?"

"当然不是!"虞卿白了他一眼,"阮霖是长得挺漂亮的,但是性格有点儿内向，也不太擅长和别人沟通，你让她抛头露面介绍产品，她铁定会觉得别扭。而且网红的生命周期短，竞争又激烈，我可不想她刚刚试着开始一份新工作，就被残酷的现实劝退了。"

"这么说起来，你是真的有规划了啊？"陆聿越发好奇，"赶紧说说看，你究竟想让她去 MCN 公司做什么？"

见他着急，虞卿也不再卖关子："说起来也不是我在规划，而是看她自己想要做什么。虽然 MCN 机构在前台展示的只有主播，但背后的工作链条还是挺复杂的。今天带她看了一圈以后，她觉得自己对选品的工作挺感兴趣。这份工作对学历要求不高，但很看重耐心和责任，我感觉挺适合她的。刚好那家 MCN 机构的老板是我朋友，大家一起聊了一下以后都觉得还不错，现在就是看她愿不愿意暂时离开 T 城，去 H 城那边待上两个月，做个专门的选品培训……"

"你们这速度够快的啊，居然已经聊到培训了！"陆聿满脸都是惊叹，"那阮霖她是什么打算？"

"她对这份工作挺有兴趣，不过还是有顾虑，一方面是她没怎么离开过 T 城，也没正儿八经地上过班，有点害怕加入集体培训以后能不能适应，二是惦记着江阿姨，怕自己走了她没人照顾……"

"我怎么觉得你这么一说，显得我这个当儿子的很不孝呢？"陆聿笑了起来，"行吧，如果她真的对这份工作很感兴趣，我会去和她聊聊的。你放心，你已经不声不响地做了那么多，接下来的事情，就交给我好了。"

两天之后，陆聿趁着午休的时间，把阮霖约到了公司附近的一家咖啡厅里，进行了一次长谈。当时虞卿正在办公室里和同事们热火朝天地讨论着圣诞大促销的方案，因此，对于这次谈话的具体内容，她并不知晓。

只是很快的，她收到了那个 MCN 公司朋友的电话。对方在电话里表示，阮霖已经接受了他们的工作 Offer，并即将前往 H 城进行为期两个月的上岗前培训。

对于这样的结果，虞卿倍感欣慰，但也担心没怎么出过远门的阮霖，是否能照顾好自己的生活。前思后想了好一阵，她决定约陆聿下班之后一起去帮阮霖购置一些必要的出差用品。

然而到了晚上八点，两人好不容易放下了手里的话儿，正准备下电梯时，陆聿的电话却忽然响起来了。

"喂，你好，哪位？"

"是我……"

电话里的声音听上去有些沉闷，但陆聿还是第一时间辨别了出来。

意识到虞卿正一边刷着手机一边在电梯里等他，陆聿临时编了个借口："虞卿，我有个事得紧急处理一下，不然你先去停车场等我？"

"行啊，那你抓紧点儿！"虞卿正在专心浏览着各种商超的APP，没有留意到他的神色，随口搭腔后，很快摁下了关门键。

电梯门刚一合上，陆聿的脸色就沉了下来，他拿着电话拐进了安全通道，低声开口："你怎么知道我的电话号码？"

"这事很难吗？别说电话了，你现在的信息我想要什么找不到？"电话那头的声音越发焦躁，似乎不想和他在这个问题上啰嗦，"你现在在哪儿？我有事找你！"

"我和你没什么好聊的。"

"陆聿！"Shark的声音扬了起来，"我真的有重要的事找你，如果你今天不出现，我就去你家门口守着！"

对方这种不依不饶的态度让他满心烦躁，但真要坚持拒绝，以对方偏执又极端的性格，说不定真的会去自己家门口堵人。

如果在纠缠的过程中惊动到了江雪萍，再牵扯出当年的旧事，只怕又是一场风波。想到这里，陆聿只能恨声妥协："我现在没在家，你要找我的话，就去江源路上的那家星巴克等着！"

"行！我离那儿不远，十分钟左右就能到！你抓紧时间，我们见面再说！"

十分钟后,陆聿如约到达约定的地点。

见他出现,外摆区的角落里有人站起身来,朝他挥了挥手。

陆聿眉头微蹙着走了过去,却连落座的意思都没有:"我时间不多,有什么事你赶紧说。"

"来都来了,还计较这几分钟啊?"Shark笑了笑,从口袋里翻出了一个信封递了过去,"呐,这个给你!"

陆聿接在手里,摸了摸:"你什么意思?"

"没什么意思啊!我说过要补偿你的!"

Shark抬眼看着他,眼神看上去格外真挚:"我知道你因为之前坐了几年牢,生活一直不太好,你妈身体又那样,花钱的地方很多。这张卡里有两百万,你先拿着,密码是你的生日,如果觉得不够用的话,你可以再和我说……"

话音还没落,陆聿已经把信封重重砸在了他面前:"拿着你的钱赶紧滚!还有,以后别让我再撞见你!不然我见你一次揍你一次!"

"你别着急走啊!"见他转身,Shark赶紧站了起来,一把抓住他的肩膀,"钱你可以不收,要打要杀也随便你,不过有个事你必须得答应帮我!"

陆聿实在不想和他拉拉扯扯,用力将他一推:"你还有什么事?"

"你能不能帮我去劝劝阮霖,让她别去H城?"见他不吭声,Shark咬了咬牙,豁出去了一般道,"我知道你们关系不错,她这份工作还是你女朋友帮她介绍的,不过我就没想明白,她在T城待得好好的,又不缺钱花,为了份一个月几千块钱的工作,折腾来折腾去的干什么?"

"你不知道是吧?"陆聿把身体转了过来,一脸严肃,"因为她想生活在阳光底下,想要正大光明地赚钱、生活、交朋友,而不是像老鼠一样永远只能藏在阴影里,赚的钱也是见不得光的!"

"你骂我就骂我,别把阮霖也带进去成吗?她养个卡怎么就见不得光了?不都是赚钱吗?又没做什么杀人放火的事,你犯得着这么说她吗?"

Shark低声抱怨了几句,忽然想到什么,再次强调:"算了,你爱骂就骂吧,骂完了你还是得帮我把阮霖留下。如果真的像你说的那样，她不想干这行了也没关系，我可以养她的……"

"你养她？你拿什么养她？用你那些见不得光的钱吗？还有，阮霖她有手有脚为什么要让你养，你把她当什么？"

"当女朋友啊！"Shark 一脸的莫名其妙，"怎么了？"

"女朋友？你想得还挺美的！你这种人也配？"

"我这种人怎么了？我一心一意对她好，肯为她花钱，她想要什么我就给她买什么，而且可以为她做任何事！"

"就因为你一厢情愿自以为是地对她好，就要她按照你的想法过下半生吗？"陆聿冷冷地瞪了他一眼，"她的人生，她的工作，她的未来都是她自己选择的，她能做出选择，作为她的朋友我很高兴。至于你这种人……真想为她好，就离她远点儿，这就是对她最大的恩赐了！"

"你什么意思？"Shark 愣了愣，"你是不准备帮我吗？"

"你配吗？"陆聿哼声冷笑，"Shark 你听清楚，我不仅不会帮忙，以后找到机会，我还会让她知道你究竟是个什么玩意！"

Shark 脸色变了几变，忽然咬牙切齿地低声吼了出来："陆聿你故意的是吧？就因为你蹲了几年牢，你就想用这样的方法来报复我，伙同你的女朋友一起，处心积虑地让阮霖离开我，讨厌我？"

"随你怎么想！"陆聿说，"我只是要提醒你，阮霖可从未想过要和你在一起，说什么让她离开你，你也未免太把自己当回事了！"

"好……好……"Shark 喃喃自语了一阵，猛地抬起头来，"陆聿，我把话放这儿了，阮霖她如果真的离开我了，我会让你们都付出代价！"

"是吗？"陆聿笑了笑，"你想怎么样随便你，不过我也把话放这儿，你最好别有把柄落在我的手里，不然咱们就新账旧账一起算，我会把你送进监狱的！"

正式收下公司的录取 Offer 后，阮霖特意去陆聿家里陪江雪萍吃了一顿饭。

得知她即将离开T城前往H城，开始一段新的职业旅程，江雪萍开心之余难免有些担忧，从坐上饭桌开始，就一直唠唠叨叨地询问着她的各种情况。等她好不容易把该叮嘱的话都叮嘱完了，陆聿才总算是找到机会，朝阮霖手里塞了个红包。

阮霖把红包捏在手里，表情有些复杂："你给我钱干吗？"

"你别误会，我没其他意思，就是想着你去到一个新的城市学习工作，肯定有许多东西需要置办。虽然虞卿给你准备了一些，但这个算是我的一点儿心意，你就别客气了。"

"我倒是没想客气，不过你私底下这么大手大脚地给其他女人塞钱，你女朋友她知道吗？"

"算了，不逗你了！"见他表情微窘，阮霖扑哧一声笑了出来，"既然你这么坚持，我就不客气了。等你结婚那天，我再还你个大的。不过我去H城培训的事你真的不用担心，公司在那边有宿舍，还有食堂，也没什么可花钱的地方。再说了，也就两三个月而已，很快就回来了。"

"嗯，那就好。"陆聿点了点头，忍不住继续叮嘱，"你之前没上过班，也没和同事打过交道，一开始必定会有些不适应。不过就算遇到委屈，感觉别扭，也尽量忍耐一下，时间久了，你就会发现大部分人都还挺可爱的。"

"我知道啦！你怎么也变得唠唠叨叨的，以前没感觉你这么爱说话啊！"

阮霖白了他一眼："这些事虞卿和我说说也就算了，你不也才刚上了一阵班，在我面前装什么职场精英？"

"我这不是关心你吗？"陆聿叹了口气，"对了，你家那边有没有什么要打理的？我有空就过去打扫打扫。"

"不用！"阮霖摇了摇头，"那套房子我已经退了，里面的东西也该卖的卖，该送的送，大部分都处理了。从H城回来以后我准备重新租套房子，住在公司附近，这样上班也方便些。"

陆聿有些吃惊："你怎么忽然想到把房子退了？事先一点儿风声也没有。"

"毕竟我现在也是个正儿八经的上班族了嘛，以后如果有同事来玩，我还要把他们带到那种小破屋子里不成？"

"就因为这个？"

"也不全是……"阮霂犹豫了一下，还是老实承认，"还有一个原因就是，我不太想再和之前认识的那些人有联系，也不想他们再来骚扰我……"

这话虽然说得含糊，并没有指向什么特定的对象，陆聿却还是很敏锐地明白了她的意思："是不是宓钦来找过你麻烦？"

阮霂有点吃惊："你怎么知道？"

"随便猜的。"陆聿有些紧张，"他有对你做了什么吗？"

"那倒是没有，他也没那个胆子……"

阮霂深深叹了口气："其实他对我一直都不错的，虽然我没想过要和他怎么样，但是也觉得做个朋友或许还成。结果知道我准备开始新工作以后，他就像疯了一样，每天来我家门口堵我，死缠烂打地让我不要离开他什么的，还说虞卿和你帮我找工作没安好心，是故意在报复。我问他到底怎么回事，他也不肯说，后来我烦了，让他别再来找我，他就一天天地给我打电话、发微信，好几次还大半夜的来敲我的门……我就觉得他这个人吧，没办法好好说话，性格还挺偏执的，再这样下去，可能连朋友都没得做了。"

陆聿点了点头："既然你已经做了决定，那我帮你留意下房子。到时候如果有合适的，我就先帮你定下来。"

两天以后，阮霂登上了前往H城的飞机。陆聿和虞卿特地请了半天假，去机场为她送行。回公司的途中，陆聿一直没怎么说话，虞卿暗中观察了一阵，忍不住问道："你今天怎么一直心事重重的？是担心阮霂去到那边以后适应不了吗？"

"那倒不是，我就是在想，她是不是走得有点儿太顺利了。"

"什么意思啊？"虞卿一脸啼笑皆非，"人家是个女孩子，难不成你还指望她临走之前先受点儿挫折教育？"

"别瞎扯！"陆聿被她逗了几句，也笑了起来，"虞卿，你还记得之前阮霖进医院的时候，来找她的那个男的吗？"

"记得。你是说容钦吧？阮霖之前有和我提过，怎么了？"

"他一直不希望阮霖找工作，也不希望她离开T城，为了她去H城这件事，几乎每天都在阮霖家门口纠缠不清。我原本以为闹了这么久阮霖都没有改变主意，他不会这么善罢甘休，说不定会来机场闹事，结果没想到，他今天居然这么安静。"

虞卿点了点头："虽然我没和他打过太多交道，但也听阮霖和他通过几次电话。他的性格好像挺偏执的，今天没出现，不代表以后不会打扰。阮霖如果真的不想和他有太深的纠葛，到了H城那边也得多留点儿心。这样吧，等一会儿到了公司，我给阮霖她们公司H城那边的负责人打个电话，让他们多留意一下宿舍的安保问题，务必保证培训期间阮霖不会被打扰。"

"多谢你了啊！"

"和我也用得着这么客气？"虞卿飒然一笑，"别担心，阮霖怎么说也是个大姑娘了，我相信她会照顾好自己的。"

回到公司时正值午休时间，虞卿把车停好，原本计划先在办公楼外面找家小面馆吃点东西，没想到人还没走出停车场，手机就先响了起来，紧接着，就是姚迟火急火燎的声音："虞总，您忙完了吗？还有，陆聿有没有和你在一起？"

"我们已经在停车场了，发生了什么事么？"

"公司的网站忽然出状况了，秦总又在出差，您要是到了的话，赶紧回来看看吧，我看风控部门的人都要疯了！"

"行！你等一下，我和陆聿马上到！"

挂完电话，虞卿和陆聿匆匆上了楼。

刚进办公室，就发现一屋子的人各个神色凝重。

明明是吃饭时间，却几乎没有人离开工作岗位，风控部门的员工正围聚在一起讨论着什么。见两人出现，很快有人把位置让开，对着前方的监控大屏指了指:"虞总,您过来看。"

虞卿凑身上前凝神看了看,脸色很快就变了。虽然并非技术出身,但眼前的数据和线条意味着什么,她却很清楚。

此时此刻,屏幕中间那条原本平稳的交易曲线像是被什么东西硬生生地折断了一样,以一个不可思议的角度倾斜向下,而屏幕右下角的地方,交易的成功率已然下跌到了百分之六十——这意味着这期间用户发起的一万笔订单里,就有四千笔直接以失败告终。

对于从用户拉新到站内承接再到消费转化,每一步都需要经过精心设计和层层考验,才能实现一次成功交易的电商企业而言,这样的重创实在太过严重。

虞卿还没来得及做出下一步的反应,已经有人难以置信地发问:"这是不是秦总在圣诞大促销来临之前搞的内部安全测试啊?之前风控部门不是也因为他的各种测试而鸡飞狗跳过好一阵吗?"

"不是!"虞卿很快摇头,否定了这一猜测,"秦总做事很有章法,就算是测试也不会影响到公司的正常运营。你们现在联系上他了吗?"

"还没有。"人群之中依旧一片恐慌,"秦总今天陪老板出差,估计现在正在飞机上,电话一直处于关机状态,不过我们已经给他留言了,希望他下飞机后能第一时间看到……"

那边的议论声还没停,陆丰在看完监控大屏的实时动态后,脚步飞快地回到了自己的工位上。几分钟后,他抬起头来:"来不及等秦总开机了,现在的状况是有人用垃圾数据攻击了公司的服务器,让服务器超负荷,才会导致正常的交易流量瘫痪。"

"问题能解决吗?需要多少时间?"

"我们试试看!"陆丰把话说完,冲着虞卿点了点头,很快和部门同事凑在一起,简单沟通了一下,继而就聚精会神地看向了自己的电脑显示屏。

时间一分一秒地向前走着,"优选集家交易无法完成"的消息也很快爬上了微博热搜。办公室里的每个人都神经绷紧,看向大屏上那条不断颤抖着的交易曲线，就像是看着公司生命的脉搏。终于，随着一声低低的惊呼，那条尖锐的折线逐渐开始上扬，很快恢复到了平日里熟悉的平稳节奏。

在场的众人纷纷松了一口气，随即奔回自己的工位，开始为刚刚结束的那场动荡遗造成的各种问题进行补救。

虞卿站在屏幕前，又耐心观察了一阵，发现流量数据归于稳定后没有再畸变的迹象，才慢慢走到陆聿身边："辛苦你们了。现在应该没事了吧？"

陆聿摇了摇头，正想说点什么，隔壁工位的同事猛地站了起来："陆聿，你过来看！"

顺着他手指的方向，优选集佳那熟悉的开屏界面上，一个不知什么时候冒出来的鲨鱼形状图标，正用一种懒洋洋且漫不经心的姿态，在上下游走。

对于大部分普通用户而言，这只是一个非常不起眼的变化，不留心的话，甚至都难以注意到。然而即使在不久前的那场流量攻击的风暴里都镇定淡然的陆聿，在这一刻，脸色却忽然变了。

虞卿原本已经稍稍放下的心，也因为他骤变的脸色而再次悬起："这是什么？新的攻击方式？"

"不是，我想这或许是一个预告。"

"什么预告？谁的预告？"

还没等陆聿回答，原本已经游至界面底端，即将消失的鲨鱼再次回头，冲着屏幕外的人们肆无忌惮地亮出了獠牙。紧接着，随着它向下深潜，一行淡得几乎看不出形状的文字若隐若现地浮现出来——

"预热结束。提前祝各位圣诞快乐！"

第十七章 终局

自进入网络安全行业开始,秦朗与黑客之间的较量就从没有停止过。数字化在改变社会生活的同时,也让这些隐藏在隐秘角落里的战争,越发动人心魄。

只是工作这些年来,无论多强劲的对手,都没有在战斗开始之前,就这样大张旗鼓地直接下战书,因此在听完了同事的汇报后,秦朗满心恼怒的同时,也禁不住有些疑惑。

毕竟对于那些不断给他们制造麻烦的黑产分子而言,网络上激烈的攻防战是用以摄取非法利益的手段,而非展示才华的竞技场,一旦提前暴露,不仅会让进攻的难度增大,更有被抓住真身,送进囚牢的可能。

因为这样的疑虑,在匆匆结束了差旅之后,秦朗没有在异地再多耽搁,和吴行打完招呼后,就订票飞回了 T 城。

踏进优选集家的办公室时,时间已经接近晚间十点,但虞卿的办公室里却依旧亮着灯。秦朗放下行李,连水都没来得及喝一口,就推门走了进去:"你和陆聿都还在是吧?那赶紧和我说说,现在情况怎么样了?"

虞卿示意他先坐下,然后才开口道:"总体情况还算稳定,虽然被流量攻击那阵交易订单损失了不少,但是恢复以后,就没再出什么岔子。风控部门的同事已经按照你的安排加强了预警机制,24 小时轮流值守,就算有什么突发状况，应该也足以应付了。"

"那就好……"秦朗总算是松了一口气，却忍不住疑惑，"虽然优选集佳重新运营之后，平日里大大小小的攻击从没断过，但是我们团队经过了这么长时间的锻炼，从防控意识到技术水平都算是过得去了，这次怎么会连一点预警都没有，直接就闹成这样了？是因为我不在公司，大家的工作状态都松懈了吗？"

"不是的，秦总，会出现这种状况，并不是因为大家掉以轻心，而是对方在网络攻击方向技术能力突出，经验也很丰富，才会打了大家一个措手不及。事实上，在问题处理完之后，部门同事都详细做了抓包分析，但是对于具体的攻击方式和IP归属等，依旧存在争议……"

"技术能力突出，经验也很丰富？"听到这种评价从陆聿嘴里说出来，秦朗越发感觉惊异，"那倒是有点儿奇怪了。按照我的经验，每年的双十一，或者节日大促销时才是这些黑产分子活跃的高峰期，毕竟那种时候因为各种优惠活动，他们有巨大的利益可图。可是对方偏偏选了这么一个时间点，和我们简单交了一次手就立马撤退，这究竟是想干什么？纯粹秀个技吗？"

这一次陆聿没有再接话，只是眼睛低垂着，像是有什么话憋在心里，却犹豫着无法说出口。

虞卿等了一阵，把话接了过去："秦朗，不管对方目的如何吧，前两天的事也算是给我们敲了个警钟。圣诞大促销还有半个月左右就要开始了，这也是优选集佳即将面临的一次大考。在此之前，运营这边会沟通好商家，做好辅导工作，尽量减少活动期间各种优惠设置错误带来的问题。至于安全防控方面，就要麻烦你和你的团队再多费点心了。"

"行！这次我去出差，刚好也去拜访了几个头部的电商企业，和业界的大佬们做了一些交流。等明天同事们都到了，大家一起开个会，看看最后这半个月的时间里，咱们还有什么需要加强的！"

送别秦朗之后，虞卿也没着急走，而是给陆聿倒了杯咖啡，柔声问："你是不是有什么心事?"

陆聿骤然一惊:"你怎么会这么问?"

"你这几天一直不太对劲,你自己没发现吗?"虞卿笑了笑,在他身边坐下,"是不是因为公司网站被攻击的事?虽然技术上的事我不太懂,但如果有些事你不方便和秦朗说的话,也可以和我聊聊。"

"嗯……"

陆聿犹豫了一下,终于还是看向了她:"这次的事件虽然看上去像一次普通攻击,并没有什么特别的地方,但是从交手的那一刻我就知道,对方很大可能是冲着我来的。"

"冲你来的?"虞卿怔了怔,"你的意思是,你知道对方是谁?"

"嗯。而且这个人你也见过。"

"谁?"

"容钦。"

"容钦?为什么?就因为阮霖的事?"

"也不完全是……"陆聿低低喘了口气,在虞卿诧异的注视下,继续道,"我一直都没告诉你,容钦就是 Shark。当年我在沉潭网上挖漏洞的时候,曾经把他当成最好的朋友,直到我因为他的欺骗,入侵了风盈网,被送进监狱,才知道自己信错了人……这么多年来,我心里一直都藏着恨,也一直想问问他,究竟为什么要这么对我!直到因为阮霖的事,阴差阳错地再次和他打了照面,我才意识到,他根本没有为这件事情感到抱歉过,也从来都没有想过要悔过自新……"

"所以你才会那么态度坚决地反对阮霖和他来往,因为你担心如果再遇到类似的情况,阮霖也会被他毫无顾忌地牺牲掉,而他也因为这个恨上了你,认为你是为了报复他,才会故意将他们拆散是吗?"

虞卿叹了口气,紧紧握住了他的手:"所以你意识到是他在挑衅之后,会这么心事重重,是因为他实在是不太好对付是吗?"

"算是吧。"陆聿很坦诚地点了点头,"我们从 CTF 大赛就开始交手,后来在沉潭网上也较量过很多次,对彼此的水平和技术风格都很了解,而且就算是在那个时候,我们之间也没有谁一定有把握胜过对方。后来我在监狱里待了三年,浪费了很多时间,而那段时间里,不仅互联网安全技术在飞速发展,Shark 也在一次次的网络入侵中,不断累积着经验……"

"所以你是担心会输给他?"虞卿笑了起来,"陆聿,我对你有信心,相信以你的天赋和学习能力,即使耽误了三年时间,也未必会输给他。现在也并不是只有你们两个人在一较长短,整整一个部门甚至一个公司的同事都和你站在一起!还记得当初 CTF 比赛结束以后我对你说过的话吗?为了共同的目标而适当地妥协,学会和他人协同合作,都是成长的路上你需要学会的事,而现在的你……已经做得很好了。"

"谢谢你。"

在她温柔而坚定的安慰声中,陆聿低声笑了笑,随即把她紧抱在怀里:"其实这些天有好几个瞬间,我甚至心中都出现过一个很荒唐的念头,既然他是为了报复我,是不是我从公司离开,就能避免这件事发生。可是后来我又想,这件事到现在已经不仅仅是我和他之间的私怨了,即使他放过了优选集佳,也一定会把其他公司当作目标。所以如果他继续执迷不悟的话,我要做的是阻止他,并且把他揪出来!"

"你能这么想,我很高兴,而且对于你和你们整个团队,我也真的非常有信心!"

虞卿抬起头来,主动在他的嘴唇上吻了吻:"今天就先回去休息吧,等明天来公司了,我们和秦总一起再好好琢磨琢磨!"

接下去的两个星期,大大小小的网络攻防战依旧在频繁上演。

那些形迹可疑的入侵者除了常规操作外,更多的却是为了在圣诞大促销来临之前进行试探。

风控团队在秦玥的带领下,不仅要在最短的时间里将攻击化解,更要对此后可能遭遇到的情况进行推演，然后进行精细化的策略布防。

但对于陆聿而言，除了要配合秦朗的策略，严格执行布防工作外，还要不断尝试着从那些如洪流一般的可疑数据中找出属于 Shark 的蛛丝马迹，预判在最激烈的攻防战来临时，对方可能采取的进攻方式。

圣诞大促销正式到来的前一天，在吴行的主持下，风控和运营部门的所有员工进行了活动前的最后一次备战会议。

在将所有工作的准备情况都做了汇报和梳理后，秦朗站了起来："相信在座的各位都很清楚，今年的圣诞大促销不仅是优选集佳发展至今最重要的一场活动，也是对整个公司的一次大考！这次活动里，我们不仅要服务和协调好大大小小的商家，帮助他们获得更多的流量和交易额，也需要保证他们的合法利益不受到损害和干扰。基于这个目的，公司各个部门都做了很长时间的准备工作，如今，战斗即将打响，虞总和运营部的同事也已经将舞台搭好，接下来，我希望我们团队的各位同事都能够打起十二分的精神，全力以赴。"

随着热烈的掌声响起，每个人内心的火焰都熊熊燃烧起来。

会议结束后，虞卿特意走到陆聿身边，看着他红肿的眼眶和下巴上的胡碴，心疼地递了杯咖啡过去："这几天实在是太忙了，都没来得及问你一下，身体还吃得消吗？"

"还行吧。除了在办公室里睡了几天行军床，身上实在太臭之外，其他倒也没什么。"

陆聿一口气喝了半杯咖啡，随即重重喘了口气："虞卿你知道吗，其实针对圣诞大促销的网络攻击从几天前就开始了，有好几波攻击还在预谋阶段就已经被我们终结，同时还追踪到线下报了警。从警方那里得知，从我们放出预告之后，这几个幕后团队就搜集了近十万张用于注册账号的手机卡，准备了上万个服务器，他们的目标很明确，就是这次活动里数百亿的购物优惠和上千万份的打折商品……"

"近十万张用于注册的手机卡？"

想起不久之前家里还摆着无数套养卡机器的阮霖，虞卿不禁心有余悸："这群黑产团伙既然落到了警方的手里，那上下游产业上的相关人等，被警方顺藤摸瓜地揪出来，大概也只是时间问题。"

"那是当然！所以无论如何，我都得替阮霖谢谢尔。要不是你帮她找到了合适的工作，让她离开了这个圈子，保不准什么时候她就会被抓进去。"

"其实我也只是顺手帮了个忙，她自己下定决心要脱离那个环境才是最重要的，不然别人怎么帮忙都没用。"

说到这里，虞卿不由得问："对了，Shark那边有没有什么动静？"

"暂时还不清楚。"

提起Shark，陆聿的脸色变得凝重了些："其实这段时间我也一直在留心他的动作，但是来自各方的攻击实在太多，一时半会儿也无法锁定。而且……"

"而且什么？"

"而且对于大部分黑产分子而言，在这次的活动中利用各种漏洞薅羊毛获利才是他们的目的，我们的防控工作也是针对这个展开。可是Shark不同，他的目的不是为了获利，而是为了报复，所以对于他接下来会做什么，我们都不是太有把握。"

"那就兵来将挡，水来土掩吧！"虞卿闻言，手掌握拳，摆出了一个加油的姿势。

零点一到，优选集佳圣诞大促销的战役正式打响。

得益于运营部门事先设计好的各种极具吸引力的优惠活动，网站上一派热闹的景象。

与大量的消费行为同期而至的是庞大的数据流，而这些庞大的流量里，除了被活动吸引而来的用户之外，还有无数试图兴风作浪的黑色暗流。

那些原本用于"秒杀"和"限时抢购"等活动的优惠券和福利产品，很可能因为他们的介入，而落入薅羊毛的不法分子手中。

陆聿和他的同事们聚精会神地蹲守在自己的工作岗位前，一个个神色肃穆。

此时此刻,他们需要做的不仅是疏导流量,抗住一波波洪峰,还需要在不误伤普通消费者的情况下,将那些可疑的闯入者快速辨认后加以清除。

监控大屏上的数字正在以让人眼花缭乱的速度飞速跳动着,每跳动一次,就代表一次恶意流量被拦截。虽然在此之前,风控部门已经在秦朗的带领下建立了无数模型,用以识别异常数据,但在用户访问量成几何倍增长的大促销期间,依旧需要人工调度进行补位,监控并拉黑一些 IP 地址。

所有的决策和执行都以分钟为时间单位,若是拖延过长,一旦扩散就是难以挽回的重大事故。

最为紧张刺激的第一个小时过去后,监控大屏上一直保持在预警范围内的数据曲线,让虞卿那颗一直悬着的心终于稍稍放松了些。

活动了一下僵硬的肩颈后,她走出办公室,正准备给加班的同事们定个奶茶,就见陆聿起身去了茶水间,她赶紧也小跑着跟了过去。

"你们那边情况怎么样?还扛得住吗?"

"马马虎虎吧,头半个小时撑住了,后面问题应该就不大了。"

"我听秦朗说,之前你提供的风险控制模型起了很大的作用,给同事们减少了不少压力,后续的工作会不会轻松点儿?"

"想什么呢?"陆聿一边笑一边解释,"我做的那些模型,是基于之前的攻防案例和相应的算法构建出来的,但是在实际的对抗中也存在弱点,因为优选集佳的风控工作启动时间太短,所有的特征提取都是人脑想出来的,这就决定了这些模型不可能像机器构建出来的那么面面俱到。不过秦总也已经有了计划,等这次活动结束后,会把总结特征的工作交给人工智能,通过人工智能来对原始数据进行分析。等它们学会了分析和归纳,我们就不会像现在这么辛苦了。"

"看上去你们的工作还任重而道远啊……"

虞卿啧啧感叹着,伸手揉了揉他的脸:"小同志辛苦了,继续坚守岗位,等活动结束以后,姐姐带你去吃好吃的!"

陆聿笑了笑,正准备说点什么,大办公区里忽然出现一阵骚动,紧接着,低低惊呼声响了起来。

短暂的对视后,陆聿和虞卿同时收敛起了脸上的笑容,迅速向外奔去。

运营中枢的监控大屏上,那条象征着流量的红色曲线像是忽然被什么东西刺激到了一样,开始疯狂上扬。

很明显,这是一个非同寻常的危险信号。

虽然在活动开始前,经过综合评估,优选集佳的系统已经预留了充分的容量,但眼下流量洪峰的瞬间激增,还是让所有人一时间乱了手脚。

"这个情况有问题!按照行业经验和我们之前的预判,活动期间百分之一百的流量增长是合理的。为了保险起见,我们预留了百分之一百五的容量,怎么会在活动开始后一个小时,忽然出现流量洪峰?"

风控团队里有人一边嘀咕着,一边敲击着手边的电脑,然后他惊诧地道:"不对啊!这种攻击手法,我们之前应该遇到过,为什么没防住?"

"就是因为我们之前交过手,而且做了有效拦截,对方才知道他哪里做错了。这种反馈给了对手校准靶心的机会,也就很容易绕过模型升级攻击手段!"

陆聿一边回答,一边看向秦朗:"秦总,现在遇到的问题可能有点麻烦,看样子半个月之前的那次试探,就是为今天的攻击做准备的。经过之前的交手,对手对我们的防御系统有了一定的了解,要解决的话,怕是要多花点儿时间。而且只要没抓住人,就算这次处理了,未来还会继续出问题,所以我们线上溯源的同时,也得报警追查,以防后患!"

听他这笃定的口气,秦朗略微愣了愣,继而凑近虞卿低声问道:"看样子,陆聿知道对手是谁?"

"嗯。"虞卿点了点头,悄声回应道,"如果判断没错的话,这次攻击背后的操盘手,大概率是 Shark。"

"Shark?就是之前也在沉潭混迹过的那个 Shark?"

秦朗一惊,显然也很清楚这个名字究竟代表着什么。略加思考后,他第一时间叫来了两位同事，对线下报警的事做了安排。

与此同时，紧张的攻防战还在继续。

除了对攻击进行抵御外，追查入侵者 IP（Internet Protocol 网际协议）地址的工作也在同步进行。

报警系统不断地发出滴滴声，眼前的一切让人格外惊心，虞卿的手不知道什么时候渗出了汗水。

几分钟后，有人建议："现在这种情况，如果继续下去，整个优选集佳的系统估计就要崩溃了。为了保证系统的安全，我们要不要考虑关闸？"

"不行！"

没等虞卿开口，秦朗已经态度坚决地摇了摇头："这次的活动，无论是公司的同事还是网站上的商家都做了大量的准备工作，一旦交易停止，误伤到正常的消费者，对所有人都会造成无可挽回的损失！"

"那怎么办？"有人已经快绝望了，"之前我们计划过启动云构架，将系统无限扩容，但时间太短，还没来得及进入实际操作阶段，就遇到了这种事。如果这次抗不住，别说做升级了，有没有下次都很难说了……"

一片揪心的静默里，只有数据库发出的警报声一阵急促过一阵。

所有人都等着秦朗给出最后的指示。

陆聿盯着显示屏看了一阵，忽然转过头来："秦总，我大概估算了一下，如果现在将系统里的非关键性应用关掉，同时将部分资源以人工干涉的方式进行协调的话，应该勉强可以支撑。咱们要不要试试？"

"你有多少把握？"

"我尽力。"

"行吧……"

虽然这个答案听上去毫无保障，但是以陆聿的性格和技术水平，能在这种时候提出这样的建议，想必已经是此情此景下的最优选择。

秦朗考虑了几秒钟，很快将手一挥："那就这样，陆聿你尽快将不太重要的业务先行关闭,其他人配合进行资源协调,我们的目标是保住数据库和系统不崩溃,有任何责任我担着!"

"收到!"

随着指令的下达,所有人齐齐回到自己的工位,开始聚精会神地工作。

监控大屏上,那条象征着流量荷载的线条开始不断震颤,像是因为两股力量的博弈,而被剧烈撕扯。

虞卿嘴唇紧抿,手指紧紧地绞在了一起。

从她的角度看过去,只能看到陆聿微微弓起的脊背和格外严肃的侧脸。

一阵比一阵急促的警报声里,无数深藏在回忆中的画面,从她眼前如走马灯一般闪过。

那些与陆聿有关的,夹杂着无数欣喜与悲伤,热烈或苍凉的过往,层层叠叠地交错在一起,最终凝结成为眼前这个飞舞着手指,和同事们一起承担着所有人期待的守护者。

报警进入倒计时。

如果倒数走到终点,流量洪峰依旧无法被控制,系统将彻底崩溃。

秦朗的手已经开始微微颤抖,好几个围在他身侧的年轻员工甚至因为不敢面对即将到来的结局,而将眼神从大屏上移开。

整个大办公区内一片寂静,除了陆聿飞速敲击键盘时发出的清脆声响,只有报警器发出的刺耳蜂鸣。

终于,随着最后一行代码的锁定,急促的蜂鸣声像是被人挥刀斩断在了半空,就此终止。

"咱们……安全了吗?"

有人轻声呢喃着,难以置信地抬头看向了监控大屏。

显示屏上,距离系统最终崩溃的时间仅仅剩下最后三秒。

"嗯,幸不辱命。"

陆聿虚脱般地推开键盘,长长舒了一口气。

在热烈的欢呼声中,他抬起头,朝着虞卿骄傲地挤了挤眼睛。

一个月后,春节将至。

因为优选集佳在上一年里突出的业绩表现,公司上下每个员工都收到了一笔数额不菲的奖金。

奖金领完的当天,虞卿特地约了陆聿去了趟超市,大包小包地采购了一堆年货,说是要当作新年礼物送给江雪萍。

陆聿劝了几句没劝住,也就任由她折腾。

等到年货搬上了车,虞卿正准备离开,陆聿一把拉住她:"这附近有几个不错的商场,你不准备转转?"

虞卿有点好奇:"你是准备买什么吗?"

"当然!"陆聿一脸理所当然,"你爸妈不是过两天就来了吗?我总得有点儿表示吧。还有啊,圣诞节那阵太忙,我没来得及准备礼物,现在有时间了,又发了不少钱,自然要好好补偿一下自己的女朋友。"

"哦哟!拿了总裁特别奖的人果然不一样,说话都带着一股霸道总裁的劲儿呢!"虞卿闻言笑了,"要不你透露一下,你那个总裁特别奖,老吴究竟出了多少血?"

"也就几万块钱吧,不过够你买包包、买口红了!"

陆聿伸手在她头上揉了一把,笑着补充:"如果你觉得还不够,大不了我上交工资卡!"

"这么优秀?"虞卿朝他挤了挤眼,"其实我听说,这个特别奖不仅有奖金,老吴好像还决定开一个特殊通道,给你升职!不过因为要过年了嘛,这个消息他准备复工之后再正式宣布,我今天就算提前泄密了。"

"真的吗?"陆聿的眼睛亮了起来,"那作为交换,我也提前给你透个消息。"

"怎么了?"

"春节结束以后,秦总打算让我去H州和S城,和电商头部企业的同行们做个学习交流。另外，节后公司的云系统也要开始正式搭建，到时候就可以避免今年圣诞大促销时类似的危机了……"

两人闲聊着走进了附近的商场。

春节将至，到处都很热闹。

虞卿围着化妆品柜走了一圈，忽然想起什么似的抬头问："对了，算算日子，阮霖也快回来了。咱们要不要问问她需要点儿什么，也好提前准备？"

"我已经问过啦！不过呢，听她那口气好像是有人帮忙，不需要我们插手了。"

"有人帮忙？谁？"

"新交的男朋友。"

"啊？"

这个消息实在来得太突然，虞卿欣喜之余也忍不住有点儿诧异："两个月的培训时间，阮霖居然就交到男朋友了，这速度还真够快的！"

"那不然呢？像你一样交个男朋友也要考验个好几年吗？"陆聿嘿嘿笑了一阵，继续解释道，"其实阮霖之所以会这么快就决定和对方交往，也是因为她刚去的时候，总是被Shark电话骚扰。她既觉得心烦，也有些害怕，那个男孩一直陪在她身边，给了她很多安慰和照顾，她才会这么快被打动……"

"原来如此。"虞卿想了想，"对了，你有告诉她Shark现在的情况吗？"

陆聿点了点头："她不是培训结束就要回T城了吗？我怕她有后顾之忧，找了个机会把Shark被捕的事情告诉她了。知道这个消息以后，她半天没吭声，心情应该挺复杂的。只是无论如何，每个人都要为自己做过的事情付出代价，希望Shark进去以后好好反省，等以后出来，能开始新的生活吧……"

听他声音渐低，显然是想到了某些不太愉快的往事，虞卿把手伸了过去，主动握住了他的手："怎么了？是不是心情不太好？"

"没有，只是有些感慨。有段时间我一直在想，如果没有遇见你的话，我的人生会变成什么样子？会不会和Shark一样，因为一时的失望、贪欲或者忌恨，就会肆无忌惮地放任自己走上一条见不得光的路？"

"不会的。"虞卿眉目弯弯地看着他，"陆聿，之前和你妈妈聊天的时候我听她提起过，你爸爸之所以给你取名叫陆聿，其实是来源于法律的'律'字。他们一直期望你能成为一个严于律己、有所敬畏的人。也正是因为拥有这样的爱和期待，即使你犯过错，有过低谷，也能重新振作，在善恶之间，做出正确的选择。"

"嗯，这些我知道，不过还是要谢谢你。"

"谢我什么？"

陆聿没再说话，只是用力将她揽进怀里，用热烈的心跳声，对她进行回应。

谢谢你教会了我成长，赐予我光芒，带给我信仰。

也谢谢你在我最失落的时候，陪我冲破黑暗，走过最艰难的路途。

作者
拂衣

封面绘制
电磁花生

封面设计
杨小娟

内文版式
严岩

图片总监
杨小娟

特约编辑
向伟

出版社
中国致公出版社

总出品
湖北知音动漫有限公司

制作出品
知音动漫图书·漫客小说绘

官方微博
https://weibo.com/xiaoshuohui

平台支持

图书在版编目（CIP）数据

风起时 / 拂衣著. -- 北京：中国致公出版社, 2022

ISBN 978-7-5145-1935-8

Ⅰ. ①风… Ⅱ. ①拂… Ⅲ. ①长篇小说－中国－当代 Ⅳ. ①I247.5

中国版本图书馆CIP数据核字(2022)第038084号

本书由拂衣授权湖北知音动漫有限公司正式委托中国致公出版社，在中国大陆地区独家出版中文简体版。未经书面同意，不得以任何形式转载和使用。

风起时/拂衣 著
FENG QI SHI

出　　版	中国致公出版社	
	（北京市朝阳区八里庄西里100号住邦2000大厦1号楼西区21层）	
出　　品	湖北知音动漫有限公司	
	（武汉市东湖路179号）	
发　　行	中国致公出版社（010-66121708）	
作品企划	知音动漫图书·漫客小说绘	
责任编辑	罗长敏　　向伟	
责任校对	魏志军	
责任印刷	翟锡麟	
装帧设计	杨小娟　严岩	
印　　刷	武汉鑫竞诚印刷有限公司	
版　　次	2022年5月第1版	
印　　次	2022年5月第1次印刷	
开　　本	880mm×1230mm　1/32	
印　　张	9.5	
字　　数	260千字	
书　　号	ISBN 978-7-5145-1935-8	
定　　价	45.00元	

版权所有，盗版必究（举报电话：027-68887933）
（如发现印装质量问题，请寄本公司调换，电话：027-68890818）